The Collected Regrets Of Clover

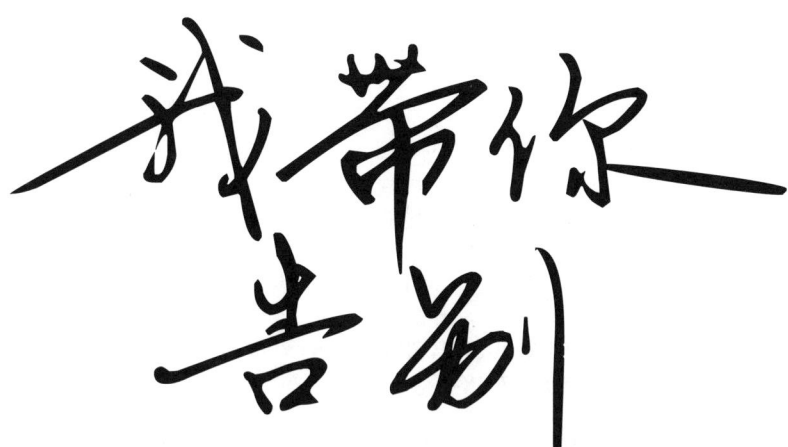

[澳]米基·布拉默◎著
Mikki Brammer
陈超◎译

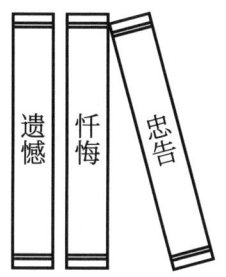

中国出版集团
中译出版社

THE COLLECTED REGRETS OF CLOVER
Copyright © 2023 by Mikki Brammer
Published by arrangement with Trellis Literary Management, through The Grayhawk Agency Ltd.
Simplified Chinese translation copyright © 2023 by China Translation & Publishing House
ALL RIGHTS RESERVED

著作权合同登记号：图字 01-2023-3750 号

图书在版编目（CIP）数据

我带你告别/（澳）米基·布拉默（Mikki Brammer）著；陈超译. —— 北京：中译出版社，2024.1
书名原文：THE COLLECTED REGRETS OF CLOVER
ISBN 978-7-5001-7558-2

Ⅰ.①我… Ⅱ.①米… ②陈… Ⅲ.①长篇小说-澳大利亚－现代 Ⅳ.①I611.45

中国国家版本馆CIP数据核字（2023）第179019号

出版发行	中译出版社
地　　址	北京市西城区新街口外大街28号普天德胜大厦主楼4层
电　　话	（010）68005858，68358224（编辑部）
邮　　编	100088
电子邮箱	book@ctph.com.cn
网　　址	http://www.ctph.com.cn

策划编辑	吕百灵
责任编辑	贾晓晨
文字编辑	吕百灵
营销编辑	白雪圆

排　　版	北京竹页文化传媒有限公司
印　　刷	北京盛通印刷股份有限公司
经　　销	新华书店
规　　格	710毫米×1000毫米　1/16
印　　张	22.75
字　　数	260千字
版　　次	2024年1月第1版
印　　次	2024年1月第1次

ISBN 978-7-5001-7558-2　定价：79.00元

版权所有　侵权必究
中译出版社

谨以本书献给卡尔·林德格伦（Carl Lindgren），是您教会了我于无色处见繁花；同样也要献给克罗芙利（Cloverlea）的杰出女性，是你们教会了我于平庸处见奇迹。

第一章

我第一次目睹死亡,是在五岁。

海兰先生是我的幼儿园老师,个子不高,有些发福,整天乐呵呵的。他有些秃顶,脑壳闪闪发亮。他的脸圆得出奇,总让我禁不住想起月亮。一天下午,我和我的同学们盘腿坐在粗糙的地毯上,他坐在我们对面,用夸张的语气给我们讲彼得兔的故事,我们都听得入了迷。我仍然记得,他坐在儿童木椅上,大腿上的肉都从椅子边缘挤出来了。他的双颊比平时要红润一些,可谁让毕翠克丝·波特(Beatrix Potter)笔下的情节那么引人入胜呢?他讲着讲着就兴奋了,也在情理之中。

故事的高潮部分到了——彼得兔在逃脱凶狠的麦奎格先生的过程中,弄丢了夹克——海兰先生讲到这里,停了下来,好像是要强调什么。我们抬头齐齐望向他,心怦怦直跳,期待着接下来的故事。但是他没有继续讲下去,而是发出了一个类似打嗝的声音,双眼肿起来。

然后,他就像一棵被砍倒的红杉树一样,一头栽倒在地上。

我们全都纹丝不动地坐在原地,双眼睁大。他一贯喜欢用夸张的方式讲故事，所以我们也不确定他是不是故意倒下的。可几分钟后，他还是一动不动，甚至连眼睛都没眨一下，教室里的每个同学都惊恐地尖叫起来。

除了我。

我走到海兰先生身边，俯身听他呼出肺里的最后一口气。尖叫声回荡在走廊里，其他老师闻声冲进教室，而我正坐在海兰先生身边，安静地牵着他的手，眼睁睁看着他脸上最后一抹红晕消失殆尽。

"事件"发生后，学校建议我去做心理咨询。但是我父母并没有察觉到我有什么异样，他们是那种只关心自己的人。他们给我买了个冰激凌，拍拍我的脑袋，断定我没什么事——因为在他们眼中，我本来就有点儿小古怪。

我的生活并没发生什么改变。但从那以后，我总在想，海兰先生临终前如果不是在讲述一只顽皮兔子的滑稽行为，那会说些什么呢？

第二章

海兰先生死于 31 年前,我并不想计算从那以后我到底目睹过多少人死亡,但是我总是下意识地去数一数,尤其当这个数字接近一百时。今天这个数字达到了 97。

我站在运河街(Canal Street)上,看着那辆运尸车的尾灯汇入车流。感觉就像一个跑步接力运动员刚刚递出接力棒,我的任务完成了。

废气夹杂着干鱼和酸豆混在一起的刺鼻味,依旧无法驱散我鼻孔中的死亡气味。我所说的死亡气味不是尸体腐烂的气味,我的工作不涉及处理尸体,而只需要坐在垂死之人的身边,陪他们度过弥留之际。我所说的死亡气味是另一种气味,是死神将至的独特气味。很难具体描述到底是一种怎样的气味,就好比从夏天不知不觉过渡到秋天,空气的气味不同了,但是你并不知道到底为什么不同。在我从事临终陪护师的这些年里,已经能轻而易举闻出这种气味。我就是凭借这种气味,判断出一个人大限已至。要是这个人的亲人正陪在身边,我会告诉他们是时候进行临终告别了。但是今天,这个垂死之人的身边并没有亲人相陪。这倒是常事，你一定觉得惊讶吧。其实，如果不是我陪在身边，这九十七人中至少得有一半是孤独死去的。虽然纽约有近九百万人，但却是一座孤独的城市，一座满是遗憾的城市。我的工作就是让孤独的纽约人在临终前少一点儿孤独。

一个月前，一位社工把我介绍给了吉列尔莫（Guillermo）。

她当时在电话中跟我说："我得提醒你一句，这老头脾气很差，动不动就生气。"

我不在乎。焦虑、缺爱、寂寞的人，脾气都差。头几次去拜访吉列尔莫，他甚至都不搭理我，我也没往心里去。第四次拜访他时，我去得有点儿晚，因为我出门忘了带钥匙，耽误了些时间。等我在他床边坐下时，他眼泪汪汪地看着我。

他说道："我还以为你不来了呢。"平静的语气中透着一丝绝望，像一个被人遗忘的孩子。

"不会的，我发誓。"我一边说一边紧紧握住他粗糙的手。

我绝不食言。陪伴将死之人度过生命中最后的时光是我的荣幸，尤其当你是他们唯一的依靠时。

吉列尔莫的家位于唐人街，是一间狭小的单间公寓。我走在回家的路上，雪花开始漫天飞舞。我本来打算坐公交车的，但有人刚过世，就立马回归自己的日常生活，总觉得对逝者不敬。我喜欢边走边感受凛冽的寒风吹拂着脸颊，看着呼出的空气凝成雾气，然后又消失——起码这能证明我还在世间，还活着。

作为一个经常见证死亡的人，事后我总有点儿茫然若失的感觉。活生生一个人，现在就这样没了。人死后会去哪里我不知道，至于精神层面的问题，我基本上是一位不可知论者。我与客户的信仰不同，这样反倒对我有利。不管吉列尔莫会去哪里，我真心希望他能脱离苦海。据我所知，他并不是上帝虔诚的信徒。他的单人床旁边挂着一个木制的小十字架，破损发黄的墙纸边缘都卷曲了起来。但吉列尔莫从不直视十字架寻求安慰；他会偷偷瞟一眼，像是在躲避权威人物的审视目光。大多数情况下，他都是背对着这个十字架。

在我陪护吉列尔莫的三个星期中，我对他的生活空间了如指掌。他家唯一的一扇窗户外面蒙着一层厚厚的污垢，遮住了日光，因此里面看上去阴森森的。当他翻身的时候，破旧的床架就会发出刺耳的金属声。寒风刺骨，他家不知道哪里透风，但又好像到处都透风。他家厨房的柜子里只有一只杯子、一个碗、一个盘子，可见他形单影只。

在他离世前的几个星期，吉列尔莫大概只和我说了十句话。我们不需要讲太多。我总是让即将离世的人做主，自己决定他们人生中最后的日子，是与我倾心交谈，还是沉浸在沉默中。他们不需要用言语表达自己的决定；我可以直接判断出来。我的工作是陪护和保持冷静，让他们在生命最后的宝贵时刻更有存在感。

永远不要对他们的痛苦视而不见，这是最重要的一点。不仅仅是他们身体上油尽灯枯的痛苦，还有情感上的折磨——看着他们的生命即将落下帷幕，知道他们本可以活得更好一些。一个人在最脆弱的时候有人守候，这远比任何言语更让人感到温存。我很荣幸能够做到这一点——就算这种感伤让人窒息，我都会看着他们的眼睛，认同他们所受的苦楚，承认这种痛苦真真切切的存在。

就算让人痛彻心扉，我也不会退缩。

与吉列尔莫家相比，我的公寓温暖得几乎令人窒息。我耸了耸肩，脱掉外套，把它挂在门旁边堆放了一大堆冬服的衣架上。衣架发出抗议的声音，我的羊毛大衣掉在地上，皱巴巴地团成一堆。我没有管它，告诉自己后面会处理的——就像我对公寓里大多数累积的杂物的态度一样。

其实并非所有杂物都是我的。外公去世后，我从他那里继承了这个令人羡慕的两居室。严格来讲，我从小是租用外公的房子。这是他的一个明智之举，可以确保纽约市的房地产官僚老爷们没办法骗我，让我失去对他这套租金管制遗产的合法权利。十七年来，我们一直住在这栋褐色公寓的三楼，而西村（West Village）的其他公寓都被打理得井井有条。相比之下，这栋公寓显得格外不受人待见。外公已经走了十三年了，但我一直没去整理他的遗物。相反，我逐渐将自己的东西放在他那有限的空间里。尽管我每天都在面对死亡，但我似乎仍然无法接受他从我的生活中永远消失的事实。

但悲伤就以这种方式捉弄你——一缕熟悉的古龙香水味，或者在人群中看到熟悉的身影，你为了控制失去它们的痛苦，在自己内心打了很多结，这些结突然就被解开了。

我双手捧着一杯热气腾腾的伯爵茶，站在书架前，书架上密密麻麻地摆满了外公的生物课本、发霉的地图册和航海小说等。在这些书之间，有三本破旧的笔记本很醒目。当然，不是因为它们的外观，而是因为每本笔记本的书脊上都写着一个词。第一本：《遗憾》；第二本：《忠告》；第三本：《忏悔》。就算发生火灾，我也会把这三本笔记本抢救出来。我的宠物们也有这个待遇。

自从我开始做临终陪护师以来，就养成了新的习惯：在每位客户断气之前，记录他们的遗言。多年来，我发现人们常常觉得有必要在临终前，说些有意义的话——就好像他们意识到这是他们在这个世界上留下痕迹的最后一次机会。通常这些遗言可以归为三类：他们希望自己可以做不同的事情；他们一路走来学到的东西；或者憋在心里多年，终于准备揭开的秘密。收集这些遗言感觉就像我的神圣职责似的，特别当房间里我是唯一的聆听者的时候。即使我不是，病危客户的家庭成员通常也是悲痛欲绝，没心思去记录这些遗言的。而我总是能够把那些悲伤的情绪恰到好处地隐藏起来。

我把茶放在一边，踮起脚尖，拿起那本名为《忏悔》的笔记本。我已经很久没有在这本笔记上写过东西了。最近，似乎很多人都带着遗憾，走到了生命的尽头。

我依偎在沙发上，翻开那本皮制的笔记本，翻到一张干净的页面。我用紧凑的笔迹写下了吉列尔莫的名字、地址、当天的日期和他的忏悔。说实话，我没有想到他还有力气说话。我感觉到他不行了，以为他已经失去了知觉。但随后他眼睛睁开了，把手放在我的胳膊上。动作不是很夸张，而是很轻柔，仿佛他在出门的路上忘记了告诉我什么。

"我11岁的时候不小心杀死了我小妹妹的仓鼠，"他低声说道，"我把仓鼠笼子的门打开，故意惹恼妹妹，然后它就失踪了。三天后，我们在沙发垫之间发现了它的尸体。"

话音刚落，他的身体就放松了下来，给人一种平静的失重感，就像他在游泳池里仰面漂浮。

然后他就走了。

那天晚上，我坐在沙发上，宠物们围在身边，我不禁想起了那只仓鼠。我的宠物包括乔治——一只胖乎乎的牛头犬，是我六年前在楼下的垃圾桶里发现的，此时它把湿漉漉的下巴靠在我的膝盖上。罗拉和莱昂内尔这对虎斑猫是我从卡迈街教堂外面的箱子里救出来的，当时还很小。它俩现在轮流围着我的脚踝按8字形转圈。它们柔滑的皮毛让人感到很解压。

我试着不去想那只仓鼠是否很痛苦。它们是很弱小的动物，所以死前可能没受太多煎熬。可怜的吉列尔莫，这种负罪感居然伴随了他50年。

我瞥了一眼放在褪色的沙发扶手上的手机。除了汽车保险和冒充国税局的诈骗录音电话外，基本是有人想雇用我才会来电话。社交是我从来没有真正掌握的一项技能。我的外公很内向，我是由他抚养长大的，所以自然而然就会喜欢上独处。这并不是说我对交朋友反感；如果你没有和别人培养出亲密关系，你就不会失去他们。而我，失去的人已经够多了。

尽管如此，有时我还是会想，自己是如何走到这一步的：我都36岁了，全部的生活内容都是在等待陌生人的死亡。

茶中的佛手柑香气让人心旷神怡，我闭上眼睛，几周以来第一次让自己的身体放松下来。一直控制着自己的情绪是有点儿累人的，但这也许就是我能做好这份工作的原因吧。我有责任始终为客户们保持平和的心态，即使在他们感到害怕和恐慌，不知道如何放手时，我也不能慌。

我打开了情感的闸门，向后靠在沙发垫上，任由悲伤在我的胸口汹涌，一种渴望在我心中油然而生。

我知道这个城市满是孤独的人，这是有原因的。

因为，我也是他们中的一员。

第三章

通常，工作结束后，我会在第二天补上因工作繁忙而落下的家务。在有人生命垂危之时，家务和账单便显得无足轻重了。攒了三个星期的脏衣服塞满了洗衣篮，这篮子还是我之前拖到地下室的。外公不仅留给了我这套珍贵的租金管制公寓，里面还有间洗衣房。这让我不用长途跋涉到自助洗衣店，也能轻松洗衣。这虽是件小事，却能让我在他远去天堂后，也能生活得轻松一些。外公为我做的类似事情还有很多。

上楼的途中，我在信箱前驻足，取出里面的信封和小册子。我偶尔才来查看一次，但很少发现值得阅读的内容。

楼道间传来一声低沉沙哑的问候："孩子，又放假啦？"

这蹒跚的步履和声音一样熟悉。我六岁搬来与外公同住，那时利奥·德雷克（Leo Drake）57岁，精神矍铄。几十年来，除了冒出了些许白发，步伐稍显缓慢，岁月几乎没有在他身上留下任何痕迹。

我还是只有他这一位朋友。

"我就知道你会这么说，但我更喜欢待在沙滩上，而不是在洗衣房里。"我边说边等他迈下最后几个台阶。

利奥身材高挑，颧骨高耸，越活越优雅。让我着迷的是，老年人的穿搭偏好往往在他们三四十岁的时候就定型了。试想一下，你已经有很多衣服了，为什么还要买新衣服呢？通常人们为了节俭，是不会买的。但对大多数人来说，这似乎是对当年辉煌时代的一种怀念，因为那时候的他们，生活比其他人优越。

利奥的穿搭风格深受20世纪60年代锋利剪裁风格的影响：挺括的八字领、平驳领、亚麻口袋方巾，以及在适当场合佩戴的人见人爱的毛毡帽。我从未见过他衣衫不整的样子，即使他去街角小卖部买牛奶也不例外。自打他在麦迪逊大街工作以来，就一直保持这种穿搭风格。起初他被降职，分配到邮件收发室工作，但这并不能阻止他留心广告主管们的穿着打扮，他的眼光敏锐着呢。但作为一个黑人，他在这些主管面前毫不起眼。终于，他有了足够的钱，开始模仿并优化这种穿搭风格，穿出属于自己的风尚。

利奥今天身着熨烫的纽扣衬衫和打褶休闲裤，一直在查看邮件。而我今天穿的是宽松的运动裤和渔夫毛衣，这么一看，对比十分鲜明。如果我的想法没错的话，我的穿搭风格怕是无人传承。

利奥把钥匙插进信箱，狡猾地笑着说："那我们什么时候再比试一把？"

自打我与外公同住后，他便教会我如何打麻将。我花了四年时间终于赢了他。他打麻将从不放水，坚持认为这对我没有好处。慢慢地，我记住了麻将牌型，仔细观察外公的一举一动，记下他出的牌。外公只有一种预示动作：当他怀疑自己要输的时候，就会用右手食指轻轻挠挠脖子。自打我上大学后，利奥便成了他的牌友。外公去世后，我搬了回来，他又成了我的牌友。在过去大约十年里，我们在牌局上兵戎相见，却又乐在其中。

"下周日打麻将怎么样？"

我在筛选一打邮件，只发现一封值得打开的，这是几个月前我照顾的一名白血病患者家属寄来的支票。和吉列尔莫一样，这位患者离世之时病痛未减，给我留下了深刻印象。我一开始做临终陪护师的时候，试图让患者专注个人生活中积极的事情，那些他们应该心怀感恩的事情，现在想来，我太天真了。但是，如果有人长年以来对生活充满愤怒，死亡对他们而言就是最后的沉重一击。最终我意识到，我的工作不是帮助患者掩盖事实真相，这也许违背他们的意愿，我应该坐下来倾听和见证他们生命的终结。即使他们在奄奄一息时，还是感觉不幸福，但至少不孤单。

"约好了哦。"利奥边说边行了个脱帽礼，虽然他并没有戴帽子，"当然，如果有更好的提议，也可以换换口味。"

他很清楚我没有其他社交活动，但还是忍不住隐隐暗示我。我知道他的好意，但这只会让我感到自己的无能。我没想到，都活到三十五六岁了，还是只有他这一个朋友。这就是孤独，没人愿意如此。

我笑着对他说："谢谢，但我认为这个提议没什么不好。"

"说不准喔。"利奥点了点头，朝二楼走去。"说到这里，我们有一位新邻居要搬过来，你听说了吗？下周过来。希望他们比上一拨邻居更健谈。"

可恶，我希望二楼的公寓能再空一段时间，之前住了一对性格孤僻的芬兰夫妇。与利奥不同，我希望我与芬兰夫妇成为点头之交即可。

利奥有个"超能力",总能在邻居的八卦传开之前得到消息。回楼上的途中,他给我讲了我们上次分开之后,他听到的所有八卦新闻,包括隔壁爱彼迎民宿发生的闹剧,街头纠缠不清的离婚案,因顾客上厕所时马桶里跳出老鼠,豪华餐厅违反卫生规定被勒令停业等。利奥擅长闲谈,花了很多时间在周围街区闲逛,与喜欢的人聊天。我一直在想,为什么我俩能如此相交甚好,可能是典型的性格互补。

我们走在吱吱作响的楼梯上,发现二楼公寓空荡荡的,门虚掩着。透过门缝,我发现地板上放着一些油漆罐,旁边的托盘里放着一个随时可用的滚筒。利奥跟我八卦的时候,我的心里不知不觉感到一阵忐忑。

身在纽约嘛,难免会有新邻居入住,我已经经历了许多次了,但每次有新面孔搬进我的公寓,我还是会有一种个人领地遭到入侵的感觉。我的个人空间、日常生活、独居时光,都会被打扰。这意味着需要了解一种新的个性,建立新的问候方式,适应新的怪癖。新邻居,新惊喜。

但我讨厌惊喜。

第四章

得知父母去世的那天，我还从书上得知猪在泥地里打滚，是为了防止晒伤。

那是我上一年级的时侯，某个星期二的午餐时间，我孤身一人在操场上，背倚橡树，坐在两根树根之间。树根盘踞在地面，形似一根根患了关节炎的手指。天气好的时候，我大部分午休时间都是在这里度过的。同学们在附近闹腾，我则在这里读书。那天，我正饶有兴趣地读一本关于动物的书。当我快读完有关熊猫的部分时，注意到校长卢卡斯（Lucas）女士正穿过操场径直向我走来。她头发蓬松，又卷又长，摆动起来与她果断的步伐相得益彰。卢卡斯女士拽了拽她的涤纶运动外衣，一脸自命不凡的神情。这时我后脖颈突然刺痛，像是什么昆虫在咬我。我一巴掌打向后脖颈，却什么也没拍到。

紧跟在卢卡斯女士身后的，是带我一年级课程的一名老师和一名指导教师。校长站在最前面，两位老师一左一右跟在校长身后。她们看起来像要执行什么任务，因此我把书放在膝盖上，等待他们走上前。

"克罗芙宝贝。"校长用她做作的声音唤我,那声音是在大人需要合作时奉承别人的腔调。她拘谨地向前弯腰,双手合掌,做出反向祈祷的手势,夹在两膝之间,问道:"能一起去我办公室一趟吗?"

我反复看着校长旁边的两位老师,她们很勉强地笑了笑。我大脑快速运转,想知道自己哪天做了哪件事情需要接受惩罚。还是无意间触犯了哪条规则?我已经尽力让自己举止得体。是不是图书馆借的书忘还了?我感觉自己势单力薄,于是蜷缩在树根间,树根像是我的庇护所。

我轻声说道:"我还是想待在树下,现在还是午休时间。"我为自己小小的反叛行为感到一丝兴奋。

校长皱起了眉头说:"好的,我理解你现在想在降温之前享受一会儿户外阳光,但是有件事我想同你讨论一下,我们最好进屋去说。"

我考虑了一下自己现在能做的选择。校长和她穿着宽大短罩衫的保镖不可能再让我一个人待着了。我不情愿地站了起来,拂去了身上的小树枝,乖乖地跟着她们走向教学楼。

"克罗芙真是个好姑娘。"校长说。

进入校长办公室后,我勉强坐到那张木制旋转椅上。我身高不够,坐在椅子上时双腿只得悬在空中,够不着地上的油毯。皮垫下老化的弹簧戳着我细瘦的大腿,很不舒服。

三位老师在我对面坐着,面色阴沉。她们互换眼神,做痛苦状,就像在推三阻四,都不想承担某项不愉快的任务。显然,指导教师最终不得不接手。她吸了一口气,正要说话,又哽住了,重新考虑着措辞。

终于，她开口了："克罗芙，我知道你父母去度假了。"

"他们去中国了，"我补充道，"那里是熊猫的故乡。"我把书像宝贝一样紧紧抱在胸前。

"我想你说得对，聪明的孩子。"

"熊猫吃竹子。它们的体重超过两百磅，还很擅长游泳，"我说道，希望这三位成年人的注意力在我身上的时候，能多展现一下我的聪明才智。"爸爸妈妈还有两天就回来了，我一直数着。"希望他们不会像上次去巴黎时那样，忘记给我带礼物。

指导老师清了清嗓子，摆弄了一下她上衣上面的精美胸针。"啊，是啊，我听说你父母本该周四到家，但是，但是发生了一场……事故。"

我眉头紧皱，紧紧搂住胸前的书："什么事故？"

我一年级的老师弯下腰，拍了拍我的膝盖，手腕上的廉价手镯叮当作响，我喜欢它们明亮的颜色。老师问："你一直和你母亲的一位朋友住在一起，对吗，克罗芙？"

我谨慎地点了点头，耳朵开始发烫。我的大腿底部也开始汗津津的，刺痛感也随之减弱。同学们喧闹的叫喊声从开着的窗户外飘了进来，这加重了我的不适感。

老师笑得稍显尴尬，这使我感到不安。"你从今晚起跟着外公住，他下午从纽约来接你。开心吗，孩子？"

我不知道是否会开心。因为自打我记事起，我只和我外公待过几个下午。我对外公的印象说不上好还是坏。他话不多，但看起来人很好。可恕我直言，他和我母亲相处起来像是陌路人。不过，让我开心的是，他总会送我生日礼物。今年他送给我的便是我腿上这本动物图书。也许他能带给我些新礼物。

"我为什么不能继续同麦克伦南（Mclennan）女士住了？"

麦克伦南女士是和我父母住在同一条街区的未婚老姑娘。她并不友善，而且不论做什么饭，房子里总是有股烤牛肉的味道。除了确保我能吃饱饭，送我上学，麦克伦南女士不怎么管我。我通常坐在房间里读书，而她会坐在塑料皮都未拆的沙发上织毛衣。我父母经常会把我送到她那里住上几个星期，我俩现在已经能够和平共处了。不过她之所以这样做，无非是我父亲在临走之前，总会塞给她一沓现金，这一点我很确定。

老师们彼此交换了下眼神，神色黯然。他们用眉毛交流，像在传递加密信息，最后校长发出了一声长叹。

"克罗芙宝贝，我很抱歉地通知你，你的父母已经远去天堂了。"其他两位女老师深深吸了一口气，她们也被校长残酷的话语惊到了。

我也同样感到震惊！我坐在那里，眼睛瞪得大大的。老师们紧张地在我身边徘徊，她们好像是试图预测一头野生动物的动向。

过了很久，我才轻声吐出一句："死了……像海兰先生一样吗？"

我想起了我们老师突然去世后，学校给我们班播放了《芝麻街》（*Sesame Street*）中的一集，演的是大鸟艰难应对他朋友胡珀去世的桥段。

"恐怕是这样，非常抱歉，孩子。"校长同情地啧了一声，试图为她唐突的通知做一些补救，"我感到很遗憾。"

那天下午，地铁北线从康涅狄格州驶向曼哈顿时，我坐在外公身边，意识到我还没有和我任何一位同学告别。但他们几乎没有和我说过话，所以不辞而别也没什么大不了的。在我的幼儿园老师突然去世之前，其他孩子并不很在乎我。可是因为我没有被吓坏，他们就疏远我了。在一个男孩开始散布谣言，说我和死人"鬼混"之后，我就被正式认定为一个怪人。他们甚至可能不会注意到我已经离开了。

午餐时间结束，铃声在大厅里回荡，这时外公来到我的学校，手里拎着我放在麦克伦南女士家的天蓝色小箱子。外公与老师们进行了简短的交流，我努力解读着他们加密的私语，而后外公严肃地把我领到校门外，一辆出租车正在等着我们。

在去火车站的路上，他给我讲了些许关于我父母事故的细节——提到一艘旧船、一场热带风暴，还有长江。我只是点头表示回应，心中暗想，我的父母会不会看到熊猫在那条江里游泳。但当我看着火车窗外郊区的景色一幕幕闪过时，现实的残酷开始涌上心头。

我知道，死亡意味着你永远不会回来，从那一刻起，你只存在于人们的记忆里。我记得妈妈在他们去中国的那个早晨，不耐烦地把我赶出前门。当她把我留给麦克伦南小姐时，心不在焉地朝我飞了一个告别吻，并告诉我"要听话"，同时对着车窗整理仪容。我父亲好像在前座上向我挥手，但我也不太确定。像往常一样，那天早上，他们似乎有其他事情要忙。

我知道有人去世时应该流泪。海兰先生心脏病发作后，我看到图书管理员在走廊里抽泣。当我和外公在火车上落座时，我注意到他的拇指在眼睛下拂拭了几次，然后又用袖子擦拭掉泪水。所以我期待第一滴眼泪从我睫毛上掉落，我甚至按了几次眼皮，试试有没有泪水，但还是没有眼泪掉下来。

两个小时后，我们走出纽约中央火车站。暮色笼罩着大地，风啃蚀着我的脸颊，嘈杂的汽车声震得我耳膜嗡嗡作响。这是我第一次来到大城市，我不知道自己是否会喜欢。

我试图在陌生的环境中让自己镇定下来。外公高举手臂吹了个口哨拦车，我则紧紧抓住他的外套衣角。一辆黄色出租车像变戏法似的出现在我们面前。虽然我几乎不了解外公，但不知为什么，我确信自己是安全的。外公是我除了那个蓝色行李箱外，唯一能抓住的熟悉的事物。

出租车窗外飞驰而过的景象，与火车上重复单调的城郊风景有着天壤之别：高耸的建筑、跳动的灯光、人行道上穿梭的人群。真不知道外公怎么会无视这一切，他只是茫然地盯着前面的座椅靠背，喃喃地说要去取牛奶。

我们来到一座狭窄的褐石房屋前，外公将一沓折叠整齐的钞票递给了司机。

外公在推开车门时嘱咐我说："克罗芙，向司机师傅说'谢谢'。"

"谢谢你，司机师傅。"我说道。

驾驶员咕哝地回复了一句，嘴里散发出一股大蒜味。

进了赤褐色公寓楼，我们要到三楼，每走一步我都大声数着。就在数到14的时候，一个戴着宽帽的男人大摇大摆地走下楼来。

"你好，帕特里克。"男人向外公问候道，然后他注意到从外公大腿后面探出的小脑袋。

外公放下手中拎着的箱子同男人握手。

外公说："利奥，这是我的外孙女，克罗芙。"

利奥快速看了外公一眼，表示同情，然后弯下腰，向我伸出手。他笑容可掬，镶着一颗金牙。

"很高兴见到你，孩子，欢迎你来这里住。"他说道，头顶上的灯光反射在他的眼睛里，就像未开封的可口可乐瓶上的阳光。

我同他用力握了握手，欣赏着他温暖的琥珀色皮肤，说道："很高兴见到您，先生。"

利奥走到一边，像剧院的招待员一样用胳膊做出一个请我上楼的姿势。"你们上去吧，"他行了个脱帽礼，"期待下次能见到你们两位。"

到了三楼，我看着外公在他腰带环上找钥匙，然后打开一连串的锁。他把我们的大衣挂在门边的衣架上。我惊奇地环顾客厅。靠着墙壁的位置，摆满了和天花板一样高的架子，架子上放着各种物品，包括珍贵的石头、动物头骨、罐子里的生物标本等。外公家里像上个月学校组织实地参观的博物馆。

现在我也住进博物馆里了。

晚饭吃的是烤豆子和烤面包，饭桌上我们只说了几句话。外公把我领到公寓尽头的一个小房间。角落里立着一张巨大的木制书桌，上面的文件和书籍堆积得如烟囱般高。另一个角落摆放着一张单人床和一个床头柜，上面是一盏绿色的银行家台灯和一个小花瓶，里面插着一枝孤独的牡丹花。

"这就是你的房间了，"外公说着又指了指成堆的书，"我们明天再收拾这些。"

他从桌子下拉出那把弯曲的木椅，把我的手提箱放在上面。天蓝色的塑胶箱子在房间里与红木、皮革和花呢的柔和色调相得益彰。

"今天……很辛苦，如果你有什么需要的，我就在客厅。"他拍了拍我的头，稍显不自在，然后迅速把手放回口袋里，说道："晚安，克罗芙。"

"晚安，外公。"

我站在房间里试图接受现实。我现在住在城市里了，我每晚还要刷牙吗？麦克伦南小姐是一个坚决要求刷牙的人。现在很多事情都不同了。谁会送我去学校？我的新学校会让我从图书馆借书吗？学校院子里会有一棵橡树吗？

我决定测试一下，晚上"忘记"刷牙。我钻进被窝，呼吸着陌生的洗衣粉和樟脑丸气息。被褥紧紧裹着我，我都很难翻身。我想象那是被紧紧拥抱的感觉，但由于我这种感觉没有经历过很多，所以也不完全确定。

我把手伸向床头柜，慢慢地拉扯变色的桌布边缘，这样我就能在不把花瓶掀翻的前提下，拿到我的《动物年鉴》了。我靠在软软的枕头上，把书放在胸前，翻到标有字母 P 的部分。

我很满意自己已经掌握了大熊猫的知识，现在我要开始学习关于猪的知识了。

第五章

吉列尔莫死后，除了隔天在取信时偶遇利奥外，在接下来的五天里，我刻意没有再见任何人。然而就算是长期将自己置身孤岛，也总是变故频生的。起初，孤独会安抚我，保护我，让我远离世间的嘈杂，暂时忘却所有的不快，但刹那间，又感觉它剥夺了我的活力，让我变得麻木起来。

这一天是我足不出户的第六天，时间嘀嘀嗒嗒地流逝，我坐在沙发上，记不起上次洗头的时间，我知道我开始变得麻木起来。这种感觉就像扁桃体发炎前喉咙先开始发痒一样。和往常无异，我的症状表现在我的观影习惯上。当然，把自己完全代入并沉浸在浪漫电影或电视剧情节中是没有任何问题的——这便是它们存在的全部意义，不过就连我也知道，为了消遣时间看影视剧，和为了逃避现实情感而看影视剧之间有一条危险的界限，而我正在向这条界限靠近。因为我开始强迫自己一遍遍地重复观看同一段浪漫情节，试图从固有的情节中看到新的场景——就像在重复观看第一百遍时，一个新的场景可能会奇迹般地出现一样。到今天，我已经把《超异能快感》（*Practical Magic*）中最浪漫的部分看了至少二十遍，但这次我并没有感受到荷尔蒙带给我的快乐，相反，我心中充满着渴望，渴望桑德拉·布洛克（Sandra Bullock）的喜怒哀乐发生在自己身上。

作为独生子女，你沉浸在想象中的时间几乎和你面对现实生活的时间一样多。当你把握着故事的主导权，就没有人会让你失望，也没有人会离开你。因此，当不断地重复观看爱情电影，已经无法疗愈自己时，我经常会在脑海中自己续写故事情节——随着主人公们落下最后一吻，银幕上滚动着的鸣谢人员名单播放完毕，我便开始想象他们幕后的生活。

正是这样，我意识到自己需要走出家门，与真实的世界重新接轨。

在我不情愿地穿上外套时，对面的公寓里亮起了灯。彼时，黄昏与白昼仍交相辉映，落日的余晖映射在窗户上，让人较平时更难看清屋内的情况，但我还是认出了这两个人。他们脱下了外套，互相依偎在沙发里。茱莉亚（Julia）和鲁本（Reuben）已经住在我家对面四年了。这些年来他们一次也没有拉过窗帘，我甚至怀疑他们家根本没有安装窗帘。但这似乎不是因为他们表现欲旺盛，而是因为他们对自己的亲密关系非常满意，没有想到远处可能有人正在看着他们。我看着他们幸福地拥抱，很想知道彼此被深深吸引，以至将整个世界抛之脑后是一种什么样的感觉。之后，夕阳快要西下，阳光反射到我的眼睛里，强烈得几乎让我睁不开眼，视野里也只能看到他们的客厅了。我叹了口气，拉上了窗帘，强迫自己走出了家门。

把纽约称为"大熔炉"是有待考量的，我从来都不赞同这种说法。

在我看来，纽约更像是一碗浓稠的蔬菜汤，人们就像这碗蔬菜汤里漂浮的蔬菜，大多只是彼此接触，却没有深入的交流。我经常在工作日溜进位于第六大道上的独立影院，在那里我可以和其他孤独的影迷们共同观影——这是我认为最像亲友聚会的场合。影片放映时，我们就像算盘上的珠子，不均匀地分布在每一排座椅上，一起面对孤独；而随着投影仪"咔嚓"一声结束放映，片场的灯重新亮起来，所有人又拖着脚步走出影院，继续着各自孤独的生活。

但在那晚，我认识到通过看一部哪怕只有一丁点儿浪漫主义色彩的电影来减少孤独感的想法，也只是在加剧我的这种强迫性行为，即使有人陪看也是如此。为了让自己真正地远离孤独，我踏上了前往中城（Midtown）的F号列车，直奔唯一一个我曾频繁参与的社交聚会场所：死亡咖啡馆。

第一次参加死亡咖啡馆聚会时，我二十岁出头，那时我正在瑞士进行背包旅行，看到那里的灯柱上贴着一张破旧传单，是邀请路人前去"莫特儿咖啡"的，试问这谁看了不会眼前一亮呢！这种非正式聚会通常在餐馆举行，是由瑞士社会学家伯纳德·克雷塔兹（Bernard Crettaz）发明的，此举是为了帮助人们自然地讨论有关死亡的话题。在这里，素未谋面的陌生人相聚一堂，大快朵颐，举杯畅饮，试图对神秘、复杂的死亡一探究竟，尽兴后便各奔东西。后来，英国人乔恩·安德伍德（Jon Underwood）灵机一动，将这个思路发展成了一个横跨全球的非正式网络，将其称为"死亡咖啡馆"。最近几年，这些网点开始在纽约市涌现出来，我通常每过几周便参加一次，这种不需要情感投入便能达到人际交往、实现自我平衡的方式，让我感到舒心。

再者，死亡是我为数不多的铭记于心的话题。

超载的 F 号列车上拥挤不堪，一只只抓着扶手杆的手臂相互纠缠，人们的脸躲避着背包，彼此间眼神躲闪。大多数人讨厌被迫放弃个人空间，以及被别人挤压身体的感觉，而我发现这种感觉正悄悄地让我兴奋起来。除了在照顾客户时，我会握住他们的手，帮他们擦眉毛，给他们揉背，其他时候我很少和别人有身体接触。一直以来我就是这样生活的，以至于我甚至不知道自己是不是怕痒。外公会偶而拍拍我的头或是肩膀，但他对我的爱更多地体现在一些较为实际的事情上，比如教会我必要的生活技能等。因此，我珍视每一次和别人身体接触的机会，即使那些接触非常短暂。

火车在三十四大街嘎吱嘎吱地停了下来，成群的上班族涌下火车，暂时分开。我的手顺着头顶的扶手杆滑动，这时一个身材干瘦的男人站在了我旁边。他身着蓝色海军服，套着一件灰色的粗花呢大衣，手里拿着一份叠好的《纽约时报》（*The New York Times*）。火车门关上了，没到站的乘客们重新挤在了一起，人们像是捆树枝一样被捆了起来，只不过这根绳子是无形的。借着这股势头，这个男人离我更近了，现在我的脸离他那根条纹丝绸领带上打着的精致的结仅有几英寸距离。我感受到他宽阔的胸膛里散发的暖意，闭上了眼睛，随即闻到了檀香、昂贵香皂和一点儿威士忌的混合香气。我想象着他伸开双臂环绕着我，我将脸贴在他的衣领上，他便抬手抚摸我的头发。想到这里，我心潮澎湃。

"四十二大街布莱恩特公园到了。"喇叭里突然冷冷地传出自动报站的声音，我被拉回了现实，只好拖着脚步，不情愿地走向已经打开的车门。那位身着海军制服的男士仍专注地看着手中的报纸，并没有抬头。但是当我艰难地走下布满口香糖残迹的台阶时，我仿佛闻到了我外套上淡淡的檀香味。

第六章

那晚我参加的死亡咖啡馆聚会是在纽约公共图书馆里举行的。我通常不会频繁地去同一家死亡咖啡馆,因为尽管每次聚会会吸引一拨新客参加,但仍不可避免地有常客前来,而他们会认出每一张熟悉的面孔。很幸运,最近在整个纽约市举行了很多死亡咖啡馆聚会,所以想要保持相对的匿名身份,还是比较容易的。

我到的时候,还没有人来,房间里只有摆成一圈的黑色塑料椅子在静候客人。我不喜欢第一个到场,这意味着我必须和每位到来的客人打招呼,还可能需要和他们聊些无关痛痒的话题,一直持续到聚会开始,这让我颇感压力。于是我就在附近的书架边徘徊,装作在仔细阅读书架上陈列整齐的航空工程书籍的样子。

当我终于进场坐好时,周围已经坐满了人,只有一把椅子还空着。我能轻易地看出哪些人是首次参加这种聚会的,因为这类人像完全踏出自己的舒适圈一样,眼睛快速转动,并且显得坐立不安,手足无措。随着挂钟的时针走完一圈,人们开始躁动起来。这场聚会的主持人是一个热情洋溢的意大利女士,她拿起膝盖上的一摞文件,会议准时开始了。我以前从未见过她,否则我一定会记得她高挺的罗马鼻。

"欢迎各位。"她开心地说道,"我叫阿利格拉(Allegra)。"这时她留意到一位三十多岁的白人男子正一边试探性地向房间里看,一边打着电话,于是说话便停了下来。

"先生您好,请问您是来参加死亡咖啡馆聚会的吗?"在这类聚会上,起码有一个人是被强行喊来参加的,这已经见怪不怪了。

他用手盖住手机听筒,紧张地笑了笑。"我想,是的,我的意思是,我是来参加聚会的,"他说道,"抱歉,我来得晚了点儿。"说着他羞愧地向在座的各位点头致歉。

"没关系,幸好我们给你留了座位。"阿利格拉开心地说道。我羡慕她的从容——这说明她是在充满爱的环境中长大的。"快进来,我们也才刚刚开始。"

他匆匆地向空座位走去,但是走到一半就停了下来,像是刚刚想起来电话还没挂。"我要挂了,我正忙着呢,"他低声回道,"确保这事儿别被人知道就行。"他把手机塞进口袋里,没脱外套就一下子坐了下来,全然不顾房间里因没有窗户而空气不流通,让人憋闷。"抱歉,"他再次向在场的人道歉,"工作上的事情。"他看起来非常紧张,引得其他人似乎也愈加紧张起来,就像两道电流相遇引起了强烈的反应一样。

"好了,很开心能在这里和大家一起参加死亡咖啡馆聚会。"阿利格拉说道。然而我却对她的头发感到好奇,她留着蜂蜜色的齐肩发,看起来竟然既精致整洁又简单随意,非常奇妙。"我知道很多朋友可能是第一次来参加聚会,所以我想简单介绍一下我们的聚会内容。"她停下来看着在场的人，眼神平静，并没有被客人们脸上惊慌的表情吓到，也不担心那位晚到的人会随时离开，"在这里我们进行开放式讨论，没有特定的议题，大家脑海里可能想到的任何有关死亡的话题或疑问，都可以提出来讨论。在纽约市里有很多死亡咖啡馆，你们中的一些人可能曾经参加过。这里只有一点与其他地方不同，就是因为我们的聚会设立在图书馆内，所以不能提供餐饮服务。"

这种死亡咖啡馆不是我最喜欢的，其中一个原因是回家后，我必须自己打点吃的，因为只吃点儿开胃菜无法果腹。但愿冰箱里还有些可以加热来吃的食物。

"现在，让我们转圈轮流介绍下自己吧。"阿利格拉拍了拍手说道。

和往常一样，与会者形形色色，背景各不相同。

有一位二十多岁的男生，穿着一件翡翠色的高领毛衣。他一直对死亡的话题感兴趣，但是发现身边从来没有真正愿意和他讨论死亡的人。

有一位老太太，戴着厚厚的红色镜框眼镜，患有早期阿尔茨海默病，她眼看着自己的记忆力逐渐丧失，正在努力应对。

有一名戏剧专业的学生，她因从小就被培养成一名无神论者，而觉得自己缺乏灵性，无法面对生命的终结。

还有一位荷兰游客，他是在图书馆里看到死亡咖啡馆的单页后来的，他认为这会是一个认识纽约、练习英语的好方式。（回想起自己在瑞士第一次参加死亡咖啡馆的经历，我觉得我们之间燃起了友情的火花。）

下一个做自我介绍的是那个迟到的男人，他的右腿在抖动。我的左腿也跟着抖动起来，不知道是因为受到了他的影响，还是由于自己紧张。

"呃，嗨，我是塞巴斯蒂安（Sebastian）。"他尴尬地挥了挥手，紧接着扶了扶他的金边眼镜。"我来这里大概是因为我们家从不认真讨论死亡的事情，所以死亡对我来说非常陌生。实际上，我非常害怕死亡，我想，也许我来到这里，对死亡有更多的了解后，就能克服对它的恐惧了。"

房间里有几个人点了点头，深有同感。塞巴斯蒂安看向坐在一旁的女士，示意到她了——他希望人们赶紧把目光转移到其他人身上。

这位女士在介绍自己的同时，也在解释她的来由——她怀疑她的公寓闹鬼。我打起精神，默默地在脑子里练习着自己的讲话。记住自己一会儿要说什么，总是能降低说话失误的概率。我从来不在死亡咖啡馆暴露我的真实职业。因为当我说出我的真实职业后，人们总会提出这样那样的问题，虽然是极致的好奇心和善意使然，但这些问题仍然太过隐私。大多数人甚至从未听说过临终陪护师这一职业，更别说见过了。因此，我给自己伪造了一个更有亲和力的身份。当所有的目光汇聚在我身上，我深吸了一口气，挤出一个微笑。

"我是克罗芙，"我一边说着，一边祈求自己的脸没有变得通红，"我奶奶最近去世了。"

人们开始喃喃自语，以示哀悼，我也因撒了谎而局促不安。但是像往常一样，这足以解释我参会的原因，人们的注意力也转移到了我左边的女士身上。

阿利格拉通过一篇文章和大家展开了交流，这篇文章是她之前看到的，讲的是利用蘑菇葬服最终把遗体分解成肥料的事情。随后大家展开了究竟要土葬还是火葬的激烈辩论，还权衡了将骨灰撒入大海进行海葬，以及捐赠遗体用于科学研究的利弊。

"我喜欢死后化成肥料和地球融为一体的想法，"那位信奉无神论的戏剧专业学生说，"这就像是生前地球养育我们，死后我们反过来滋养地球一样。"

荷兰游客肯定地点了点头："没错，而且这种方式比火葬环保多了，火葬会产生各种污染物。"

"那么，如果我想实行海葬，我的家人可以把我的尸体带上他们的渔船，然后把我抛进大西洋里吗？"我旁边的女士很是务实。

"不行，"穿高领毛衣的男人回答说，"我的叔祖父曾想实行海葬，我为他查了一下，发现得持有各种各样的许可证和材料才能这样做。但是在新英格兰有一家可以实施海葬的公司，他们会包租一艘游艇，带你巡航一天，中午提供野餐，之后才会把尸骨投进大海。"

这种你来我往的交谈总是很有趣——大多数纽约人不羞于分享他们的观点。而我更喜欢在脑海里作出回应，这样就不必忍受所有人都盯着自己看的窘境了。另外，最吸引我的是当把死亡看作一个抽象概念时，其他人对此的想法。

我客户们的生命正在流逝，已然接近尾声，他们常常能通透地看待事物。明白死亡正在靠近，似乎能让他们更果断地处理事情——就像人生棋盘只剩一步可走时，他们会非常清楚自己该何去何从一样。当人生没有未来可以观望，人生便也有了自由。但是对大多数人来说，死亡是未知的——它是神秘莫测的人生归途，它可能几分钟后就来临，也可能几十年后才到来。根据我的经验，那些活着的时候不愿去想死亡的人，在将死之时往往是抱有最多遗憾的。

我喜欢在死亡咖啡馆和自己玩一个游戏：我会猜测房间里的每个

人在面临死亡时的表现。有些人，比如阿利格拉，他们会欣然接受死亡；还有些人像迟到的塞巴斯蒂安这样，他们则会感到恐慌和遗憾。

我只是希望在他们面临死亡时，会有一个像我这样的人，帮助他们平静地度过最后的时光。

第七章

我走下图书馆外宽阔的台阶,外面细雨蒙蒙。从沉闷的会议室里出来,呼吸着傍晚时分潮湿的空气,就像在给肺部喷气味清新剂一样。我呼出一口气,面前出现了一团云雾。

"克罗芙!"身后传来一声热情的呼喊。

我吃了一惊,不可能有人喊这个名字,原因有二:第一,我从没遇见过和我重名的人,即使有这样的人,他恰巧出现在我附近的概率也微乎其微;第二,过去和我共度十年光阴的人很多已经逝去,平时连特意给我打电话的人都没有。

但是在我转身寻找喊我名字的人时,我突然意识到在一小时前,我已经向一屋子的人宣布了自己的名字。塞巴斯蒂安正一路小跑着朝我这儿赶来。我下意识地拍拍外套口袋,查看是不是不小心把东西落在图书馆了。然而并没有,所有的东西都带齐了。

"克罗芙,你好!"塞巴斯蒂安笑得很灿烂,并没有注意到我脸上惊讶的神情。我开始考虑最优的逃跑方式。在纽约市,你必须能机智地摆脱不必要的社交：永远不要摊牌——也就是说，绝不要先于对方说出自己的去向，或要乘坐的地铁线路，这样便于你选择与对方恰好相反的方向离开，从而礼貌地结束一段简短的对话，不让对方觉得怠慢。

我本可以直接跑开，不和他打招呼，但我的教养不允许我这样做。

我无耐地笑了笑。"哦，嗨，最近过得怎么样？"我假装不记得他的名字——可这只会让他以为我想和他交谈。

"我叫塞巴斯蒂安。"他伸出一只手，我没有办法，只好跟他握了下手。

"哦，塞巴斯蒂安啊！"我没有再说什么，希望这样能加快对话的进度，迫使他直奔主题。但随之而来的沉默，让我们两人都感到窒息。

他尴尬地挪动了下双脚，手里紧紧攥着一条灰黑色的围巾，看起来是羊绒材质的。"嘿，你奶奶的事，我很遗憾。我奶奶身体也不太好。"

这不是表达哀悼最好的方式，但我实在也没有资格评判。尽管我在死亡咖啡馆里是这么说的，但实际上我的奶奶和外婆在我出生前就已离世了。

"哦，谢谢，是的，她真是个好人。"我撒谎说。其实外公从不和我多说他妻子的事，我一直把这看作他表达悲痛的方式（不过他和我提到过外婆对草莓过敏的事）。不知道我把从未见过面的人胡乱形容一通，会不会冒犯神灵呢？我说的可都是好话呢！

塞巴斯蒂安追问道："我看你在里面也什么都没说。谈论死亡挺奇怪的是吧？说实话，这真是把我吓了一跳。"

我自认有必要反驳他说的话，沉默了片刻，我考虑着要不要说明我的真实身份。

"其实……"我说道,这是我第一次和他对视,我看到他充满少年感的圆脸和黑发中的斑斑灰发,二者形成了鲜明的对比,配上他的金丝眼镜和围巾,有一种古怪教授的迷人气质。"我一点儿也不觉得奇怪。死亡是生命的自然组成部分。实际上,它是我们生命中唯一真正能够确定的事情。"

塞巴斯蒂安看起来有些震惊。"没错,我想你说得对。"他的笑声听起来有点儿紧张。"所以我才来参加死亡咖啡馆聚会。我知道自己迟早会面临死亡,那么不妨现在就努力克服对它的恐惧,这样当它来临时,就不会那么糟糕了。"

我点了点头,绞尽脑汁地想着办法,试图不失礼貌地离开。但塞巴斯蒂安似乎一点儿也不想结束对话。

"克罗芙,说说你的故事?"

"我的故事?"这让我愈加痛苦起来。而且他一直这样叫我的名字,就像我们是好朋友一样,这让我感到不舒服。"哦,没有什么很有趣的事儿,我只是一个在纽约市长大的普通女孩儿。"

我转身往街的方向走去,希望这样能清楚地发出我要离开的信号。

"你在这里长大?太酷了。现在很少能见到真正的纽约本地人了,似乎每个人都是从其他地方搬过来的,我就是。"

塞巴斯蒂安连珠炮似的接话,显然想继续和我攀谈下去,但我不想聊下去了。"嗯,很高兴见到你,"我草草地答道,"但我得走了。"

我开始走下台阶,他在我身边,跟着我往下走。"嘿!你往哪边走?乘地铁吗?或许我们顺路呢?"

我知道温婉地表示遗憾是当地的社交习惯,我也希望我能礼貌地拒绝他,但我从来不擅长伪装。

"哦，其实我是要去打车。"我又撒了谎。我唯一一次打车还是在天气冷到会冻伤人的时候。

"那太遗憾了。"塞巴斯蒂安几乎脱口而出，语气中透着失望。

我急忙奔向路边，向任何一位可能在垂听的神求助（我想我现在肯定和所有的神都相处得很好），我祈求有一辆出租车，立刻带我逃离现场。我尽可能自信地把胳膊伸到空中，而当我的祈求得到回应后，我又极力控制住自己，没有一头扎进出租车，砰的一声关上车门，而是履行职责般地转过身，匆忙地和他道别："有缘再见。"

出租车已缓缓起步，但他仍试图透过半掩的车窗和我说话。"等一下，"随着车渐行渐远，他喊道，"有时间能一起喝杯咖啡吗？"

"不可能。"等塞巴斯蒂安已经听不到了，我嘀咕着。司机通过镜子朝我皱了下眉。他一言未发，但他的想法刺痛了我的心。

出租车在交通灯由黄变红之际驶过了马路，我如释重负般地松了口气。透过雨水斑驳的车窗，我看到城市的灯红酒绿汇入霓虹灯的灯光中。我应该让司机把我送到二十三大街地铁站吗？不，我不能冒这个险。纽约可能是个残忍的城市，这体现在很多方面，其中一个就是尽管除游客外，这里有百万居民，却并不妨碍你常常撞见避之不及的人。我绝不会让这种事发生，就算我要出一大笔出租车费也不行。我在心底里划掉列表上这家特殊的死亡咖啡馆，现在死亡咖啡馆风靡一时，我还是能在列表上换另外一家。

我到家时，乔治、罗拉和莱昂内尔正在门前翘首以盼，等我回家。我出门前喂了它们，所以我知道它们的热情欢迎并非因为饥饿，我非常欣慰。被挂念是一种别样的幸福。

把馅饼放入微波炉中加热后（这块馅饼是我冰箱里唯一的东西），我重又坐回沙发里，手里拿着遥控器。我刷着节目列表，然而几分钟后，我发现自己压根无心观看屏幕上的内容。我的呼吸急促不安，那个叫塞巴斯蒂安的男人，为何如此想要和我说话？死亡咖啡馆里有很多人，除了在他介绍自己时，我出于礼貌地看着他外，便几乎再没看过他了。而且在图书馆外面时，我也清楚地表现出自己没有和他聊天的兴趣。可他为何还是如此坚持呢？要是非说一件我擅长的事情，那就是我默默无闻、悄无声息地生活。像这样有人刚好把我单独挑出来，是非常罕见的，所以此事必定有我不知道的原因。

我看着电视屏幕里20世纪90年代的浪漫喜剧列表，感到胃里一阵翻江倒海。

也许我们在图书馆台阶上的相遇只是一场……美丽的邂逅？

不，根本不可能。我身上没有什么了不得的特点，不会有男人会越过阿利格拉这样的女性而先和我攀谈。考虑到这一点，我感到尴尬起来。

现在我回想起来，他那通没挂断的电话听起来实在诡异。或许他是某种专门欺负弱势群体的骗子，来死亡咖啡馆只是为了寻找下一个毫无戒心的猎物。他也可能是一位房地产经纪人，或者是人寿保险推销员，又或者他正在高价推销丧葬服务。我帮助过太多家庭办葬礼了，我深知趁着人们太过悲伤，判断力下降，以办葬礼为由掏空他们的积蓄是多么无情。因此我总是对这类骗子非常警惕，从而确保我的客户们不为其利用。

一切都开始说得通了。我提到我祖母去世了，不管他打的什么算盘，他认为自己找到了下一个可以压榨的目标了。真是浑蛋。现在我不再因撒谎而感到内疚了。我又往厚厚的羊驼毛毯里蜷缩了一下，再次看了看电视节目列表，这次我专注多了。我正要点击播放《风月俏佳人》（Pretty Woman），这时，一阵此起彼伏的、让人抓狂的喇叭声猛然响起，我不得不停下来。这声音太吵了，即便我对纽约的噪声十分包容，但依然无法忍受这种声音。我把毯子披在肩上，赤着脚去窗边查看。

搬运工的卡车堵住了楼下狭窄的单行道，就像是血块把大动脉堵住了一样。一排身材健硕的男人正像蚂蚁一样，在尽职尽责地搬运箱子，对刺耳的喇叭声充耳不闻。这次我能和那些狂按喇叭的司机产生共鸣，毕竟怎么会有人要求搬家公司在晚上九点帮忙搬家呢？

很快，这种同情转变成了自怜，因为我发现楼下街上正发生着让我感到不安的事情——这些勤劳的搬运工正沿着我家楼前的台阶向里搬运。

新邻居来了。

第八章

　　我喜欢乔治的其中一个原因是，它从不着急出门上厕所。我怀疑它是因为太懒惰，就自己养成了憋尿的习惯，尽管它上次出去"方便"已经是八小时之前了。这意味着我可以把我们外出公寓楼的时间推迟到深夜，等到搬运工离开后再下去。希望那时候，新邻居正在他们自己的公寓里，忙着收拾行李。

　　一直等到十一点，我才给乔治套上衣服，牵起遛狗绳。下楼时，它总是喜欢不慌不忙地嗅探楼梯间的味道，于是我把它拖进怀里，小心翼翼地在二楼走着，生怕把地板踩出响声。乔治很少被抱在怀里，它在享受的同时疑惑地看着我，似乎在说这太梦幻了。在我们到达信箱那里时，我才发现自己一路下来一直都没敢呼吸。

　　但我的秘密外出计划毫无意义。当我挤出前门，一位与我年龄相仿、手里拿着棕色外卖纸袋的女士正走上前门的台阶。她开心地笑着，将一缕黑发塞进羊毛帽子里。

　　我感觉自己像一只在厨房偷吃零食时被抓个正着的老鼠。

"你一定是克罗芙！"这位女士跳过最后几级台阶，和我们一起站在门廊顶上。"前几天我去取钥匙的时候碰到了利奥，他把你的事儿都告诉我了。"她伸出手来和我握手，即便我正抱着一只五十五磅（1磅≈0.45千克）重、裹着厚格子外套的牛头犬，明显腾不出手来。"我叫塞尔维（Sylvie）。"

我像抓盾牌一样抓住乔治，把它的重量转移到我的髋部，这样我就可以把手从它敦实的屁股下伸出来。

"你好，"我说，我有点儿生利奥的气，"那我得欢迎您搬到这栋楼了吧？"我没想说得像提问一样，但上扬的语调暴露了我的意图。

塞尔维淡褐色的眼睛里流露出开心的神情。"这个小帅哥是谁？"她用手背轻抚着乔治的头，乔治憨憨地朝她咧嘴一笑，舌头则慵懒地耷拉在一边。

"呃，这是我的狗，乔治。"这话一出，我便觉得难堪，谁不知道它是一条狗呢？

"乔治，很开心见到你，"她用人类对待动物及婴儿时才用的那种卡通声音说道，"我也很高兴见到你，克罗芙。期待着能有机会慢慢了解你！"

我唯一能回应她的是一个惊讶的微笑。塞尔维就像一只蜜蜂，不时地绕着我的头顶嗡嗡作响——要是我始终一动不动地站着，<u>丝毫不理会她，她会不会自己离开呢</u>？然而并没有，这种让人无所适从的沉默似乎一点儿没有影响到她，她还是那样，脸上略带开心的神情。

"我看你和乔治正要出去散步，那我就不打扰你们了，"她边说边在外套口袋里找钥匙，"啊，我的越南米粉要凉了。"

"很高兴见到你，"我说道，脚步飞快地走下剩余的楼梯，"晚安。"

"晚安！对了，克罗芙——"塞尔维开始在她的钥匙链上找那把最新的钥匙，"改天一起喝咖啡吧！"

"哦，好的。没问题。"

我头也不回地快步前进，不给乔治找地方上厕所的机会，只想尽可能地远离公寓楼。我焦虑得说不出话，曾走过几千次的地方突然感觉陌生起来——路灯似乎更加刺眼，人行道上的裂纹好像也显得更加诡谲了。我急忙向图书馆奔去，乔治试图停下闻闻，但我还是阻止了它。

我感觉自己中了埋伏，同时责备自己当时没有找借口推辞。我太紧张了，所以连想也没想，就立刻答应了塞尔维的邀请。可是一旦你和别人一起喝过咖啡，下次再在楼梯间遇到时，就不能只是礼貌性地点头示意了。而且你和他们说得越多，他们就可能有越多不喜欢你的理由。

我在安吉拉（Angela）身上就犯过这个错误。安吉拉是一位来自澳大利亚的女士，十年前她住在二楼的公寓里。刚搬来没几周时，她就邀请我同去附近一家新开的茶馆探店。感到惊讶与荣幸之余，想到我要结交除利奥以外的成年朋友，我甚至还有点儿兴奋。当我和安吉拉小口抿着日式抹茶拿铁时，我觉得我们的社交活动进行得很顺利。我没有很紧张，甚至还逗她笑了几次。然而，当我告诉她我的工作内容主要是服侍将死之人，看着人们死去……这时我们的对话立刻变得不自然起来。不知怎么的，安吉拉想起自己还有其他地方要去，点的饮品还没喝完，便匆匆离开了茶馆。在她还住在我们公寓楼里剩下的一年时间中，她几乎连两句话都没再跟我说过。

现在我知道怎么识别这种反应了，因为自那开始，这种反应我已经看过了无数次。不论何时，只要我和别人提及我的工作，我就能看到这种反应：他们的身体变得紧张，眼神开始躲闪，还有奇怪的一点是，他们从没时间和我交谈，就好像单是我的出现，就可能在某种程度上加速他们的死亡一样。

我不会允许自己对塞尔维再犯同样的错误。在她可能拒绝我之前，还是先拒绝她比较明智。

第九章

"外公,我们为什么会死啊?"

那时我六岁,和外公面对面地坐在离我们公寓几条街远的早餐店里吃早餐。从搬来和外公住的这个月开始,他周末习惯去哪里吃早餐,我也就自然而然地形成了同样的习惯。只不过外公更喜欢吃鲜牛肉马铃薯泥,而我喜欢吃法式吐司。

"这个问题对一个小女孩来说可真复杂,"外公说,"不过这个问题提得很好。"

他把匙子浸入黑咖啡里,一边搅拌一边思考。过去几周里,我无数次看到外公这样做,以至于我想知道是不是所有复杂问题的谜底,都藏在了咖啡杯底部。外公举起匙子,敲了三次咖啡杯,他总是敲三下,而且敲的总是杯子左侧。

"瞧,克罗芙,每天都有很多人出生,而地球难以给我们所有人提供足够的空间和资源。也就是说,人们需要通过死亡来为其他即将出生的人腾出空间。"

在我把盘子里的蓝莓摆成笑脸时，我思考着这个问题，问道："我们就不能搬到其他星球去吗？比如木星，或者海王星？它们有行星环，所以可能有很多额外的空间。但是我们必须得坐火箭飞船才能到那儿。"

外公摸着下巴上的胡楂——我最近才熟悉这种声音，觉得这声音挺抚慰人心。"或许有一天我们能够搬到其他星球上去，但目前我们还没有找出这么做的办法。"

他把一条长腿从桌子底下抽出来，伸了伸，舒了口气。狭小的摊位在一定程度上把他本就优越的身高凸显得更加高大，相较而言，我六岁的小骨架看起来更小了。我们坐在一起，看上去似乎是两个标点——问号和逗号，彼此相对而坐。

"最终，"外公继续说道，"我们的身体会变得苍老，渐渐不中用了。"他指着自己头顶上灰白的头发，"我的头发曾和你头发的颜色相同，我的双手也曾像你的一样光滑。但我正在慢慢老去，我的身体不像过去那样好使唤了。"

我皱了皱眉，接着扬起眉头关切地问道："外公，你会死吗？"

他伸手拿起匙子，又开始搅拌起来。

"本质上说，是的。"嗒嗒——嗒嗒——嗒嗒，"其实，我们都难逃一死。"

他伸手拿起调味品旁边一盒餐馆促销用的火柴。外公挑出一根绿头的木棍，沿着火柴盒一侧划了划，接着出现了一簇小小的火苗。我看见火苗慢慢向外公的手指处烧去，木棍随之烧焦，颜色也由淡黄变成了黑色。

外公的手腕快速一挥，火焰就熄灭了，只留下一缕青烟。

"外公，你不应该玩火柴的。"我自豪地重复着最近新小学里老师说过的话。

外公嘴角带笑。"你说得对，克罗芙。但这次我们破个例，以便探讨你的问题。可以吗？"

我用吸管来回搅动着橙汁，思忖着。"好吧，但你要答应我，你会特别特别小心。"

"我保证，"外公严肃地说道，"现在，我们把每根火柴看作一个人的一生。"

我把盘子推到一边，把胳膊肘支在桌子上，双手托着下巴。

"从理论上说，"外公继续说道，"每根火柴燃烧的时间应该刚好是相同的，对吗？"

"对的。"

"但有时候，你刚点燃一根火柴，它却马上就熄灭了。还有些时候，火柴自己烧着烧着就熄灭了。"

"有时候，当你试着点燃它时，它却断了。"

"完全正确！"外公的认可在我看来如金子般宝贵。"所以，尽管从技术上说，它们可以燃烧相同的时间，但其实每根火柴都是独一无二的。有时候它表面上看起来很耐用，但实际用起来又没有那么好，就是因为我们不能只关注火柴本身。有很多外界因素会造成这种结果，像我们用了多大的力度划火柴盒，空气湿度是多少，或者当我们试着点燃火柴时有多大的风。这些因素都能影响火柴燃烧的时间。"

我不耐烦地在椅子上挪动了一下，塑料座椅随之发出吱嘎的声音。"可是这跟死亡有什么关系呢？"

外公手一挥又划了一根火柴。像是在印证他的观点似的，这根火柴几乎刚一点燃就熄灭了。

"好吧，亲爱的，就像我们无法在点燃火柴之前知晓它会燃烧多久一样，直至死前，我们也无从知晓我们的生命长度有多长，而且生命中也常有一些我们无法控制的因素。"

"那是谁决定我们去世的时间呢？妈妈和爸爸还没有您年龄大，为何他们去世了呢？"

我看着外公起伏的胸膛。他眼角闪着光，像是装了小钻石。

他无助地耸了耸肩。"很不幸，这些问题更加复杂，我们还没找到答案。"

"这样啊，"我边说边用叉子戳了戳盘子里的法式土司，"那我们岂不是有很多工作要做啦？"

我吃光了盘子里的东西，饱餐一顿，看着外公把充斥着混乱笔迹的账单核对好，然后朝着一位长着雀斑、梳着背头的瘦高个儿服务员礼貌地举手示意。

"先生，打扰一下。"外公说着举起了账单。"请问你什么时候有空？你好像还没收我外孙女的果汁钱。"

年轻的服务员听到如此礼貌的招呼，十分惊讶。他看了一眼账单，满不在乎地挥了挥手："哦，没事。算我们请的。"

外公拿出钱夹，看着服务员的眼睛说："好吧，这很好。不过，虽然给不给你钱，对你来说都无所谓，但我还是要把钱付给你的。"

服务员皱了皱眉头，接着耸了耸肩："请便，先生。那样要多付两美元。"

外公抽出几张钞票，把它们整齐地叠放在账单上。在他把钱夹重新放回胸前的口袋时，与我对视起来。

"克罗芙，即便人们不追究你的责任，诚实也总是至关重要的。"

我和外公并排站在餐馆外的人行横道上，我必须向后仰起脖子，才能看到他的眼睛，就像试图看到摩天大楼的顶部一样，我的整只小手也只能完全抓住他两根修长的手指。等着过马路时，我会温顺地紧紧抓住这两根手指。法式吐司很好吃，但新制订的第二部分周末活动计划更加讨我欢心。

红色法式门上挂着的小小铜铃每每通报着我们的到来。这种叮当声让我想起圣诞节的声音，好吧，至少电影里过圣诞节是这种声音，我父母其实从不因为它是节日而去庆祝。我问过他们这个问题，他们说为一个你不相信的人庆祝是虚伪的（我不确定他们说的这个人是圣诞老人，还是圣婴耶稣）。

"你好，帕特里克！你好，克罗芙！"

贝茜（Bessie）小姐是书店的老板，她穿着高跟鞋，小心翼翼地站在凳子上，重新整理着书架高层上的一排侦探小说。她紧身涤纶连衣裙遮盖下的丰满胸部，看起来就像两个充气游泳圈。真不知道她去海边游泳时，胸部能否帮她更好地浮在水面上。

外公行了个脱帽礼："你好，贝茜小姐，见到你真高兴。"他伸出一只手帮助她从椅子上下来。

"你好，贝茜小姐。"我在外公身后，害羞地附和。

贝茜小姐朝着我微微一笑。"亲爱的小宝贝，你很幸运，我这周刚进了些很棒的新出版的儿童读物。"她伸出手向我示意："我们去看一看怎么样？"

外公回以贝茜小姐一个感激的微笑，然后低头看着我，拍着我的头说："你去找吧，但记得只能选一本，所以要明智地选择哦。"

我感受到他那夸张语调下带来的压力——这是一个我每周都要认真对待的任务。但至少我知道，我有大把时间来作决定，因为外公总是在非小说区徘徊很久，才能选出要读的书。毕竟，他也只能选一本书。

贝茜小姐和我拐进色彩斑斓的儿童区，她伸手从盆栽后面拿出一整碗糖果端到我面前，食指放在双唇上。

"嘘，"她小声说，"我让你拿两块，但你不要和你外公说。"

我目不转睛地看着这些糖果，十分犹豫——巧克力和棒棒糖，我真的都想要。严格地说，外公并没说不让我拿两块，可是贝茜小姐表现得好像这是个秘密一样。我站在那里晃动着身体，仔细地思考着。

"谢谢你，贝茜小姐，"我说着，抬起头坚定地看着她的眼睛，"但是我只拿一个就好了。"

一小时后，我和外公用胳膊夹着各自选好的书走回公寓。外公选的是一本厚厚的传记，是关于科学家路易·巴斯德（Louis Pasteur）的，我选的是一本关于神秘小矮人村庄的综合指南。我十分清楚我们会怎样度过这个下午。外公会坐在他的灯芯绒扶手椅上，而我会坐在他脚边的懒人沙发上，就这样一起沉迷于一页页的文字中，逃往不同的世界。外公偶尔会拍拍我的头，像是要让我知道他一直都在，让我安心。

我们走得很快，这样我们就能尽快到家了。这一天是冬日里难得的暖和天，我们西村社区的人行道上挤满了人。我跟着外公的脚步，在一双双腿之间穿行。我打量着熙熙攘攘的人群，把他们想象成一根根还在燃烧的火柴。

我抬头盯着高大的外公，感到有点儿恐惧心慌。外公还能活多久呢？

第十章

我总是很想去把洗好的衣服收起来,但是想到我得走出前门去往洗衣房,这种想法又总会渐渐消失。所以,过去一周里,洗衣篮一直放在我橱柜前的老地方,等着我去"临幸"。罗拉和莱昂内尔重新回到了它们的位置上,舒服地依偎在我的干净衣服中。也许它们认为只有我的衣服上沾满了猫毛,我这个女人才算拥有了完美的衣服。

在从两只猫中间重新找出运动衫时,我在壁橱门上挂着的镜子里看到了自己的样子。我很少停下来仔细端详自己的脸,这种感觉很像几个月未见某人,突然间撞见了。我总是在想,岁月会神不知鬼不觉地慢慢在你身上留下痕迹,还是让你某天像往常一样醒来时,一下发现老了很多。到目前为止,我还没有明显变老——我额头上的两道皱纹和我二十岁出头时的那两条一样,白发也只是长出了几根。我往镜子前靠了靠,揉着脸,想看看如果长出伴我终生的鱼尾纹时,会是什么样子,呼出的气随之在镜子上变成水雾。也许更显优雅,也许略显憔悴。但这并不重要,因为除了利奥,生活中再没有人会注意我的变化。

我的注意力转移到夹在镜子一角的照片上。那是一张我父母的照片，照片里他们站在一套房子的门框旁，而我对这套房子的印象只停留在一些感官片段中——我光着脚踩到台阶上的地毯时感到的刺痒，卧室窗外潮湿的树篱飘来的木香气息，天花板上的吊扇像直升机桨叶一样呼啸，等等。搬来和外公住后，没过多久，他就给了我这张照片。我对父母仅存的回忆其实就是一些真实事件，和几十年来我看着同一张照片所产生的幻想混杂在一起的片段。我想，爸爸脸上之所以挂着浅浅的坏笑，是因为他叛逆，而妈妈涂着鲜艳的口红，表明她是个很优雅的女人。他们十指相扣，而不是松散地缠绕在一起，说明了他们的浓情蜜意。

可以肯定的是，我爸爸是一名律师（我喜欢把他想象成处理人权事务的律师，但他更有可能是处理公司诉讼案件的），而且经常出国。我妈妈在我出生前，就已经是一名小有名气的芭蕾舞演员了。根据这些年外公透露的一些细节，是我的意外到来，给她的事业按下了暂停键。她以前在芭蕾舞团上班，一心想成为一名独舞演员，怀孕后就在自己的追梦路上停了下来。这可能也就是她更愿意陪爸爸去海外旅行，而不是花时间陪伴我的原因。

除此之外，我的父母对我来说就像谜一样神秘。这张照片让我更加困惑，不知道自己是否应该多想念他们一点。

我走回客厅时，几乎被那里的味道呛到，污浊的猫砂味和外公的旧物散发的霉味一种比一种刺鼻。这种状态持续多久了？我对这种味道已经习以为常，以至于我常常察觉不出来，直到这股味道变成恶臭才发现。

我推开窗户，窗户上几十年的旧漆随之簌簌地掉了下来。一阵微风吹进室内，我点了一根火柴，擎着它点燃一炷香，看着火苗从火柴上跃到熏香上。微风和香料的味道带走了空气中的污浊气味。

我更喜欢圣檀木的香气，是因为它是临终仪式上一个极其重要的元素，因此仅仅把它用作空气清新剂有些大材小用。大学暑假期间，我在秘鲁安第斯山跟着萨满祭司学习印加死亡习俗。这些习俗中我最欣赏的一个，是他们有时会把逝者摆成胎儿的姿势下葬，以增加他们来世重生的机会。我喜欢把葬礼看作逝者旅行的开始，而不仅仅是最后的告别。

圣檀木的香气总能让我回想起那段时光。置身于极高的山峰，凌驾于云雾之上，总有种梦幻的感觉，就像你是在用某种方式冲破现实世界和精神世界的障碍。从那以后，每当有垂死之人提出这个请求，我都会在烟熏仪式中反复挥动点燃的圣檀木香或鼠尾草。这是一个清理负面能量的过程，我自己也从中收获了内心的宁静。我研究了很多的宗教和精神信条，肯定了每个人身上都流动着无形的能量。尽管这种负能量清理仪式的作用只比安慰剂多一点，但我曾目睹它是如何给予人们希望以及重生之感的。

或者至少会释怀地离去。

我把香灰放入陶罐，看着袅袅浮烟飘向开着的窗户，就像是看着蛇盘旋着追随魔术师。和往常一样，呼啸的警笛声、动不动就响的汽车报警器声、尖厉的谈话声，无一不从街上传来。我从未真正介意周遭的噪声，相反，这些噪声一直陪伴着我。但是接下来，一个极少听到的声音穿透了城市的喧嚣：我的手机铃声。

我把手机从乔治的肚皮底下掏出来（此时它正趴在沙发上）。屏幕上的号码显示，是曼哈顿上东区（Upper East Side）的一家医院打来的。

新工作来了。

不到一个小时，我就坐上了咔嚓咔嚓通往上城区的六号列车（我对这趟列车很厌恶，仅次于 R 号列车了）。一份工作结束后，我通常喜欢先休息至少两周才去接下一份工作，这是在经历了几年前地狱般的折磨后，我形成的工作原则，但并不严格遵守。我发现，真正让我感到受折磨的不是行就将木前的压抑，而是周围的人，通常是客户悲痛欲绝的家人，他们都把你当成主心骨，难以在情绪上得到解脱。

但这份新工作可能不会超过一天。护士在电话里解释说，这个女客户名叫阿比盖尔（Abigail），26 岁，居无定所。她在中城的自动取款机前厅里晕倒后被人发现，然后送来医院，她肝功能衰竭，已经是晚期了。这很可能是由于她本身患有肝硬化，又喝了一整瓶的杜松子酒导致的。虽然她头脑清醒，可以交流，但其实病情并不乐观。阿比盖尔的父母正从爱达荷州（Idaho）赶来，但他们可能来不及见她最后一面了。

这份工作是没有薪水的，但我不能眼睁睁让她孤独地死去。而且这种情况，我的任务仅仅是待在那里陪着她。医院里人满为患，人手不足，想让护士全天陪在患者身边是不可能的，所以他们开始招募志愿者服务病人。这些志愿者里有一些是像我一样的临终陪护师，到这儿来抚慰没有陪护的病人，甚至有些有陪护的病人也需要我们。不幸的是，死亡并不总是和电影里描绘的那样，人们很快会平静地离去，相反，死亡是漫长而痛苦的。那种身体机能失调或停止前的感知错乱，那种气喘吁吁的窒息感，那种满脸惊慌失措，拼命想要掌控自己生命最后一刻的绝望，都是生命难以承受之重。有时他们的家人会别过脸去，或者干脆跑出房间，不想让这番挣扎的画面成为和亲人最后的回忆，深深烙印在脑海中。

这就是需要有一个像我这样的人待在那里的重要原因。不论我们多么痛苦，都不会把视线从病人身上移开。

我进入医院病房里狭窄的小隔间时，阿比盖尔正在睡觉。她除了皮肤发黄得厉害，眼下有一圈像灰一般的污迹外，根本看不出来是个将死之人。但我知道，身体可以很好地隐藏体内的病灶，但是连在她身体上的机器显示，实际情况要糟糕得多。

我坐在床边那张坚硬的皮革椅子上，从我装得满满当当的大手提袋里拿出一本书。我喜欢带上各种可能有益于病人的东西，帮他们舒服一点度过最后的时光。我带的东西包括一个小型蓝牙播放器，可以播放音乐或者大自然的声音；还有一个平板电脑，用来搜索一些地方的图片，以勾起病人最快乐的回忆，也可以用来阅读他们喜欢的宗教文章。我还带了一支给病人按摩手部的香氛润肤乳、一沓信纸、一支既能写信又可录遗言的笔、一些能营造更加亲密氛围的小蜡烛，还有我的鼠尾草和圣檀木熏香。医院可能不让我烧东西，但如果这能满足病人的临终愿望，我还是会违反规定的（有一次我甚至偷偷带来一品脱吉尼斯黑啤酒）。

读完了三章盖尔·霍恩（Martha Gellhorn）的《我和一个人的旅行》后，我发觉阿比盖尔动了一下身。她一脸茫然，当她注意到那些管子像藤蔓一样沿着她羸弱的四肢爬行时，就变得越来越忧虑。她咂了咂嘴，拼命想找水喝。我按下呼叫铃，伸手拿起床边盛着水的纸杯，把吸管的尖端放在她的唇前。

阿比盖尔抿了口水，疼得表情扭曲起来。"我病得很重，是吗？"她的眼神让我不忍心说真话。

我感到心里一阵刺痛，但还是故作镇定地微笑着。我的工作是让她尽可能舒适地度过剩下的几个小时，但这并不意味着我要对她说谎。让她更加害怕无济于事，所以我就模棱两可地回复了她。

"是的，"我保持着平静的语调说道，"但这里的医生现在把你照顾得很好。"她蜡黄的皮肤让她看起来远超26岁，酗酒往往会造成这样的结果。"我是克罗芙，是来陪着你的。你叫阿比盖尔，对吗？"

她点了点头。

"听说你来自爱达荷州，"我说，"我一直想去那里。"

她疲惫地笑着，露出整齐但疏于清洁的牙齿，还有肿胀的牙龈。

"是的，我来自桑德波因特（Sandpoint）。"阿比盖尔的眼睛环视着小隔间。这里的荧光灯把帘子上的每个污点和它浅橙色的色调都照得格外清楚。"我很想家。"

她似乎愿意和我交谈，所以我追问了下去。

"你最喜欢家乡的哪一点？"我知道，帮助人们想象一个喜爱的地方，是一种让他们平静下来，沉浸在让他们感到舒适和熟悉的东西上的好方法，特别是在他们身处医院无菌隔间的时候。

"我的家乡超漂亮，周围群山环绕，就在湖边。"她的笑容消失了。"但我十几岁的时候，觉得那里太无聊了，就离开家乡来到纽约，想成为一名艺术家。"

"这个职业选得很酷，"我说，同时默默地留意着她的心率监测器，上面显示她的心跳变得越来越快。

阿比盖尔盯着米色的天花板。"这比我想象的难多了。我猜是我的脸皮还不够厚，适应不了这座城市。它好像把我吞没了。"

她所说属实。医院管理员最终找到阿比盖尔的父母时，他们已经有五年没有听到女儿的消息了。在她父母试图劝她去康复中心戒酒后，她就切断了和父母的全部联系，因此父母完全不知道她已经露宿街头一年了。

"在纽约混肯定是很艰难的。"我轻轻把手放在她的手上。不是所有人都喜欢被触摸的，所以最好先试探一下他们的反应。"你一直喜爱艺术吗？"

阿比盖尔紧紧地握着我的手指。"我还是个孩子的时候，就几乎天天在画画。"她放慢了说话的速度，尽力保持着清醒。"我父母说我曾用蜡笔画满所有墙壁和家具。他们还说这栋房子对我来说就像是张大画布。"她疼得笑不起来，脸也变得严肃起来。"他们要来吗？"

我冲她点了点头，尽力表现出自信又随意的神情。"他们已经在来的路上了，应该很快就到了。我知道他们已经迫不及待地想见到你，想拥抱你了。"

希望有一种神奇的疗效，或者说至少可以帮助他们再多坚持一小会儿。这不仅对阿比盖尔十分重要，因为她可以和家人见上最后一面；而对于她的父母来说，告别也同样意义非凡。被剥夺和所爱之人告别的机会，会留下难以愈合的情感创伤。时隔十三年，我的创伤还是未能愈合，所以我答应自己，会尽我所能让别人免受同样的伤痛。

"那太好了。"阿比盖尔说道，她的肩膀放松下来。"你知道吗？有很多次，我都想给他们打电话，想问自己能否回家，甚至可以试试康复治疗，但是我太羞于启齿了。"她的眼皮颤动着，说话声音也低了下去。"我才意识到我这么爱他们，但我已经无法告诉他们了……"

要是她能保持清醒会更好一点，因为昏迷后，她可能无法再恢复意识。但我还没来得及回答，她就已经昏睡了过去。护士快速拉开薄薄的帘子，塑料环摩擦金属杆，发出刺耳的声音，但她一动没动。

"她醒着，神智还很清楚，"我向正在有条不紊地检查阿比盖尔生命体征的护士报告，"她也还能喝一点水。"

护士的眼神很严肃。"有你在这里真好。"

阿比盖尔的父母凌晨一点半多一点就到了。他们脸上难以掩饰长途奔波的疲惫，横跨全国一头扎进一座陌生城市的茫然无措都写在脸上。

我挪到床脚，想在狭小的隔间里给他们挤出尽可能多的空间。阿比盖尔的心脏监控器有节奏地发出嘟嘟声，像一个节拍器一样向医护人员忠实地记录着患者的病情。

"阿比盖尔告诉我，她很想成为一名艺术家，而且她深深地爱着你们，很想念你们。"我微笑着说，但我的笑意更多地从眼神中流露出来，这是一种既能传递温暖和安慰，又能对现状表示悲痛的方式。

她的父母僵立在那里，难以相信命运给了他们如此残酷的一击。

"你们可以和她说话，她会听到的。"我压低声音，平静地说。"爱意总能传达出去，即便她昏迷着。"不幸的是，这往往是人们第一次表达爱意。"如果你们需要我，我就在外面的候诊室里。"

夫妻俩点点头，紧紧地抓着对方的手，就像是暴发洪水时，紧紧抓住唯一能让他们不被冲走的树枝一样。

阿比盖尔在清晨六点钟长眠。

第98个客户。我又完成了一项使命。

第十一章

阿比盖尔去世后,我从医院回家,搭乘的六号列车正值高峰拥堵时刻,加上我极度缺乏睡眠,便觉得更加痛苦。我正极力克制自己以防倚着扶杆睡着,忽然看到一个十几岁的小女孩,正不停地在笔记本上画速写。她坐在那里,全神贯注于她的艺术作品,丝毫不理会焦躁的上班族,以及车厢那催人作呕的晃动。

我感到肋间一阵刺痛。一个年轻且富于创造力的生命凋谢的同时,又有另一个相同的生命在绽放光彩。人类固然脆弱,但脆弱中又不乏美感。

我爬上地铁台阶,清晨的阳光照着我疲倦的双眼,晃得我睁不开眼睛。我从包里拿出城市防御套装——一副墨镜和一副很大的降噪耳机。眼神交流是开启一段对话的大门。当我戴着它们时,只有那些极其勇敢的人(通常是德国游客)才会示意我停下来,向我问路。但是这副耳机的作用绝不仅仅是震慑路人,它们还给了我一处精神圣地。我通常什么也不听——单是那种把自己封闭起来的感觉便很让人安心。戴上它们,就像是逃到了我自己的私人空间,我可以变成世界的旁观者，而不是参与者。

我喜欢这座城市的节奏——步调一致，却又对比鲜明。一类人是初到纽约的游客，他们拖着缓慢而迷茫的脚步，尽情观赏着每处街景的各个细节；另一类人是本地人，他们习惯灵巧地躲避或超越那些游客，更喜欢尽快地从 A 地抵达 B 地，看着他们就像看着鱼儿在摇摆的海草间来回穿梭一样。

随着我开始往前迈步，太阳一时间被簇簇乌云包裹，现在的氛围更加符合我的心境。尽管这是我的工作，但一周时间内看着两个人去世，还是让我感到难受。我透过黑色的镜片观察着每个路人——他们的表情，他们的肢体语言，他们在这个世界上扮演的角色……似乎所有人都没有察觉到，他们就是那些燃烧着的火柴，而且火柴上的火苗随时都有可能意外熄灭。

就像在肯定我的想法一样，刺耳的轮胎摩擦声以及尖叫声突然从我身后的街上传来。一位边走边接电话的男士一不留神走进了迎面而来的车流里，差点儿和一辆 UPS 快递卡车相撞。他生命的火焰摇曳了一下，但是又继续燃烧起来。

他是一个幸运儿。

我坐在外公最喜欢的扶手椅上，把阿比盖尔的事记在笔记本上，缕缕晨光洒进我的公寓。外公宽阔的肩膀已经把浅灰绿色灯芯绒的纹路磨平，弹簧坐垫的一边也轻微地陷了下去，这是因为外公总是优雅地把一条腿交叉搭在另一条腿上。每天早上，他都会坐在这里看报纸，同时把一只脚的脚踝搭在另一只腿的小腿肚上，露出他当天穿的袜子——他总是挑选一些条纹袜。他的黑咖啡冒着热气，与总是落在客厅同一位置的阳光翩翩共舞。

在我还是个孩子时，外公的扶手椅似乎是巨大的，外公也非常高。外公去世后，我又住到这个公寓里，可是扶手椅似乎缩水了，就像外公随着年龄的增长而缩水的身高一样。外公身高1米96，比身边所有人都高，而且他的身体轻盈，脑袋好像永远向前倾着，对他人以示敬意。可他离世时，测量出的身高还不到1米88。

我就像背靠在外公的怀抱里一样依偎在扶手椅里，思考着阿比盖尔的事情要写哪些合适。人们通常不会意识到他们所说的话会成为遗言。通常情况下，这些话只是日常的表述，像"这里真冷"，或者"我累了"，又或者一些在死前神智昏迷时，说出的毫无意义的短语。为求准确，我仍然会在我的一本笔记本上记录下客户的遗言，不过接着我会对这些记录进行详细说明——加上一些在我照顾他们期间，他们可能说过的其他任何话语，让人沉痛的也好，让人觉得有趣的也罢，我都会一一阐述。毕竟，如果人们记住你，仅仅是因为记住了你最后遗言，有一点不公平。

尽管阿比盖尔的遗言是在她实际死亡的前几个小时说的，但是那些话在我那本名为《遗憾》的笔记上，是个反复出现的话题。如果要我系统分析下这些记录（有一天我可能会这样做的），那它就是我最常听到的话题。

"要是我曾告诉他们，我有多爱他们就好了。"

有时这个"他们"指的是父母或配偶，有时则是朋友。但几乎在所有案例中，都是由于他们太过忙于自己的生活，忽视了所爱之人的感受造成的。

或许他们只是一直不知道该怎样表达而已。

如果呈现脆弱，很少有比"我爱你"更原始的表述了，至少从别人的谈论中，我可以得出这个结论。我从没有说过这句话，也从没有人对我说过这句话。无论是口头表达，还是其他形式，我的父母不算是喜欢表达感情的人。我知道外公比任何一个人都更爱我，但他也从未向我大声表达过爱意。但是据我所知，"我爱你"是英语中很难说出口的话语之一。这并不是因为它的发音（在我看来，这是一种借代），而是因为这句话所承载的分量。这三个字在唇边欲言又止，就像站在泳池旁，跃跃欲试地想完成第一次跳水的小孩子。心脏扑通扑通地跳着，脉搏也加速跳动，你都不知道现在反悔是不是太迟了。

实际上，这听起来有点让人激动。但是话又说回来，你既然爱别人，就不可避免地也会在某天失去别人，如果不是由于拒绝或背叛，那最大的可能就是因为死亡。但至少在孤身一人时，你不会受到这种伤害，毕竟，你无法失去不曾拥有的东西。

街那头的教堂敲起了钟，表示快八点了，它的钟声和往年一样，晚三分钟。我一直在想，是否应该让教堂的人知晓此事，可我喜欢它这一点点的不完美。它证实了我们都过着自己的生活，而我们各自的生活之间也有着轻微的差别。

我一晚未能安睡，很想直接上床睡觉，但我知道最好不要打乱生物钟。我试着让自己保持清醒，至少维持到日落。看电视只会让我更加困倦，我需要一些能让我保持清醒的东西。

我很清楚做什么能让自己忙碌起来。

我最初开始记录将死之人的遗言时，只是想简单地做个记录，作为承认他们走完这一生的方式（无论他们这一生有多少过失，或者多么不堪），特别当他们身边没有可以记住他们的人时，更是如此。但在过去的几年里，每当我感到焦虑、失落，或是渴望有人陪伴，我就开始重新阅读笔记本里的记录。阅读人们的临终遗言，让我觉得离他们更近了。不知怎的，他们就像在用自己的智慧指引着我一样。我把注意力集中在他们身上，而不是自己的孤独上，这让我变得更有目标，让我的生活更充实，也让我逃离了忧郁。或许通过研究人们在回顾完整一生时最珍视的东西，并最终将这些东西联系起来，我就可以找出某个自己的方向。所以我偶尔会从其中一本笔记中挑出一条遗言，然后寻找把别人的智慧融入自己生命中的方式。

我曾从《忠告》那本笔记中挑出一个人的遗言，并试着用它指导我下一周的生活。有时候这非常简单：我只需要自己给自己买一束鲜花，哪怕这束鲜花只是从街角的杂货店里买来的。这是布鲁斯（Bruce）提供的建议，他是一位非常热爱栀子花的管道工。有些时候，逝者的建议则令人沉痛，比如有着迷人酒窝的爱犬美容师桃乐茜（Dorothy）的遗言，她告诉我她吸取的最重要的教训是，要多听少说。（不可否认的是，要是你像我一样内向，听从这条建议简直易如反掌。）

从《忏悔》那本笔记本，我决定独辟蹊径。我不确定自己是否相信因果轮回，但我觉得，去做一些或许能够帮助客户打开心结的事情也无妨。比如为了吉列尔莫，我可能会去动物收容所做志愿者，为他一不小心害死妹妹的仓鼠而赎罪。还有罗纳德（Ronald），他是个个性粗暴的会计师，患有肺癌，他承认自己曾在街头音乐家不注意时偷了他们的钱。为此，我总是随身携带着十美元，这样不管我什么时候碰到街头音乐家，都能迅速把钱放进他们的帽子或是乐器盒里。我试着不露声色地做这件事——我把十美元包进一美元的钞票里，这样音乐家们之后计算收入时，就会感到非常惊喜。

我会从《遗憾》这本笔记本中挑选出一条，试着用合适的方法来牢记教训——如果我可以避免犯同样的错误，或者从他们的遗憾中学到什么，那么这种遗憾就没有白费。由于我已经把笔记本放在腿上，我只需闭上眼睛，用手指快速翻动笔记，随机选择其中一条——这样做总感觉更民主一些。

这次翻到的是卡米尔·萨勒姆（Camille Salem）。

是的，这是个很好的例子。她是一位性格活泼的女士，她最大的遗憾是直到五十岁才开始吃杧果。

"我儿时曾吃过一个，但我受不了它黏糊糊的口感。"她躺在医院的病床上，可怜巴巴地对我说。化疗已经让她的睫毛都掉光了，可她绿色的眼睛还很明亮，闪闪发光。"可是后来我和丈夫在菲律宾旅游时，他让我尝了一个，我觉得太好吃了，我从生理上感觉极度兴奋。想想看，我不吃杧果的这五十年，得少吃了多少杧果！"

老实说，我一点儿也不喜欢杧果。我更喜欢像树莓一样酸一点的水果。但是今天我要翻遍纽约市，找到一种非常好吃的杧果。然后我会坐下来，像品尝我曾经吃过的最好的食物一样去享受它，我放任它的汁水沿着我的下巴往下流，感受着每一口丰满的果肉。多亏了卡米尔，我应该会少了一个潜在的遗憾。

要是其他的遗憾也能如此轻易地满足就好了。

第十二章

在黑人区的死亡咖啡馆乘地铁很不方便,不过在我从尿渍斑斑、潮湿的地下通道出来,看到沐浴在黄昏下的褐色砂石建筑之后,我顿感自己不虚此行。

利奥是在黑人区出生和长大的。在我还是个孩子时,他曾照顾过我。那时,他带我去过他最喜欢的冰激凌店。我们沿着一排排房子散步,他给我讲着地下酒吧和爵士乐的故事,那些故事给我留下了深刻的印象。后来他几乎不再去那片社区了,他不忍看到自己儿时喜爱的街道上沾染着中产阶级的气息。但我想让他知道,他记忆中的一些地方还是老样子。那晚我回家时,甚至可以给他带回去一桶冰激凌。

死亡咖啡馆在一个通风良好的社区礼堂举行,这里到处弥漫着薄荷的清香。主持人一家在附近开着一家饭店,售卖美国南方黑人的传统食物,因此他们经常在聚会上用鸡肉和饼干招待客人,我想这是值得我开启这趟艰难的地铁之旅的另外一个原因。我提前十五分钟到达这里,为的是在其他人一起挤在自助柜之前选好食物。我端着摞得像小山一般的纸盘（起司通心粉是那晚新增的特色美食），坐到房间角落的椅子上，全神贯注地用塑料叉子吃了起来。正如我所料，很快就有七个人挤在自助柜前，他们挨在一起，争抢优质的鸡肉块。

房间中央摆着一张长饭桌，有十把椅子随意地摆放在桌子周围。除了菲尔（Phil）以外，我不认识任何人。菲尔是主持人，他是个大块头，胖乎乎的脸颊和和善的眼睛让他看起来总是那么年轻。死亡咖啡馆的人员流动通常是极大的，因为持续不断地谈论死亡对有些参加者来说太难以接受了。除此之外，我觉得很多来这里参加聚会的人，都是奔着可口的饭菜来的。菲尔从不强迫我说话，即使他知道我是这里的半个常客，我喜欢这点。对我们两个来说，互相点头致意就足够了。我坐下来，随即屏住呼吸，像是坐在了即将起飞的飞机上那样。我祈祷着一会儿不会有人坐在我旁边的椅子上。我很庆幸，坐在我对面的老先生似乎也不喜欢友好的闲聊。我们静静地坐着，我想着开始介绍前再拿一块鸡肉吃。

"克罗芙！"

我感到后脖颈一阵刺痛。这个热情的男性声音谁发出的都可以，但千万不要是我最怕的那位。我开始考虑要是我不转身回应，而是直接忽视掉会有多么无礼？很遗憾，我觉得这样做简直无礼到了极点。

塞巴斯蒂安——那个我怀疑是做殡仪馆、房地产或是人寿保险生意的骗子，在我转身循声找他时，正在解着他的围巾。我看到他咧着嘴笑，一阵怒气油然而生。难道他要为了寻找潜在目标，而把市里的死亡咖啡馆都参加个遍吗？想到这里，我很想马上当着房间里所有人的面揭露他，但是首先，我至少要掌握一些证据才行。像我这样独自花很多时间消化自己想法的人，会有一个症状：即有些想法偶尔会疯狂得有点离谱。

"全世界有那么多死亡咖啡屋,而你我偏偏在这里相遇。"他模仿着亨弗莱·鲍嘉(Humphrey Bogart)的口吻说道,演技十分拙劣。我自认很有资格评判,因为我已经看了《卡萨布兰卡》不下三十遍了,几乎能一字不差地把台词背诵下来了。

我假装疑惑地看着他,"不好意思……请问我们认识吗?"

塞巴斯蒂安愣了一下,但还是咧着嘴笑。"对啊!我们在纽约公共图书馆的死亡咖啡馆见过,记得吗?"他渐渐收起了笑容。"你说你的奶奶最近去世了。"

神经。如果我奶奶最近真的去世了,她现在早就已经埋葬了,不需要他兜售的任何东西。或者说,他只是在套话,想知道我是否还有其他生病的年长亲戚?

"大家请坐。"菲尔说,目光看向塞巴斯蒂安。

他把椅子挪到桌子旁边,看上去似乎比我们第一次见面时更放松了。可能是因为他现在知道死亡咖啡馆的规矩了,还是说,之前那副初来乍到紧张不安的样子,只是一个假象?在介绍会上,他又讲了上次讲过的故事——他的家人从不讨论死亡。我也重复了我奶奶最近去世的那个谎言。(他刚刚才在房间里这么说过,如果我不承认的话,那就露出马脚了。)

菲尔的主持风格比其他咖啡馆主持人更即兴一点。他没有自己提出一个话题,让大家讨论下去,而是让大家自由讨论。

"好,那我们就开丝(始)吧。"他的发音"s"和"θ"有点分不清。"谁有想要讨论的话题吗?"

一个留着鲜艳红发的女孩,急忙举起手激动地挥舞,但这有点没有必要，因为没有其他人抢着举手。我怀疑她是个固执己见的人。你总能从一个人的惯用姿势里看出此人的性格，比如胳膊肘放在桌子上的样子，或是他们扫视周围，希望与某人进行眼神交流的样子，也能看得出来。

菲尔深沉地朝她的方向点了点头，看了一下面前那个破损的笔记本。我注意到，他在介绍会的时候画了一张桌子的示意图，把每个人的名字写在对应的位置上。

"你是塔比瑟（Tabitha），对吗？"红发女孩急切地点点头，好像有什么急于透露的秘密。"好，塔比瑟，你有什么要跟我们分享的吗？"

塔比瑟抓住挂在脖子上的粉红色大水晶。

"那么，"她扫视着那些质疑地盯着她的面孔，"你们有没有想过，我们说不定都有一个特定的死亡时间，就像是无法改变的命运？比如有人劫后余生，在飞机失事或建筑物倒塌事件中幸存下来，然后他们又在几个月后死于一场奇怪的事故。就像死神控制着他们的劫数，他们永远无法逃脱。"

虽然我没有公开表达赞同，但我的确经常在想同样的问题。这些年来，我目睹过足够多奇怪的事情，以至于我怀疑每个人都有命中注定的死亡日期。几年前，我有一个客户，一位 50 多岁的股票经纪人，他被诊断出患有绝症，只剩下三个月的寿限了。但他完全康复了，这令他的医生都感到不解。可三个月后，他在湖边小屋换灯泡时，从梯子上摔了下来，死于颅脑损伤。

"我相信绝对有。"一个矮胖的年轻女孩尖声说道，她画着长长的眼线，穿着好几层黑色衣服。"我想，死亡日期在人出生的那天就已经是确定的了。"她俯身吃了口起司通心粉，又压低声音，故意营造出戏剧性的氛围。"问题在于，如果你可以提前知道自己的死亡日期，你会想知道吗？"

房间里安静了下来。附近响起了警笛声，我才反应过来这个问题。这是一个我没有考虑过的问题。

塞巴斯蒂安打破了沉默。

"不想。"他摇着头说。"如果我知道自己什么时候死，就会想尽办法改变结果。然后我就会过上悲惨的生活。"

我和他的意见一致，这让我有点不爽。

塔比瑟平静地看着桌子对面的塞巴斯蒂安。"就我个人而言，"她拨弄着她的水晶，"我会想知道。这样我就能分清轻重缓急了。如果你知道自己还剩多少时间，你就会更明智地利用时间，对吧？"

桌子那头，菲尔若有所思地点了点头。"那倒是真的，塔比瑟。但问题是，我们都知道我们会死——这是肯定的。所以不管怎么说，我们都应该充分利用我们的时间。"

"是的，"我自己都没想到自己居然会主动说话，当所有人都把注意力集中在我身上时，我立刻就后悔开口了。"很多人带着遗憾死去，因为他们活得顽固不化。直到死亡来临前，才意识到自己也会走向死亡。"

大多数人不会想到，死亡往往是随意而残酷的。它不在乎你是否一直都很善良，或者饮食健康、经常锻炼、总是系安全带或戴头盔。它不在乎死者亲人的余生都可能在回忆中度过，一遍遍想着"要是……就好了"。人们总觉得自己还有大把的时间，直到为某个不起眼的行为付出代价，比如司机开车时打电话，邻居出门前没吹灭蜡烛，等等。到那时候，一切都来不及了。

"这有点像布拉德·皮特的那部电影，"塞巴斯蒂安插嘴道，"主角去世了，灵魂来找安东尼·霍普金斯，但后来爱上了他的女儿。"

当我知道塞巴斯蒂安也了解我最喜欢的另一部电影时，我对他更加不满了。

塔比瑟旁边的金发大胡子男人翻了个白眼。"兄弟，我真不敢相信你看了那部电影——那玩意儿有四个小时。"

"我是和三个姐妹一起长大的。"塞巴斯蒂安耸耸肩说。"这电影其实没那么糟。它的配乐非常棒，我记得，作曲家是托马斯·纽曼。"

金发男人摇了摇头，更不高兴了，然后拿起勺子吃了他剩下的那块炸鸡。

菲尔用钢笔在桌子上敲了敲。"还有谁有想要讨论的话题？"他故意避免与塔比瑟眼神接触，她显然还有很多话要说，不能让她一个人毫无顾忌地主导整个晚上的会谈。讨论转向了更实际的方向，比如举行葬礼是否应该由本人决定。

金发男说他不想要葬礼。"来杯啤酒——或者抽根大麻——来纪念一下我就够了。"他补充道。

出乎意料的是，塔比瑟持相反意见。"葬礼不是为死人举行的，而是为了让身后人道别。"

塞巴斯蒂安赞同地点了点头。"是的，我认为让人们有机会道别很重要。而且，你也控制不了是否举行葬礼——你已经死了。"

我就知道。他可能就是那种劝说人们掏钱买不必要服务的人，比如浮夸的鲜花布置和煽情的幻灯片放映。我一直提醒自己不要说话，直到菲尔宣布会谈结束，让大家吃完剩下的食物。当我正要去拿吃剩的食物时，我注意到塞巴斯蒂安正在和坐在我旁边的老人说话。他把名片递给那个人，还拍了拍他的肩膀——我简直不敢相信，他就这么明目张胆地盯上了他的下一个目标。我吓了一跳，把盘子里剩下的东西全倒进了垃圾桶，匆匆走出了大楼。

在死亡咖啡馆外徘徊，可能又会遇到别人，于是我快步走到地铁站。我只能下次再给利奥买冰激凌了。我手里拿着地铁卡，匆匆走下台阶，到达十字转门时，我看到列车刚好进站，心也怦怦直跳。我在读卡器上刷卡，推了推旋转杆，动作一气呵成。

嘀——旋转门屏幕上的绿色文字要求我再刷一次卡。

之前撞到了护栏杆，我的大腿肌肉隐隐作痛。我在衣袖上擦了擦卡上的磁条，又刷了一遍。

嘀——屏幕还是指示我再刷一次卡。

当听到 1 号列车车厢里传来的广播时，我十分沮丧，手也在肾上腺素的作用下颤抖。

"站——门——关——闭——请——勿——靠——近。"

我绝望地刷了最后一次卡，屏幕上的信息像是在嘲讽我：

该卡已在本转门使用。

我只在心里说过几次脏话，今晚就是其中之一。

真是见鬼了。

我本应该从转门下面溜过去，从不断缩小的两扇门之间的空隙里挤进去，但我犹豫了太久，只能闷闷不乐地看着列车驶出车站。我看了一眼发车的屏幕，更失望了：下一班列车还有 19 分钟才到。而且，根据纽约市并不合理的交通规则，我 18 分钟内不能再次刷卡，因为这张卡被判定为刚刚使用过。我前往售票处寻求帮助，但那里空无一人——纽约大都会运输署（MTA）的员工在工作时间离岗，我却无可奈何。

就在我思考下一步时，一个衣冠不整的男人拉开裤子的拉链，在自动售票机旁边解手，散发出的尿味那样浓郁。当他歪着头对我冷笑时，一股冒着热气的黄色液体从他的双手间呈弧形喷涌而出。

我不可能在下面等着了。

我快步走上楼，走到街上，考虑是否应该买一个健身追踪器，来记录平时的这些剧烈运动。杜安里德便利店的霓虹灯召唤着我，像避难所一样。正好，我最近蔬菜吃得不多，需要补充一些维生素。我在手机计时器上设置了15分钟的闹钟——正好够我到达车站，万一地铁卡又出故障，也预留了缓冲时间。

商店的音响里传出了带有鼻音的乡村民谣，我细细浏览着琳琅满目的各种维生素。

"又见面了！"

我允许自己在心里又说一次脏话。

塞巴斯蒂安站在我旁边，双手插在外套口袋里。

"嗨。"我甚至懒得做出友好的样子。

塞巴斯蒂安说："我想我该顺路去买一些过敏药。虽然现在还是冬天，但花粉未免太多了点。"

他细长的鼻子变得很红，似乎证明他没说谎，但我没有回应。

他又试了一次。"你在储备维生素吗？"

一想到要迫不得已和他对话，我就崩溃了。"你为什么一直跟着我？"我很愤怒，说话声音比我想象的还大。"不管你卖的是什么东西，我一点也不想要！"

塞巴斯蒂安皱起眉头，一脸困惑。"卖东西？你这是什么意思？"

"葬礼、房地产、人身保险——谁知道呢！为了骗取别人的钱，你不择手段。我看见你给那老人名片了。"

我把那罐复合维生素重新塞回架子上,旁边的几罐被挤掉,摔了下来。我们俩像笨拙的杂耍演员一样,冲过去接住像瀑布一样往下掉的罐子。

塞巴斯蒂安一边把维生素放回架子上,一边还在困惑地摇着头。"我不知道你在说什么……我确实在美联储工作,但我是一个经济建模师,不能算是骗人吧。"

当我弯腰捡起剩下的罐子时,我意识到,或许确实是我想象力丰富,幻想了一个关于塞巴斯蒂安的离谱故事。

"那你为什么总是出现在死亡咖啡馆里?"我自尊心太强,不愿承认自己可能错了。

他耸了耸肩,好像答案早已显而易见。"我说过的,我以前从来没有机会谈论死亡——我的家庭避讳这些。我听说了死亡咖啡馆,觉得可能会对自己有帮助。"

一股尴尬的灼烧感爬上了我的脸颊。

塞巴斯蒂安低头看了看自己的鞋子,在地板上蹭了蹭。"但我想你说的也对——我做的事远不止于此。"

我脸上的灼烧感消退了。也许我的想法并没有那么过分。

"这是我们的共同点。"

"哦?"这下我倒是不明白了。

"其实是因为我奶奶。几周前我们发现她命不久矣,但我家人不愿意谈论这件事,我觉得这很荒谬。"

那天晚上,虽说不太愿意承认,我第二次赞成了他的意见——对死亡闭口不谈,只会让事情变得难上加难。我为他感到一丝同情。

"我很遗憾。这对你来说一定很难熬。"

我一直把他想得很坏,此刻也有点内疚。不知怎么,他的外表现在看着也变得顺眼起来。他的眼镜和围巾带来的书卷气,也突然间显得迷人。

"是啊。"塞巴斯蒂安满怀希望地看着我。"但我知道你能感同身受,因为你刚刚失去了奶奶。"

我的内疚感更深了。原来在我们之间,我才是不诚实的那一个。

"嗯,对……"

"对了,"他说,"如果你觉得我在跟踪你,我真的很抱歉。我只是觉得,如果能跟有同样经历的人聊聊天,是件好事。今晚能遇到你是个惊喜。我住在上西区,离这家死亡咖啡馆很近。"

不诚实是一回事,让一个正为亲人悲伤的人产生误会,是另一回事。这很残忍。

我缓缓吸了一口气。"实际上,塞巴斯蒂安,我奶奶并没有死。不,她确实死了——我奶奶和外婆都死了——但那是在我出生之前的事,所以我从来没有见过她们两个。"

"啊……"塞巴斯蒂安揉了揉下巴,"你为什么要撒谎?"

"因为我真的不想谈论我的工作。"

"但这和去死亡咖啡馆有什么关系?在这种场合,没有人会真的提到自己的工作。"

"是的,但我的工作跟死亡关系密切。"

"你是什么人,职业女杀手吗?"他语气有些紧张,居然有点半信半疑。

"不。我是临终陪护师。"

"临终陪护师?哇,我从来没听说过。听起来有点不吉利。"

我情绪复杂。此刻我很尴尬,因为我先入为主,被想象力冲昏了头脑,还撒了谎。我也很同情塞巴斯蒂安和他垂死的奶奶。我还很紧张,因为一个和我年龄相仿的英俊男人注意到了我的存在,还目不转睛地看着我。我的大脑正在努力组织一个连贯的句子,传达到我的舌边。

手机上的计时器救了我一命。

"我得走了。"我突然脱口而出,慢慢地把最后一罐维生素放回架子上,可不能再碰掉别的药罐了。"晚安。"

"等等,我们能不能……"

他说这句话的时候,我已经穿过滑门,走出了商店。

第十三章

灰蒙蒙的阴云笼罩天空已经一周有余，当我穿过第七大道后，一片无边无际的湛蓝天空终于显露出来。我很感激这抹蓝色为我带来的片刻欣喜。外公走后，星期天仍然让我感到阴郁。在他去世后的几个月里，我都不敢踏进那家餐厅一步，也不敢走进书店。他已不在了，我也不愿再继续我们过去每周一次的传统，不然我就会想起，在他最需要我的时候，我一直在世界的另一边享受生活。即使我无法阻止他的死亡，但我至少可以在他去世前多陪陪他。

我一直不理解西方社会对悲伤的扭曲认知，人们认为悲伤是一种可量化、有限度的东西，是一种需要解决的心理问题。外公去世八个月后，我的医生建议我去看心理医生，因为我仍然无法从他的离世中走出来。仅在一次面诊后，精神科医生就诊断我患有"持续复杂性丧亲障碍"，也就是慢性悲伤，并建议我服用抗抑郁药。在大多数医学专家看来，你的悲伤不应该超过六个月，如果六个月了，你还没缓过来，说明你肯定有临床症状。

这真的合理吗？

在失去一个与自己生活密不可分的人后，只能悲伤六个月，就得恢复正常生活，这种想法太过冷漠无情。我无时无刻不在想念外公。这也是我成为"临终陪护师"的原因之一——每当和其他悲伤的人在一起，我都会觉得自己没有那么悲伤了。这些悲伤的人既包括临终者的亲属，也包括临终者本人，他们都在为没有过上更好的生活而悲伤。

虽然很痛苦，但我最终意识到，保留我们每周前往餐厅和书店的传统，是能让我感到与外公之间还能产生交集的为数不多的方式之一。现在，每个星期天不工作的时候，我都独自前往餐厅，在我们常坐的单间里吃早餐，然后步行去书店。他虽不在身边，但又好像从未离去。十多年过去了，我的痛苦稍微减轻了一些，但悲伤并没有减少，只是变成了另外一种形式。

我把外套拉紧了些，走出距离餐厅几个街区之外，油腻的法式吐司让我产生了一种虚假的饱腹感。20年的商业入侵以来，周围许多宝藏店铺消失了，但贝茜书屋幸存了下来。女店主现在快70岁了，仍然很健壮。她的腰明显更圆了，她的微笑和以前一样热情。而且，她还是想用糖果诱惑我。

"亲爱的克罗芙！"贝茜体格健壮，所以得侧着身子在两个架子之间的空隙里挤过来。"你一直在等的那本《乔治娅·奥·吉弗》（*Georgia O'Keeffe*）的传记就在柜台后面。你一定会喜欢那些孤独的女性开创者的！"

"谢谢你，贝茜。"在新墨西哥州的山脉和沙漠中独自生活听起来的确很吸引人。"我就随便四处看看，看看还有什么新书。"

"请便！"

我不需要更多的书了，但我喜欢在阅读清单上增加一本新书的感觉，这会让我产生一种多巴胺快感。我尽量避开科学书籍区域，不去想象书架前外公高大的身影。

两个高瘦的年轻人悠闲地站在标有字母 E 和 K 之间的书柜前，翻阅着几本小说。矮个子把头靠在高个子的肩上，两个人的小指随意地勾在一起。我悄悄地退了一步，不想打扰他们的私密空间。他们都会用空着的那只手抽出一本书，浏览一下简介，然后再用同一只手把书放回去，这样就不需要松开彼此牵在一起的小指。过一小会儿，一个人就会把一本书递给另一个人，微笑着低声说："我想你会喜欢这本书的。"

我羡慕他们之间的亲密。有个了解你读书品位的人，有个肩膀可以让你在看书时依靠，实在是一件幸事。

一股空虚感占据了我的心。我突然不想再从书架上找书了，也不想为我的阅读清单填充新的内容了。

我腋下夹着《乔治娅·奥·吉弗》这本书，从书店拐过街角。我想起了那天早上从《忠告》笔记本上摘选的条目，那是奥利弗（Olive）写的，她是一位笑容甜美的制图师，却患有恶性黑色素瘤。她让我保证每天都要涂抹防晒霜（从那以后我一直都涂），除此之外，她还给了我一个奇妙的建议。

"每当我搬到一个新城市或开始一段新恋情时，我就会换香水。"她对我说，"这样，每当我闻到新香水的味道，就能重温最美好的回忆。所以，每当你感到生活发生了变化，或开启了新的篇章，就找一款新香水来搭配新生活吧。"

我以前从来没有喷过香水，当然，也不曾搬到一个新的城市，或是开始一段新的恋情。但我基本明白，气味有助于加深记忆的烙印，就像每当我闻到外公的须后水那种独特的香气，就会觉得愉悦安心。挑选一款香水，会给我相对单调的生活注入一些变化。我可以考虑试用一些香水，找到适合我的味道。

我向最近的百货商店走去，此时外套口袋里的手机震动起来。我不认识这个号码，但如果有人打电话问我工作的事，倒也正常。我躲在商店的遮阳篷下，打起精神。我可以直面死亡，但却讨厌接电话。大家为什么不能发邮件联系呢？

"你好，我是克罗芙。"

电话那头沉默了一会儿，然后清了清嗓子。

"啊，嗨，克罗芙。"

我立刻就认出了这个声音。

"我是塞巴斯蒂安，我们在死亡咖啡馆见过。"一阵紧张的笑声从电话里传来。"啊，还有杜安里德便利店的维生素货架……"

我本可以直接挂电话，但好奇心阻止了我。我那么尴尬地走了，他为什么还打电话给我？他是怎么知道我的号码的？

"你好，塞巴斯蒂安。"

"嗯，很抱歉在星期天打扰你……我猜你一定在想我是怎么找到你电话号码的。"

"可以这么说。"

"我发誓我没有跟踪你。好吧，也有点，但不是你想的那种。"一阵尴尬的沉默后，他接着说，"那天晚上你走了之后，我回到家谷歌了一下临终陪护师到底是什么职业。我看得越多，就越意识到这个职业意义非凡。"

"我明白。"他说的好话让我稍微放下一点防备,虽说不是专门对我个人的赞扬。

"我意识到,我奶奶现在正需要一位临终陪护师。我觉得这会对她有帮助。"塞巴斯蒂安说话速度加快了,生怕被打断一样。"她想待在家里,所以家里有家庭健康护工全天候守护她,但没有人能像你一样,你可以帮助她面对更多的……你知道的,你有经验。这就是你的工作,对吧?"

"嗯,算是吧。"我小心翼翼地试探着。"但你是怎么知道我的号码的?"

又是一阵紧张的笑声。"其实不难,想想看,纽约有几个叫克罗芙的临终陪护师?我很擅长在互联网上挖掘信息。"

一群喧闹的青少年在人行道上从我身边匆匆经过。

"城里有很多临终陪护师,他们也可以帮助你奶奶,"我尽量压低声音说,"我可以为你推荐几位。"

"是的,或许吧,但我想我奶奶会很喜欢你的。"塞巴斯蒂安的坚持让人有点恼火。

"你根本不了解我。你对我唯一的了解也只是基于一个谎言。"我紧抓肩膀,脖子一侧开始疼痛。

"那,你有新客户吗?"

人很难拒绝一份潜在的工作。即使我是个坚持储蓄的人,长期没有客户也会对我的财务状况不利。但没人会为了钱而成为一个死亡陪护师。我通常都把费用调整到病人能负担得起的程度。有时候,比如阿比盖尔那种情况,我甚至不收费。但不管收费多少,塞巴斯蒂安的奶奶都不应该孤独地死去。

"有……算是有了,只是目前还没完全确定下来。"我从来不说谎,但每当我和他说话时，这种本能似乎就会冒出来。

"我愿意出更高的价钱，请出个价吧。"

"你甚至不知道我的工作能力到底如何。"

"实际上，我是知道的。"塞巴斯蒂安的语气带着一点满足感，让人有点恼火。"我在网上搜索你的联系方式时，发现一份死亡声明中提到了你的名字，说特别感谢你的帮助。"

会是谁呢？很少有人以任何形式对我公开表达认可。

塞巴斯蒂安继续说，"其实我有个朋友在医院当护士，有个人快要去世了，所以，他到处打听你的名字和联系方式。"

这感觉有点冒犯我的隐私。但话说回来，如果其他人也这么做，找到我并给我工作，我可能会毫不犹豫地接受。

塞巴斯蒂安没有介意我的沉默，继续说话。

"她极力推荐你来，当然，我丝毫没觉得不妥。如果你能帮助我奶奶，那对我来说意义重大。我只是想让她在面对这种事时轻松一些。"

我内心深处想要拒绝。在塞巴斯蒂安身边，我感到很不自在，何况我的谎言被戳穿了。但如果我不帮他，那就太不道德了。即使外公不在我身边，什么也不说，我也知道他在天上会对我失望的。

我叹了口气，放弃了挣扎。

"好吧，让我想想。把你的电子邮件地址发给我，如果我和其他客户没谈成功，就可以把所有的常规文件发给你，你可以从那里了解基本情况。"我又撒了一个谎。

"太好了！非常期待再次见到你，克罗芙。"

我胸中一阵悸动。虽然塞巴斯蒂安是出于职业礼貌这么说的，但也是第一次有男人对我说这种话。

第十四章

我九岁生日时,外公送给我三样东西:一本海军蓝皮面的笔记本、一支银色的钢笔和一副双筒望远镜。我们坐在餐厅里,两个人之间放着空空的早餐盘子。他从桌子底下拿出一个包裹,塞到我面前。"祝你生日快乐,亲爱的。"

我早就迫不及待了(当我们走出公寓时,我就看到他腋下夹着一个包装好的礼物),我急切地剥开了细条纹纸。包装上有很多不对称的褶皱,还用了好几层胶带,那是他亲手包裹留下的可爱证明。

"智力只能在你人生中起一小部分作用,"外公满意地看着我,"智慧和魅力也是如此。但有两样东西对你最有用。"

他刻意停顿了一下,所以我放下包装纸里的宝贝抬起头来。外公不是一个爱说话的人,所以每当他花时间给我传授人生经验时,我都要仔细聆听。

"哪两样呢?"

他若有所思地喝了一口咖啡。"无限的好奇心和敏锐的观察力。"

我把笔记本从底下抽出来，用手指抚摸着光滑的皮面。一根皮革线在封面上绕了两圈，线的一头挂着自来水笔。这些年来，我一直看着外公拿着一本几乎一模一样的笔记本，时常写下一系列笔记，记录他所看到的生活。

现在我也有属于自己的笔记本了。

"谢谢外公！我喜欢这些礼物！"我把望远镜举到眼前，扫视着餐厅的周边环境。

"不用谢，亲爱的，"外公说，"但使用双筒望远镜之前，需要记住一个警告。"

"什么是警告？"

"就是一种条件或规则。"

"什么样的规则？"

"你绝对不能用它来侵犯别人的隐私。"他的语气很坚定。"在城市里，人与人之间近在咫尺。距离太近，会让我们忍不住去窥探别人的生活，或者看向他们的窗户里面，但我们不应该这样做。所以不许用它来偷看邻居，明白吗？"

"明白。"他严肃的语调让我也认真起来，尽管我内心并不愿意这样承诺。街对面有许多闪闪发光的褐石色窗户，每扇窗户都代表着不同的人物和故事情节。每天晚上看看这些窗户，是我的兴趣爱好之一。而双筒望远镜本可以让我更容易看到这些故事的细节。

"好孩子。"外公说。他把手伸进夹克口袋，拿出自己的笔记本挥舞着，我的内心雀跃起来。"我想我们今天可以去郊游。你觉得呢？"

我坐直身子以表达我的激动。"我同意！"

每年外公都会想出一个难忘的方式，来庆祝我的生日。前年，我们去了康尼岛水族馆，午餐吃了热狗和漏斗蛋糕。在那之前的生日，我们去了市政厅下面废弃的地铁站探险。

"走之前，还有一件事。"外公说着，把笔记本塞回口袋里，朝餐厅的厨房方向点点头。

希尔达（Hilda）走了出来。我最喜欢的服务员就是她，因为她发型精致，性格也让人印象深刻。她左手拿着什么东西，被右手的塑料菜单挡住了。她把菜单扔到一边，露出一个红丝绒纸杯蛋糕，中间还点着一支蜡烛。希尔达偶尔在外外百老汇[①]表演，她开始夸张地演唱："生日快乐！"

外公用流畅而深沉的男中音（他只在特殊场合用这种嗓音）合唱了结尾部分："来年更美好，一年胜一年！"

庆祝早餐吃完后，外公和我并排坐上C线列车，列车咔嚓咔嚓地向上西区驶去。我把双筒望远镜挂在脖子上，皮笔记本放在腿上。

在我们一起生活的三年里，我对外公笔记本里的内容产生了强烈的好奇心。有时候笔记本就孤零零地放在那里——通常是摊开放在他扶手椅旁的桌上，皮绳也是松开的。我就得忍住，不让自己去看。生命究竟有什么如此重要，需要如此详尽地记录？外公是哥伦比亚大学的终身生物学教授，他热衷于将事物进行分类。自从我搬来和他同住后，他的书房成了我的卧室，公寓里的每一寸空闲空间都堆满了他的教学用具。客厅的书架上排满了一排排装着天然标本的罐子。从我学

[①] 20世纪60年代发生在美国的一场戏剧运动。外百老汇戏剧商业化倾向的加剧阻碍了艺术的发展，一群年轻剧作家聚集在格林威治村的咖啡馆、酒吧、顶楼或教堂等非传统意义上的戏剧场所，进行各种实验性演出，以示抗争，演出不仅成本极低，而且形式新颖。——译者注

会使用标签机的那一天起,外公就让我帮忙把他新罐子里的东西分类。他会慢慢口述复杂的科学术语的拼写,而我则忙碌地来回操纵表盘,印下每一个字母。(鸭嘴兽是我印象最深刻的标签,尽管悬浮在液体中的小鸭嘴兽胎儿确实不太可爱。)

在八十一街从C线列车下来,我们沿着小路进入中央公园,进入城堡下面的林地。我从来没有听说过,公主坐在那里等待王子到来的故事,但我喜欢住在一个有无数房间和地牢可供探索的城堡里。偶尔,我会想象有个王子和我一起探险,但带路的人必须是我。

我们在浓密的树冠下漫步,直到外公在一根灯柱前停了下来。

"你能从这根灯柱上发现什么?"

我仔细地观察,在给出最后的答案之前,我的眼睛认真打量了每一个细节。相比于普通灯柱,这个灯柱唯一的不同,就是柱子中间的一个小数字牌匾。

"数字?"我试探性地回答,想从外公那张老练的扑克脸里看出点端倪。他的微笑证实了我的猜测,就像在说出一个密码后,有扇隐藏的门打开了一样。

"没错。"他提起裤腿,单膝跪地,平视牌匾。"如果你发现自己在中央公园迷路了,这些牌匾能帮你认路。"

我看着这个随机数字序列,皱起了眉,"怎么认路呢?"

"仔细看最后两个数字,"他一边说,一边用手指抚摸着金属上隆起的数字。"如果它们是奇数,就意味着你离公园的西侧更近。如果它们是偶数,你就更接近东侧。"

"但是前两个数字什么意思呢?"

"它们代表离我们最近的十字路口。"他把胳膊肘顶在膝盖上。"如果上面写着'7751',你认为最近的街道是哪条?"

我一边思考,一边左右摆动手臂。"西七十七大街?"

外公眨了眨眼。"真是个聪明姑娘。"

当新的知识在我的大脑中扎根时,我就会感到满足,因为我又解开了世界上的无数秘密。我跟着外公蹦蹦跳跳,他领着我沿着小路来到湖边的一小块空地上,空地周围有一排长凳。

他指了指最后的长凳,"我们坐下吧。"

我坐下来,用手摸着弯曲的铁扶手,双腿在身下晃动。

"这是观鸟的最佳地点,"他敲打着望远镜,"如果你把望远镜对准那边的树,你可能会看到一个红宝石喉蜂鸟家族。"

我把橡胶目镜紧贴在眼前。

"我什么也没看到。"我在树梢上扫了一会儿就开始抱怨。

"嗯,那是因为你忽略了观察中最重要的元素。"

我从双筒望远镜的上方凝视着他,"是什么?"

他翘起眉毛,"耐心。"

我叹了口气,把镜头重新对准树木等待着,非要证明自己的耐心。三分钟过去了,我看见树叶间闪过一道红影。

"我看见一只了!"我小声喊道,尽量不惊动那个小家伙。

"我看见它的红喉咙了。"

外公也俯身压低声音。"这说明它是一只雄性的,雌性的喉咙通常是白色的。你还能注意到什么?"

"它有一个又长又尖的喙,比其他鸟类的长。它总是在移动,没有站在树枝上。"

"蜂鸟很少停止移动。它们的翅膀每秒拍打 80 次,所以会有嗡嗡声，这也是它们名字的由来。"

"哇，好快啊！"

鸟儿消失在树林里，我把望远镜放在膝盖上，看着外公，急切地等待着他的下一课。

"我们通过观察自然的行为模式来理解自然。对于鸟类，我们知道，它们会在一年中的特定时间出现，更喜欢特定的树木和食物。"他把一条长腿搭在另一条腿上，露出一只蓝绿条纹的袜子，袜子拉在脚踝上方。"或者以季节为例。你怎么知道现在是秋天？"

"因为树叶会变色，掉到地上。"

"没错。同样的事情每年都会发生。当树叶落下时，我们就知道我们需要穿什么样的外套，或者种什么蔬菜。"

"或者万圣节快到了。"

"对的。所以，了解世界的最好方法就是探究它的规律。"他拍了拍笔记本。"这就是它的作用。记下你看到的每一件有趣的事情，最终，你就会发现万事万物是有规律的。笔记本还可以帮你了解事物的工作原理。我们把目前观察到的情况记下来好吗？"

"好！"整个上午，我都拼命地在笔记本上写字。我打开自来水笔的盖子，开始用我最好的笔迹仔细地描述灯柱。

"你要知道，不仅仅是大自然有据可循。"外公朝一片空旷地点了点头，那里有几群人在闲逛。"你也可以通过观察别人来了解他们。"

我举起望远镜，让三个女孩聚集在野餐毯上的画面在眼前放大。外公把手放在镜筒上，轻轻地把它推下去。"记住我说过的话：不许偷看。"

"警——告。"我自豪地说，这个词深深地印在了我的脑海里。

"没错，就是这个警告。但我们可以在公共场合从远处观察。"他的手臂搭在椅背上，指着空地对面长椅上坐着的一家人。"告诉我你在那边看到了什么。"

我皱起了眉头。"一男一女带着两个孩子。"他问我这么简单的一个问题，让我有点不快。

"你能告诉我他们在做什么吗？"

"男人在说话……但看起来那女的听得心不在焉。"

"你怎么知道的？"

"嗯……她的身体离他很远，还环顾四周。"

外公点了点头。"那你有没有看到，男人的腿朝着女人的方向，男人向着女人靠近，但男人越靠近，女人就挪得越远？"

"我看到了。"

"他们自己可能都没有意识到这一点，这很有趣。你可以从观察人们的肢体语言中学到很多东西，他们的肢体语言告诉你的，比他们实际用嘴巴说的东西要多得多。"

"我想女人的肢体语言告诉我，这个男人吸引力不大。"我这样推断，然后在纸上记下来。

外公笑了。"你可能是对的。"

我看着那对夫妇脚边的两个小女孩。"但女人也不在意她的孩子们。"这句话有点刺痛到我——我很确定我在自己母亲的脸上看到过同样的冷漠表情。"也许她不开心，看上去她并不想待在那里。"

外公张开嘴想说点什么，但又停了下来，就好像抛出钓鱼线，又把它卷了回来。"是的，这可能是真的。"他看着树梢上方，眯起眼睛。"很遗憾，这个世界上有很多人对自己选择的生活并不满意。"

"外公，这真让人难过。"我一会儿踢自己的腿，一会儿又双脚轻拍着运动鞋。"难道我们不能做点什么来帮助他们吗？"

"有时能，但我们并不能总是这样做。"

我不解地抬头看着他，"但这对她的孩子不太公平。"

他揉了揉胡楂，想了一会儿。

"我告诉你一个关于成年人的秘密，克罗芙。"他最后说，"尽管他们好像知道自己在做什么，但他们也只是尽最大努力活下去而已。对父母来说，尤其如此。我想，每对父母都希望自己曾在某些时候以某种方式，做出了截然不同的选择。"

我回头看了看那个女人和她的孩子。"你的意思是，也许我的妈妈和爸爸也曾希望，能花更多的时间和我在一起？也许还带着我一起去旅行？"

"这很有可能。"我注意到他微微做了个鬼脸。"你知道吗，当你妈妈像你一样年轻的时候，我也因为工作经常周游世界。这意味着我无法和她一直待在一起。"

"但是你在冒险。"我喜欢听他讲他到遥远的丛林和岛屿进行生物研究探险的故事。"也许这对一个小女孩来说太危险了吧？"

外公似乎对我的逻辑感到惊讶。"是的，那倒是真的。你父母的冒险经历可能也是如此。"

我思考了一会儿。"如果他们带我去了中国，也许我现在就不会和你在一起了。"

他又揉了揉胡楂。"我想，这是我们永远无法预测的事情。"他说，"但我确定的是，我很高兴你现在和我在一起。"

我微笑着抬头看着他，揽住他的胳膊，"我也是。"

我们坐了一会儿，看着孩子们在父母面前玩耍，直到他用钢笔敲了敲我的笔记本。

"亲爱的，我现在要告诉你的道理是，如果你用心，你就几乎可以理解任何事情，甚至可以理解人类。有些人天生就有看透和理解他人的能力，但对大部分人来说，都可以通过努力学习，发现人类的行为模式。"

"什么样的行为模式？"

"嗯，当你在生活中遇到更多的人时，你会发现世界上有很多不同的性格，这意味着你不能用同样的方式对待每一个人。例如，你和我喜欢花时间静静地坐着看书，对吗？"

"当然！"

"但对有些人来说，这样很痛苦。他们更喜欢周围有很多人一起聊天。"

我很怀疑。"真的吗？"对我来说，没有书的生活感觉会很痛苦。

"是的，真的。"外公说，"所以，当你在生活中与人交往时，花点时间观察他们，看看他们生活在这个世界上的行为模式。他们是喜欢引人注目，还是更喜欢融入人群？他们解决问题的方式，是更具创造性，还是更加理性？什么会使他们激动？又是什么会让他们平静？"

我的笔在纸上不停地移动，但外公继续说，"学习这些行为模式，能让你为别人发挥最大的价值。这些行为模式并不能让你完全理解人类，因为我们人类是一个复杂的群体。但这些模式可以给你提供一些线索，让你知道人类是如何以某种方式生活的。"

"人、模式、线索——明白了。"我一边说着，一边像记复杂的数学公式一样记下了这些词。

我隐隐有种感觉，这次特别的生日小课堂，会在未来派上用场。那时我还不认识很多人，但总有一天我会认识的。我迫不及待地想知道，我要怎样才能对这个世界做出最大的贡献。

第十五章

"我以为你已经从人间蒸发了。"利奥在翻看我们之间散落在餐桌上的麻将牌时调侃道。一张麻将牌在他手指间翻来转去,他拿不定下一步怎么走。"我已经一个星期没有看到你了。你都没出过屋吧?"

"哪有啊。"他这是故意要找我麻烦,所以我语气也略显急躁,"我每天都出门遛一遛乔治,一天两次呀。"

"那不算数的,除非你是真的跟别人交流。"利奥把那张牌收回去放到手牌中,然后打出临近的那张牌。"真搞不懂你怎么会独身一人待在家里那么久,谁也不见。"

"不是每个人都跟你一样擅长社交的,利奥。我为什么要跟别人交流?我就喜欢独处。"

利奥身子往后靠了靠,双手交叉,像一个不赞同你意见的保镖似的。"你知道吗,我真搞不懂,你为什么要把自己的圈子搞这么小。外面有趣的人很多的。"

我稳了稳阵脚。在过去的一个多月里,利奥说话越来越富有哲理,比如他刚刚意识到自己已经老了，但仍然没有思考过许多人生的大问题。不幸的是，这意味着他也开始思索我的人生。

我耸了耸肩，又摸了一张牌，"我大部分时间就是喜欢独处吧。"

这基本是真的。我那么小就失去了父母，如果有一位还健在的话，想必也是自己顾首不顾尾。他们太忙了，从未想过要安排我与其他孩子玩耍。因此，当我到了上学的年龄，还没有真正学会怎么交朋友，不明白交朋友的意义。海兰先生去世后，同学们都躲着我，我只能更加沉浸在我的想象中，我只能靠自己，不需要任何人的陪伴。当然，我读大学期间，旅行时也遇到过一些有趣的人，甚至通过电子邮件与他们保持了一段时间的联系，但外公去世后就中断了。我深刻地认识到，在亲人去世后，如果有人问你过得怎么样时，他们其实并不真的想知道。他们想听到的是，你已经走出来了，因为他们不忍心看着你痛苦。而当我迟迟没有振作起来，邮件就越来越少了，到最后就再也没有人来信了。

利奥没有放过这个话题。"但你特别擅长与人打交道啊——看看你从事的工作就知道了。"他伸手捏了捏我的脸颊，好像我还是他第一次见到的那个小女孩似的，"你只需要再放开一点点就好。"

我躲开了他的手。"当人快死的时候，做到'与人为善'很容易的。我知道我在帮他们，我也知道他们需要什么：安慰、陪伴以及倾听。"我掰着指头一项一项数着，以示强调。

利奥"哼"了一声表示反对。"我想你低估了自己的特长是多么的难能可贵，孩子。每个人面对死亡的方式是不同的。该死的，我们大多数人在死神逼近前，甚至不愿意谈论它。而你能帮他们以自己的方式度过弥留之际，这是常人做不到的。"

"对，但我擅长这个是因为这是我的工作。"他紧抓这个话题不放，让我疲惫不堪。"和垂死的人在一起，没有任何伪装。也没有要给人留下好印象的压力，因为他们很快就会死去，将你彻底忘记。"这也意味着这份工作对我来说没有任何风险——我在这段关系开始之前就知道结果。

"如果你问我的话，我觉得你这是太过于委曲求全了，"利奥说道，"如果你从不以真实面目示人，你这过的是什么日子？"

我绷紧身体，怕自己会坐立不安。我知道他说出了问题的真相。

"你是看透我了。"我又感慨道，这是实话。

"论年龄我是你的两倍啊——我也不会永远陪着你。"他摇了摇头。"难道你就没想过有一天能和某个人成个家，安顿下来吗？"

我耸了耸肩膀，希望自己看起来自然些。"想必我从来没有真正思考过这个问题吧。"

当然，我是想过这个问题的。如果有一个人，他的生活因为有你而变得更好，那会是什么样子。有一个人，就算你不在的时候，也满脑子都是你，坚信你会对他温柔以待——那我也会担起这份神圣的责任，以脉脉温情回报他。

"我可不想跟个老爷爷似的对你唠唠叨叨，但是，或许你应该试一试。没什么比陷入爱河更幸福了——哪怕不能天长地久。"他太太温妮（Winnie）迷人的肖像挂在上方，他抬起头看了看，眼睛也明亮了起来。他们两口子在 20 世纪五六十年代是爵士乐领域的名流，对他们浪漫的爱情故事，我百听不厌。可惜温妮 35 岁的时候死于一场车祸，他们的爱情也戛然而止。她死后的五十多年，利奥依然戴着他们的婚戒。我觉得这是他和我能相处这么好的另一个原因吧——我们对彼此的悲痛很有共鸣。有人建议他都过去这么久了，该摘掉这枚戒指了，但他一直戴着，这点让我很敬慕。可社会却非要去量化悲痛，好像爱会随着时间的流逝烟消云散似的，这点很让人伤神。从另一个方面来说，好像你认识不久的一个人过世，你的悲痛也必须不久就消失。流产的妈妈或许从来没机会抱一下自己夭折的宝宝，但这不会影响她们对这个宝宝的爱，她们依然会梦到宝宝，对他/她寄予希望。这份痛苦其实是加倍的——她们不但会哀悼这个孩子，也会为自己无力去体验新的生活充满悲伤。

我们有什么资格去告诉别人，他们的痛苦是不值得的呢？

利奥向温妮照片的方向飞了一个吻，然后继续皱着眉头，琢磨该怎么出牌了。"你知道，每个人都说他们想长生不老，但他们没有想过，当你的妻子和所有的朋友都死了，只剩下你孑然一身的时候，是什么感觉。很孤独的。"

我的胸口涌起一阵痛楚。我不需要长生不老，就能知道孤独是什么感觉。

那天晚上，我站在炉子前热牛奶，准备做热巧克力的时候，反思着我与利奥的谈话。想象中的浪漫爱情故事跌宕起伏，千回百转，这点我了然于胸，但在现实生活中，我还无法驾驭它。更确切地说，我还没有经历过。我想象力丰富，只需要一个眼神或一次擦肩而过，就能点燃我白日梦中暗恋的导火线。这些年来，我有很多这样的梦中情人——酒吧服务员、图书馆管理员、公交司机、超市收银员，但大多数时候，他们甚至都没有注意到我的存在。我太害羞了，不想引起他们的注意；我甚至都不知道自己配不配。因此，我更喜欢生活在自己的想象中，观察着周围的人，欣赏着影视剧中不同的角色和他们的故事，聊以自慰。这种生活方式更保险一点吧。

铜锅里小火煨着热巧克力，咕嘟咕嘟冒着泡。我闭上眼睛，吸了一口蒸汽中飘来的牛奶和肉桂的香气。锅柄上有两处明显的铜锈痕迹，这是我和外公三十年来长期使用的结果。我从锅的褶裥倒出乳褐色的液体，热巧克力汩汩流出，呈螺旋形落入陶瓷杯中。

我双手紧紧握住杯子，一种熟悉的渴望在心头萦绕。对独处的需求和对情感交往的渴望，似乎是一场不可调和的拉锯战——我不想要陪伴，但我也不想感到孤独。

我在窗角放了一把椅子，然后把杯子放在窗台上，把自己裹在羊驼毛毯里。我关掉了客厅所有的灯，屋内只剩下路灯的余光，然后我慢慢拉起百叶窗，这样从外面看不出有什么动静。乔治不疾不徐地走了过来，准备在这个它熟悉的一幕中扮演好自己的角色。我把它拉过来放到大腿上，把望远镜举到眼前。

对面客厅的灯光亮了起来，就像我船上的灯塔。他们像往常一样，在晚上这个时候端坐在餐桌前。

是茱莉亚和鲁本。

当然，这并不是他们的真名。只能说这很可能不是他们的真名吧，因为我从未真正见过他们。不过我很了解他们。我知道他们家主要是由鲁本下厨，茱莉亚选葡萄酒，而且通常会选红葡萄酒。她喝两杯，鲁本喝一杯。他们在吃饭时，总会停下来短暂地亲吻一下，好像是在品尝沙拉和主菜之间，先清洗一下味觉似的。当他们在沙发上看电视时，鲁本总是坐在茱莉亚的左边，他会心不在焉地揉着她的后背，而她则会用手指温柔地梳理他的头发。

今晚，鲁本在茱莉亚洗碗时，从后面拥抱了她，他伸手帮她把额前的一缕卷发捋到一侧，她的手戴着手套，湿漉漉的，很不方便。再后来，当电影的开场白反射在他们脸上时，我还看到他们在同一个冰激凌桶中，轮流着用勺子挖冰激凌吃。我在他们的浓情蜜意中茁壮成长——那是一种含蓄隽永的爱，而不是堂皇张扬的爱，就仿佛这份爱是我的一样。

渐渐地，我心中的渴望开始消退了。

第十六章

我懂了。我已经三十六岁了,除了八十七岁的邻居,我没有任何朋友,这有点奇怪。对于一个身边不缺朋友的人来说,一个人不交朋友孤独度过一生,是难以想象的。其实这比你想象的要容易得多。孤独的生活已然悄悄降临到我身上,这是事实。这有点像无关痛痒的水滴会突然聚成一个隐患不断的水坑似的。

外公曾开导我说:人类在习惯中寻求安慰——这就是为什么你可以从一个人的生活规律中了解他们的原因。问题是,一旦你认为你了解某人或某事,你通常不愿意质疑这一假设。我并不是因为不喜欢同学而把所有的午餐时间都花在树下看书。我这样做是因为读书堪比是最神奇的冒险——是一种穿越到未知世界,通过别人的眼睛丰富人生阅历的生活方式。在我心中,我是一个勇敢无畏的探险家,但我的同学却认为我是一个孤独的怪胎。既然他们不和我打交道,我也不想搭理他们。

客观来说,我对死亡着迷这件事于事无补——尤其是在高中时期。

我九年级的三个社会研究项目都是围绕着死亡这个主题，这可能不是明智之举。在英语课上，我还从一个殡葬师的角度写过一首诗。但由于死亡从五岁起，就对我造成了深刻的影响，所以我一心想观察死亡，解读死亡。我想在这件感觉毫无意义的事中找到意义。

我读高中的时候，确实尝试过想交一位朋友。

普里亚（Priya）一家是在我十年级刚开学时，从新加坡搬到了曼哈顿的，因此她也转学到史岱文森高中读书。

指导老师把她带到我们社会研究班的那个下午，我一直盯着教室窗外，看着雷暴云层翻滚着掠过哈德孙河。教室里一直充斥着同样的气味——铅笔屑的木质香气与男孩青少年时期散发出来的湿狗一样的气味混杂在一起。

老师把普里亚引到我旁边的桌子时，我的心猛然一跳。那张桌子一直是空着的。

"嗨。"她入座时羞涩地笑着跟我打了一声招呼。

"嗨，"我也羞涩地回答道，她居然主动跟我说话，我一心想掩饰我的震惊，"看起来好像要下雨了。"

普里亚尴尬地看了看窗外，"哦，是啊……看起来快下了。"然后她就忙着在桌上整理花哨的中性笔和笔记本了。

我看着她，一种深深的感激之情涌上心头。我们班新添同学后，总数终于是偶数了。这就意味着当我们必须两人一组练习时，我就不用面对总是剩我一个人没人搭理的尴尬局面；或者说，不用忍受林德（Lynd）老师怜悯的眼神了。她总是呼吁最近的一组同学让我加进去，凑成大家你不情我不愿的三人组。

普里亚其实也是白板一块。她不知道我们高二班的动态，也不知道我那个"墓穴幽灵克罗芙"的绰号,虽然没有人当面说过,但我在走廊里常听到同学们窃窃私语。因此,当我们为了完成学习任务,把桌子拼到一起搭伙时,我感觉终于要交到我的第一个朋友了。我知道很多关于新加坡的事情,普里亚对此很惊讶。(外公向我讲过,他曾在那里休过年假,那时我还没出生。)知道我会打麻将后,她也很兴奋。当她告诉我她喜欢读弗吉尼亚·伍尔夫和琼·迪迪恩的书时,我知道我们简直太投缘了。一个和我同龄的朋友走进我的生活,而且还是个女孩,以后我的人生会是什么样子?那天下午沿着河边走回家时,我禁不住憧憬起来。

我留意到普里亚打了耳洞,涂了指甲,涂了唇彩,当班上的男生开玩笑时,她会咯咯笑,甩一下马尾辫。很多事情我都憋在心里,我绝对可以向某人倾诉一下。我已经是青少年了,我开始怀疑自己可能错过了一些重要的知识点,因为我的生活中没有一个可以替代母亲角色的人物。到目前为止,我一直靠校图书馆的书来克服青春期的障碍(外公跟我解释了我身体发生的变化,还给我钱买来月经后需要的生活用品,但除此之外,也就爱莫能助了)。当同学们开始化妆时,我也试着用杂货店买到的杂牌货来"东施效颦"。但由于没有人给我提供关于肤色的建议和化淡妆的好处,我的妆容惨不忍睹,害得我差点发誓终生不化妆了。现在有了普里亚这个朋友,可能会改变这种情况。

但我不想表现得太咄咄逼人,或者看起来急不可耐的样子。所以,一开始的时候,我将自己伪装得很酷。在走廊里看到她时,我会对她微笑,在上课前闲聊几句,推荐几本我认为她会喜欢的书。我琢磨着等两个星期之后,我也许会在放学后邀请她去贝茜书屋。然后我会顺带着提议一起去喝咖啡或看电影,这样我们的友谊便会开花结果。她甚至可能也会邀请我去她家，和她父母一起吃饭。我敢打赌她妈妈一定和她一样成熟。我甚至可能需要像班上的其他孩子一样买一部翻盖手机，因为我终于有了一个除外公之外还想联系我的人。当然，外公仍然是我最好的朋友，我很感激他总会抽出时间陪我，但我已经准备好走出樊笼，结交一个真正的朋友。

我活了这么久，从未感到如此兴奋。

两周后，最后一节课的铃声响起，我在普里亚的柜子旁等她。我顺便去了趟洗手间，仔细检查了一下我从运河街一个摊位上买来的夹式耳环是否戴正了。我希望她也能注意到我嘴唇上的光泽，这可是我新买的星耀草莓色润唇膏。

当她看到我在等人的时候，看上去很惊讶。

"哦，嘿，克罗芙，有事吗？"她穿的那件闪闪发光的毛衣看起来很贵。

"嘿，普里亚。"我试图若无其事地靠在她旁边的储物柜上，但差点失去平衡摔倒。"我打算放学后去西村我最喜欢的书店，不知道你是否愿意来？"

她聚精会神地把她的书一本一本地放进储物柜，"谢谢，但今天不行。"

"那好吧，"我说，"我们可以明天去，或者下周的某个时候，怎么样？"

普里亚慢慢地关上她的储物柜，优雅地上了锁。然后她转过身来看着我。

"我真的很抱歉，克罗芙，但我认为我根本不能和你一起玩。"她低头看了看她穿的那双洁白的高帮运动鞋。"其他孩子对你的评价真的很不公平——但我也在努力适应大家。我想，如果我们只在课堂上见面，那会更合适。"

"哦，好吧，"我小声说道，遭受拒绝的灼热感开始在我的胸口灼烧，"我明白。"

她温顺地笑了笑，"谢谢你，我们明天社会研究课上再见吧。"

我怅然若失地看着普里亚穿过走廊，走向一群我从小学就认识的女孩。当她们都围在一起称赞她的毛衣时，我感到一阵羡慕，突然对自己那件邋遢的老海军牌运动衫感到难为情。

就在那天，我开始意识到要撕掉标签，改变人们的印象是多么难。

第十七章

在我公寓前门廊琥珀色灯光的照耀下，我指甲根部残留的绿松石色颜料泛着光泽。我之前报名参加了一门抽象画课程，现在刚下课。学绘画是为了纪念一位名叫莉莉的生物化学家，她八十岁离世，这是她生前的遗憾。她小时候酷爱绘画，可是她九年级的老师坦率地说她这方面没有天赋，应该好好学理科。在她去世前几天，我给莉莉带来了画布和颜料，让她有机会临终前释放她压抑的创造力。但那时她的关节炎很严重，手很虚弱也很疼，所以她更伤心了，后悔没有早点尝试。

到目前为止，我自己并没有表现出多少天赋，但至少我可以说我试过了。

利奥家飘来海鲜浓汤的香味，在楼梯间弥散着，这是他星期五通常会做的大餐，当我悄悄地走到我的公寓时，香味越发浓郁。我已经有几个星期没再碰见塞尔维了。

就在我以为自己已经安全通过二楼的时候，我沾沾自喜，放松了警惕，这时我一脚踩上了那块响声最大的地板。在我身后，门"吱嘎"一声打开了。

"克罗芙，你好啊！"塞尔维在楼道对面喊道。

我不情愿地转身望着我的新邻居，她斜靠在门口，穿着一件灰色的运动衫，上面印着某家乐队的名称。

"哦，你好，塞尔维。"我庆幸手里拿着钥匙，让我的手有事可做，好看起来没那么紧张。"很高兴再次见到你。"

"我也是！"塞尔维喜笑颜开，我真不知道她是不是天生就这么热情，"我一直希望能再次遇到你，也一直在想你。幸好我听到你在我门外的脚步声——我知道肯定不是利奥，因为他上楼不可能那么快。"

"哦，对，"我答道，对自己感到有些失望，"那么说……一切还顺利吗？"我忍不住回味着她的善意，善意也是很感染人的。

"全都搬进来了！还有几个箱子没拆封。不过，我期待着早点了解咱这个社区——当然，还有邻居们。"

"那太好了——我知道利奥一直很喜欢认识新朋友。"希望她能抓住我这句话的重点。

"哦，是的，利奥是个老江湖，而且很显然，他喜欢吃海鲜，"塞尔维回复道，抬眼向天花板看了一眼，又皱了下鼻子嗅了嗅，"但我想多了解了解你。也许我们明天终于可以喝上那杯咖啡了，是吧？"

一直躲着她真的会很不容易。利奥是对的：他不会永远在我身边，一旦他离世了，我就真是形单影只了。无论如何，我需要有个人做我注册表上的紧急联系人——单凭这一点，我就需要结识一位新朋友，这才有实际意义。另外，来年再在楼梯上蹑手蹑脚地躲避塞尔维，想想也让人疲惫不堪。或许，这值得一试。我只是不能恋战，也不能太过暴露自己的真实情况。

"当然,"我回答道,尽管我一点也不想去,"没问题。"现在已经没有回头路了。

"太好了!"塞尔维说道,"明天早上10点楼下见?"

一股眩晕感传遍了我的四肢——那是肾上腺素刺激和神经紧张的混合反应,每次冒险时都会出现。这种感觉也提醒我已经有多久没有这样做了。

"嗯,没问题。"我或许应该假装去看看我的日程安排。

"完美!那就明天见!"塞尔维在关上门之前,送给我一个灿烂的微笑。

和别人一起走进咖啡馆是一种怪怪的感觉,我已经习惯了一个人径直走到角落里的单人桌了。我看了看周围的人,他们三三两两地聚在附近的咖啡桌旁,对他们的淡定我感觉有点妒忌。大家都能看出我很少来咖啡馆赴约吗?塞尔维会吗?

我俩坐下的时候,我就开始摆弄桌子中央的糖包,分散自己的注意力。我紧张得都有点想上厕所。

"陪产妇这个职业我知道,不过临终陪护师具体需要做什么?"塞尔维问道,对我的尴尬显然毫不介意。

利奥肯定是告诉过塞尔维我是干什么的了。每当我透露自己的职业时,人们总会有点成见和反感,我已经学会了怎么去捕捉人们的这种反应,但塞尔维没有。她的神情是坦然友好的,好像她对我的回答真的很感兴趣。我仍然不敢放下芥蒂。

"嗯……想一想其实本质上一样的吧,不过正好是颠倒过来。"我说道,手上则不由自主地把桌上的糖包摆成一列。"陪产妇是帮助人们走进人世间,而临终陪护师则是帮助他们平静地离开人世间。"

塞尔维眉毛拱了起来,深表好奇。"但你不是医生,对吗?你需要参加什么医学培训吗?"

"有些临终陪护师会培训上岗,但我这种不用。我这种职业更多的是……靠经验,"我说道,试着找合适的词来形容自己的工作,"我只需要在那里陪着他们,如果他们想反思自己的一生,我就专心聆听。如果他们做过什么错事,或者有什么遗憾,我也帮他们释怀,诸如此类吧。如果没有亲友陪伴,我也会在他们临终时,握住他们的手,陪他们走过人生最后一段旅程。"

"哇,这好沉重啊!"塞尔维说道,"你不觉得这很压抑吗?我觉得让我一次又一次地看着人们死去,我可承受不了。我真会抓狂的。"

"我想我是学会了封闭自己的感情了吧。"我为拥有这种长处而感到骄傲。"如果我没有情感上的牵绊,就能更好地完成我的工作。"

塞尔维眉头一皱,表现出很怀疑的样子。"你一次都没有掉过眼泪吗?你知道我的意思,就是遇到那种超级让人心碎的情况。"

"没有,"我耸了耸肩答道,"实际上,我从来不哭。"

"从来没哭过吗?就是什么情况下都没掉过眼泪吗?"甚至看伤感的电影都不会哭吗?"

我摇了摇头。"没有哭过。"这是我另一件引以为豪的事情,就像是我的荣誉勋章似的。

塞尔维好奇地盯着我,"妹妹呀,我觉得这不是什么好事。你感觉不到自己的感情,并不意味着感情不存在。"

"我就这样。"我开口为自己辩护,但这种本能反应也让我吃惊。

"你说是就是吧。"不过很明显,她并没有接受。"不管怎样,我敢说你肯定听过人们弥留之际讲过很夸张的忏悔吧。"

我想起家中书架上的那几本笔记了。到现在为止,客户的忏悔我也记录好几年了,有些忏悔确实挺卑鄙的。不过我还是很有职业操守的——他们的遗言我是不会透露半个字的。"恐怕确实有那么几例吧。"

塞尔维坐在对面,身子向前探了探。"有没有人要你去做一些疯狂的事,帮他们了结未了的心愿?"

我身子也不由得向前靠了靠,就好像是我们要分享一个秘密似的,"我帮他们给人打过电话,或者写信道歉过,是他们生前很难拉下面子的那种。但一般来说,结果都挺让人失望的,因为大多数情况下都是太迟了,要找的人一般不能及时找到。"

"唉,天哪,这太伤感了——真希望这种事我永远碰不到。"塞尔维突然黯然神伤了起来。"但话说回来,我发现我不是记仇的人。我通常几天后,就会忘记当初是为了什么生气的。"

这倒是一点也不意外——要是塞尔维是一只狗狗,我敢说她的尾巴会一直摇来摇去的。她对生活的热爱让我有点喜欢。受她的情绪感染,我对整个世界的态度也变得积极了。

我试着找一个和我无关的话题聊一聊。"听利奥说你是一位艺术史学家?"大部分人都喜欢谈论自己,所以我把话题转移到他们身上的时候,他们往往意识不到。

"嗯,是的!"塞尔维说道,然后侧着脑袋打量着我,就好像在研究一件艺术品,想找出其中的奥秘。"不过别以为你想换个话题,我不知道喔。"

"好吧,抱歉。"我脸红了,让人一眼看出我的动机挺尴尬的。"你是从纽约搬过来的吗?"

"不是,芝加哥。"她流露出一丝浮夸的神情,身体僵在那里。"我曾发誓这辈子休想让我搬到纽约住,可我还是来了。我之前在东京的一家艺术博物馆工作了两年,然后弗里克美术收藏馆向我伸出橄榄枝,提供了一个我无法拒绝的工作。正应了那句话:永远不要说永远。"

"我喜欢东京。我读大学期间在那里待了一个学期。"我没想到这么快就找到了与塞尔维的共同点。

"等等——你到底是学的什么专业,才能当临终陪护师?"

服务员端上咖啡,仔细打量一下我们,我不自在地往后退缩了下。

"就像我之前说的,每个人所选的路都是不同的。"等服务员走远后,我继续说道,"不过我的毕业论文是关于死亡学的。"

"这是啥课题……"

"就是研究死亡的。"

"不会吧。还有这个学位?太酷了吧!"

酷?还从来没听过有人用这个词来形容我。"其实这个学科有很多可以关注的课题,我研究的是不同文化背景下的死亡传统。这就是我在日本所研究的内容。"

邻桌传来的一阵叫骂,吸引了我们的注意力。一位卷发的英国女士正在抓狂地擦拭她白裙子上的冷饮污渍,而她的同伴则尽力拢住桌子上的残液,防止继续滴到她的裙子上。

"喂,这些也拿走。"塞尔维递给那位女士一把餐巾纸,给了她一个报以同情的微笑,然后又转身看看我。"这么说,你经常出差吧?"

"其实已经不常出差了……我这工作不需要。"那位女士的裙子越擦越脏。

"周围有不少人过世，时间就很难安排，对吧？"塞尔维一边在她的拿铁咖啡上面撒糖一边问道。"想必你也意识到，我现在可是打算揪着你的工作，打破砂锅问到底了，对吧？"

她觉得我虽然疏远，但是挺有趣的，这让我受宠若惊。"你想了解些什么？"

"首先，你环球旅行研究死亡传统，之后来纽约从事了临终陪护师这个职业，能跟我讲讲这个过程的来龙去脉吗？"

我搅动着我的黑咖啡，不确定是否想进一步探讨这个话题。"在国外读书时，我的外公孤零零地去世了，"我平静地说道，"这让我意识到，有多少人是孤独地死去啊！当一个临终陪护师，比当一个只是抽象地研究死亡的学者，对这个世界贡献更大吧。他去世后，我就不太喜欢旅行了，我想我可能是对旅行失去兴趣了吧。留在纽约有种可以陪伴着他的感觉。"

"我很遗憾，利奥说你俩特别亲。"

"谢谢安慰，我们俩关系是很亲密。"我不知道利奥还告诉了她什么。"话说回来，你当时在东京住哪里？"

塞尔维慷慨地转移了一下话题。"大部分时间住在银座。我那套公寓太可爱了——下次我带照片给你看看。"

下次。一想到会再次和她碰头，就触发了一种前景，令人感到陌生，但又向往。就像是首次穿上一双硬邦邦的新皮鞋——合脚，但又有点不舒适。

莫非这就是一段友谊刚开始时候的感受吗？

第十八章

塞巴斯蒂安斜靠在西八十四大街一栋连体别墅的锻铁栅栏上。当我看到他的时候,我想着干脆爽约,溜回地铁里好了。但他看到了我,并向我招手,我的腿就开始不听使唤地向前迈去。他表面上看起来温柔可亲,但实际上是个非常自信的人,好像知道自己在这个世界上的位置,以及自己想要什么似的。他一只脚的脚踝自然地搭在另一只脚的脚腕上,双手插在口袋里,一副所有事情都尽在把握的样子。

当我们之间的距离差不多间隔一米时,我停下了脚步。

"嗨,塞巴斯蒂安。"

通常情况下,当我面对新客户时,会立刻进入职业状态,直奔细节要点。我相信自己的知识储备,相信自己有能力做好工作,也很明确自己此行的目的。但此刻我却比平时更焦躁不安。

"嗨,克罗芙,很高兴见到你!"

塞巴斯蒂安往前迈了半步,像是打算拥抱我。但他肯定注意到了我脸上错愕的表情,于是又迅速伸出手臂,改成握手的姿势。

我们走上台阶，向前门走去。他说："我应该先告诉你一件事。我奶奶知道你要来，但她不知道你是位临终陪护师。"

我原本还故作镇定，但此时心中越发局促不安。"那她觉得我是做什么的？"

"我只告诉她，你是我的一个朋友，你对她的摄影作品很感兴趣。"

"但我根本不懂摄影。"我很讨厌被迫说谎的感觉。如果非得说谎不可，那至少让我自己作出说谎的决定。

"没事的。"塞巴斯蒂安说，但他的语气也没那么肯定，这让我有点不满。"一旦你开始引导她说话，回忆从前，她就注意不到这些了。"

我很懊恼自己被耍了，但现在走已经来不及了，他奶奶还在等着我这位客人呢。

塞巴斯蒂安带着我穿过一条宽敞的走廊，远比我想象的还要大。这里的装修比起我凌乱的公寓要简单很多，但显然是故意这样安排的，这里的每一件物品似乎都经过了精挑细选，并且摆放得一丝不苟。

"你奶奶的房子真好。"我不由感叹，同时也提醒自己，塞巴斯蒂安严格意义上是我的雇主，就算他蒙骗了我，我说话也理应对他客气点儿。

"嗯，我也这么觉得。"塞巴斯蒂安心不在焉地环顾下了四周。"我爷爷在20世纪50年代买下了这栋房子，不过我觉得它至少已有百年历史了。我小时候常在这里住，几乎每次学校放假，父母都会把我送到这里来。"

我走在他身后，所以可以悄悄观察他的样子。他或许和我年龄相仿，只是比我高一些。不过也不确定，男人的年纪很难猜。我每次与他见面，他都是相同的打扮：穿着领尖带扣的那种黑色衬衫、黑色斜纹裤，戴着金边眼镜，系着灰黑色围巾。他可能就是那种喜欢极简风尚，所有东西都要买五份一样的那种人。

走廊两侧紧凑地挂着用相框裱起来的照片。我本以为会是老套的全家福之类的相片，但是走近后，那些黑白相间的画面，却将我的思绪带向了遥远的世界。一匹肌肉健美的马在沙漠中用后腿站立起来，闪亮的鬃毛像火焰一样在风中飘扬。一位戴着头巾的男子目光灼热，坚毅的面部线条之下，思绪暗流涌动。

"你在邮件里说，你奶奶是一名摄影记者？"

塞巴斯蒂安停下来，看向我正在欣赏的那张相片。"嗯，其实她是她那个年代为数不多的女性摄影记者之一。在与我爷爷结婚前，她周游世界，为报纸提供摄影作品。"

"这些全都是她拍的吗？"

"当然。"他站在我身边，说话间微微抬头挺胸。"基本上你在这里看到的所有照片，都是她的作品。"他继续往前走，"过会儿我会带你参观的，不过你最好先去见见她。这个花园是她最喜欢的地方。"

透过厨房和花园之间的法式落地玻璃门，我看见一位老妇人躺在柳条编织的椅子上。她肩上披着浅蓝色的披肩，膝盖上搭着一条松绿色的厚毯子。她面朝太阳坐着，闭着眼睛，脸上挂着祥和的微笑。这样的场景，令人不忍叨扰。

但塞巴斯蒂安显然没有这么想。

"嗨，奶奶！"他大步流星地走过去，在她的脸颊两侧都吻了一下。她伸手温柔地捧住了他的下巴。看得出来，他们感情非常深厚。

"你好啊，我亲爱的宝贝。"她的声音清晰有力，与她娇小年老的体格形成了反差。"我正听着鸟叫声，享受难得的阳光呢。等过阵子冬天来了，就总是阴沉沉的了。"

塞巴斯蒂安伸手示意我上前。"奶奶，这是我和你提过的朋友，克罗芙。"

"很高兴见到你，威尔斯太太。"我伸出手。

"噢，叫我克劳迪娅（Claudia）就好。"她一边说着，一边用双手捂住我的手。"我很少能见到塞巴斯蒂安的朋友。"

塞巴斯蒂安看着我们，开心地说："克罗芙和克劳迪娅，这两个名字真好听。"

克劳迪娅赞同道，"就像简·奥斯汀笔下顽强不屈的一对姐妹的名字一样。"

我被她随和的性情吸引住了。"很高兴见到你，克劳迪娅。其实我一直都想有个姐姐。"

克劳迪娅顽皮地探身向前："我们才不会在意我们之间的年龄差距呢。"她伸手指向旁边的另一把藤椅："请坐，克罗芙。塞巴斯蒂安，帮我们煮点咖啡，可以吗？"

塞巴斯蒂安乖乖点头，然后离开了这里。

"我孙子告诉我，你对摄影很感兴趣。"克劳迪娅说着，拉紧了肩上的披肩，紧绷的布料透出她背后骨骼的曲线。

我在内心谴责塞巴斯蒂安，都怪他让我欺骗这么可爱的一位老妇人。我默默祈祷，我的脸颊不要变红，不要露出马脚。

"是的。"我尽力让自己的语气随意一点，但实际上听起来一点都不自然。不过想想，我的确觉得摄影很有趣，所以我也不算完全说谎。"不过，我更想听听你当摄影记者的故事。毕竟对 20 世纪 50 年代的女性来说，摄影记者一定是个特殊新奇的职业。"

"你说得没错。"克劳迪娅皱起眉，看向天空。"当我告诉我父亲我的职业选择后，他几乎要与我断绝关系。不过幸好，我的倔强和我母亲如出一辙，我母亲禁止他干涉我的选择。"

"你母亲也走在了时代的前沿。"克劳迪娅在她的花园里坐一坐，都会涂上红色的口红，这一点我很欣赏。

"是，也不是。"她的手腕优雅地交叠搭在腿上。"母亲告诉我，只要我有能力，就去上大学，追求梦想，直到我找到丈夫为止。在她看来，女性的职业不应当影响到婚姻。实际上，在我们的社会阶层，女性甚至不必拥有职业，除非你认为'家庭主妇'也是一种职业。或许组织活动、举办豪华晚宴，也是需要某些技能的，但那从来都不是我想做的事情。"

"那你与你丈夫是怎么认识的呢？"

"他是我哥哥的朋友。"克劳迪娅说，"大学毕业后，我在这个城市的一家新闻杂志社实习，我是那里的第一位女性实习生。而他当时已经住在那里了。我哥哥和父亲要他多照顾我，然后……"

"你恋爱了？"听到这话，我体内开始分泌大量的内啡肽，并涌向全身，期待着聆听一段浪漫的爱情故事。

"不完全是。那时候，爱情不是婚姻的前提。"克劳迪娅平淡地说着，整理了一下披肩。"你可以说我们互相欣赏，但最重要的，还是我父母认为他是合适的结婚对象。一旦决定结婚了，我短暂的新闻摄影生涯也就结束了。你们这些年轻女性是幸运的——不必在事业和丈夫孩子之间做出选择。"

好吧，其实，丈夫或者孩子从来都没成为过我的选项，所以我从未发愁该如何做出选择。该说这是幸运，还是不幸呢？

但我是来关注克劳迪娅的生活的，自己的生活先往后放一放。

"你说得对，如今我们确实有了更多的自由，虽然还没有达到我们本应该达到的水平。"刚说完这句话，我就后悔了。我不应该透露自己的个人观点，应当尽量保持中立。

但克劳迪娅赞许的微笑表明我不必担心。

"我想我们会相处得很好的，亲爱的。"

第十九章

当我回到别墅里面时，克劳迪娅正在阳光下打盹儿。塞巴斯蒂安给我们留出独处空间，让我们"了解彼此"，他自己则去做克劳迪娅安排的各种家庭琐事了。书房里的灯泡换了，化妆室的水龙头也拧紧了。

当我独自一人在别墅里闲逛时，我在通风的走廊上忍不住往各个房间里看了几眼。同样的中性色调——温和的米白色和浅灰色充斥着整个客厅，唯一鲜艳的颜色，来自棱角分明的花瓶中精心搭配的绣球花。它让我想起了我在旅行中看到的那些保存完好的名人住宅，比如吉维尼的莫奈之家，还有格雷斯兰的埃尔维斯之家。建筑外面用警戒线隔开，里面却还是家庭生活片段的缩影，仿佛时间已在彼时暂停，房子的主人只是暂离，很快就会回来。这个家的一切让人感觉既朴素又原生态，与我在花园里遇到的那位热情、充满活力的老妇人并不相符。

这时，我听到从大理石楼梯上传来缓慢的脚步声。于是，我快步走出客厅，回到走廊，内疚得心脏怦怦直跳。塞巴斯蒂安正沿着最后一层楼梯走下来，手里拿着一个大提琴盒。他的手笨拙地握着大提琴盒的中间，就像在和一个性感的舞伴跳华尔兹。他一不小心把大提琴盒撞到墙上，于是做了个鬼脸，不过我不清楚他更关心的是乐器本身，还是担心在洁白的墙面会留下划痕。

"哦，嗨！"他把大提琴盒半球状的一端放在地板上。"奶奶怎么样？"

"很好，她正在阳光下小憩呢。我觉得还是让她好好享受吧。"我好奇地看了看大提琴盒。"那是她的大提琴吗？"

"不，是我的。"塞巴斯蒂安说。"奶奶喜欢听我演奏，所以我有时会把它带过来。你知道的，比如给她演奏个小夜曲什么的。"

想象中这个温柔的画面，让我稍稍缓和了对他的不满。我想他撒谎有他的理由，就像我一样。

"太贴心了。音乐可以让垂死的人平静下来。"

塞巴斯蒂安在听到"垂死的人"时，明显愣了一下。"这只是件小事，但我觉得这样能让她更舒服些。有时她让我拉几个小时，她只是坐在那里闭着眼睛听，看起来很平静，就像做了个美梦一样。"

我给了他一个鼓励的微笑。"对于这个阶段的人来说，微不足道的小欢喜往往是最有意义的。"

沉默在空气中弥漫开来，我们四处张望，就是不看对方。

塞巴斯蒂安看了看表。"我得走了。"他把大提琴靠在前门上，拿出手机。"你要回市中心吗？我载你一程。"

"哦，不用了，太麻烦你了。我还是坐地铁吧。"和塞巴斯蒂安并排坐在后座，还让他知道我的住址，这感觉有点……太唐突了。

"一点也不麻烦。你住在西村附近，对吧？我听见你跟奶奶提过。我乐团室内排练的地方就在纽约大学附近，所以我可以顺路送你。"

都到这个地步了，如果我说我更喜欢坐地铁，显然就是在骗人了。或许我可以用"在上西区（Upper West Side）还有其他工作要做"来当借口，但我们确实需要讨论一下我以后去看望克劳迪娅的问题，所以那个谎言必须作罢。

"如果你方便让我在华盛顿广场下车，那就太好了。谢谢你。"

塞巴斯蒂安的眼睛亮了起来。"好！那我叫个优步吧。"

我们叫了一辆淡紫色的丰田轿车，在把大提琴煞费苦心地搬进车子的后备厢后，我们坐进汽车后座，向华盛顿广场驶去。开车的司机叫朗达（Rhonda），一位德州金发中年人。当我们经过自然历史博物馆的后面时，我想到我和外公曾经在那里度过许多个下午，不禁悲从中来。但此时，另一种悲伤的想法在我心中第一次出现了。我隔着后座看着塞巴斯蒂安。多年以后，他会想到自己曾在奶奶生命的最后一段时光，一直悉心照料她，而得到些许安慰，但这可能远远不够。

"你奶奶说，你是家里唯一一个住在纽约的人？"

我主动打破了沉默，塞巴斯蒂安显得很惊讶。"是的，只有我。我的父母和三个姐姐都还住在康涅狄格州，我在那里的一个镇上长大。"

"他们不常来城里吗？"

"他们会在度假之类的时候过来看看。"他摆弄着衬衫袖子上的纽扣。"我们带奶奶去医院看胃肠病医生的时候，我爸爸也来过，那医生是他在大学里认识的一个人，我想他动用了一些关系，才让她去看病的。"

"诊断结果如何？"

他的神色黯然下来。"胰腺癌四期。"

"我很抱歉。"我沉默了几秒回答道。"他们认为她还能活多久？"

"最多两个月。"

"这对你们来说是个不小的打击吧，对她来说也是。"

"看吧，这就很荒唐。"塞巴斯蒂安有些紧张。"医生先把诊断结果告诉了我爸爸，我爸爸跟医生说，不要告诉奶奶她快死了。"

"什么？"反对的话几乎就要冲出嘴边，毕竟保持公正是我的工作原则。"那真是……"

"不道德吗？是啊。我爸让我发誓不告诉她的时候，我很生气。但他坚持认为，她不知道更好。我想，这是因为他无法直面她，无法告诉她这个消息。"塞巴斯蒂安摘下眼镜，开始用围巾擦眼镜。"我本想和他争论下去，但这是他的母亲，他想怎么做就怎么做。在我们家，爸爸有绝对的话语权，一直都是这样。"我从他的语气中感受到了他的痛苦。

"但她也知道自己病了，是吗？"

"她知道自己得了癌症，但她不知道有多严重。"

"即使你的家人知道她快死了，他们还是不去看望她？"我其实已经有点在拷问塞巴斯蒂安了，但如果我要继续去看克劳迪娅，我就需要知道这些事。处理复杂的家庭关系，是我工作中很微妙的一部分。

他点了点头。"就像我说的，这就是我们家对待死亡的方式——就好像只要不谈论死亡，死亡就不会发生。我家人的心理并不完全正常。"

"实际上，这很正常，至少在西方国家是这样。人们要是能公开自然地讨论死亡，反而就不太正常了。"

车子在林肯艺术中心外的红绿灯前停下来等绿灯，塞巴斯蒂安定定地看着喷泉优雅地喷着水。

绿灯亮了，他说："他们可能会在时限快到了的时候来。去年，在这一切发生之前，他们试图说服奶奶搬去养老院，但她拒绝了。所以他们安排了家庭健康护工过来。塞尔玛（Selma）一大早就来帮奶奶洗澡、穿衣服等，然后乔伊斯（Joyce）六点来，负责夜间陪护。"

"难道克劳迪娅不觉得全天候看护很奇怪吗？"

"我不这么觉得。我的意思是，她什么都没说。我爸爸告诉她，如果她想继续住在她的连体别墅里，她就必须接受这些护工。而且她也不缺空房间。"

"那你为什么还需要我帮你？"那些护工不必假装对摄影感兴趣，而克劳迪娅也显然从她们那得到了很多帮助。

"塞尔玛和乔伊斯人都很好，但她们的工作都只是为了让她尽可能健康地活着，并照顾她的生活起居。但她们不太喜欢坐下来畅谈生活。"

我觉得有必要为她们辩解一下，毕竟家庭健康护工的工作真的很辛苦。"当你有这么多其他琐事要处理时，你也很难坐下来畅谈了。"

"啊，这是当然。"塞巴斯蒂安几乎是在道歉。"我只是希望你能从更哲学理性的角度，让我奶奶更好受些。所以当时限来临时，她就能更……做好准备了。"

我感同身受，"她有你真是幸运。"

他耸了耸肩。"在我成长过程中，她在很多方面都对我很好，也是我逃避现实的一种方式。这点事不足挂齿。"

"我和我外公也是这样。"我从不与客户分享自己的个人信息，这是原则。但此刻这些话却脱口而出。

"你们关系很好？"

"其实是他把我养大的。"

"哇，你父母怎么了？"他刚说完，就举起一只手，打断对话，"不，等等，算了吧。我这么问太无礼了。"

"不，没关系的。假装死亡没有发生过毫无意义。而且，我刚刚还问了你那么多关于你奶奶的问题。"我都不记得上次和别人谈论我父母是什么时候了。"他们在中国度假时，船出事了，尸体一直没有找到。"

"对不起，这真的很糟糕。"他眼中的善意十分真诚。

我深吸了一口气。"没有人想失去父母，但我对他们的记忆并不多。他们去世时，我只有六岁。"

"天哪，这太残酷了！"塞巴斯蒂安说。

朗达好奇地看着后视镜。我不想同时和两个陌生人剖析我的人生故事，所以我把话题转回到克劳迪娅身上。

"说实话，塞巴斯蒂安，如果你奶奶并不知道真相，我不知道我去看望她会有什么样的结果。撒谎说自己喜欢摄影已经够糟的了。就像你说的，这有点不道德。"

塞巴斯蒂安又做了个鬼脸。"我明白。但你能再等几周吗？我知道她最终可能会发现真相，但在那之前，我只是想给她多一点时间，让她活在无忧无虑的幸福中。不过我也不是说，她现在正在经历的一切就是幸福的。"

"我明白你的意思。"我很难否决他的善意，即使这些善意不太道德。"但告诉她，我每周都会去看她几次，只是为了谈论摄影，似乎有点牵强，而且这样我也无法好好工作了。我工作的全部意义，就是帮助人们面对他们即将到来的死亡，而不是逃避死亡即将到来的事实。"

"我知道，我知道。"他发出一声沉重的叹息。"我会和我爸爸谈谈这件事，但请你答应我，你会一直来看她，好吗？我有些无助。让你和她在一起，感觉就像在不违背我父亲意愿的前提下，我可以为她做一点事。"

我想起了外公。如果能让他在最后的日子里过得更好，我愿意做任何事。或许，可以让贝茜为我推荐一些摄影书籍。

"那好吧，"我叹了口气，"我给你两周时间。"

第二十章

朗达和塞巴斯蒂安把我送到华盛顿广场后,我在狗狗公园逛了逛。小时候,我和外公经常这么做。每个星期天,从书店回家的路上,我们都会去狗狗公园参观,猜测狗狗们在同伴间的社会等级。总会有一只精力充沛、无忧无虑的小狗,其他的小狗都会被它天生的自信所吸引,满怀信任地跟着它。通常还会有一只胆小的小狗,它会觉得周遭太过喧闹了,静静地站在公园边缘,在心里埋怨主人对它进行这样的折磨。我可以和后一种狗狗产生共鸣,被卷入社交活动中,有时会让人不知所措。

自从在杜安里德便利店偶遇塞巴斯蒂安之后,我一直没有时间去买维生素,所以我在沿着第六大道返回的路上,走进了药店。在过道的尽头,我认出了靠在柜台上熟悉的身影。他正给那位年轻的药剂师讲述"过去的美好日子",把药剂师迷得神魂颠倒。我一直默默等着,直到他把毡帽的帽檐竖起来,转向我的方向。

"你好啊,陌生人!"利奥总是咧着嘴笑着跟我打招呼。每当他这样做的时候，我就仿佛听到电影里有人亮出金牙时，发出"叮"的特效声音。

我开玩笑地推了推他的胳膊。"现在是你从人间蒸发了。"我已经一个星期没有和利奥一起玩了，也没在楼梯上碰到过他了，这确实不太寻常。

"是的。"他说，"你知道的，当你有朋友来城里参观时，他们总是想让你带他们四处看看，带他们感受一下'最正宗的'旅途。"

由于我一生中从未有过远道而来的朋友，所以我没有这种体会。

我看着他手里鼓鼓囊囊的白色纸袋，里面装着订好的处方。"最近还好吗？"

"当然啦。"利奥来回摇晃袋子，袋子就像沙球一样嘎嘎作响。"我只是来储备些常用的胆固醇药，这样我就可以继续吃芝士汉堡了。"

"我不清楚胆固醇的药效原理，利奥。但我认为关键在于，吃药的同时，不要再吃油腻的食物了。"

"不，我更喜欢我的说法。"他满不在乎。"话说回来，你现在在干什么？想去路边餐馆吃点东西吗？"

我的肚子咕咕叫，"好啊。"买维生素的事等等再说吧。

这家餐厅有些破旧了，但除此之外，它看起来几乎和以前一模一样。胶板和黑胶唱片都已褪色，就像被遗弃在阳光下暴晒过后的明信片。我喜欢它保持原样，这里如同一个时间胶囊，填满了我的内心。

利奥如鱼得水，给我讲邻居们的闲话。虽然外公总是告诉我不要和利奥谈论别人的生活，但我偶尔还是会纵容他一下。

"嗯，首先，有一个关于杂货店那只猫的故事。"利奥回忆道。

"哦，听起来很有趣。"他不需要别人鼓励，但他喜欢观众沉迷在他的故事里。

"你知道格罗夫街杂货店里那只胖胖的橘黄色花斑猫吗？"

"就是在薯片袋之间生小猫的那个？"

"就是它。"他掀开芝士汉堡的顶部，拿掉腌黄瓜，然后神秘地看了我一眼，"它上星期二失踪了。"

"被偷了还是走丢了？"

"没人知道。但很有意思，它三天后神秘地回来了。"

"这没什么神秘的，利奥，"我边说边把糖浆倒在法式吐司上，"猫经常走丢，这是它们的特点。"

"你说得对，它们确实如此。"他把薯条插进番茄酱里。"但它们回来的时候会变性吗？"

"你是说那只回来的猫是公猫？"

利奥向后倚靠着，对自己铺垫的剧情转折非常满意，"是的。"

"哇，肯定是有人调包了。"我被吸引住了。"谁会这么做？他们店里没有监控吗？"

"除了薯片货架，哪儿都有。"

"那么，你是怎么想的？"

"我只能说，是为了让猫繁殖。看看今年晚些时候，宠物店的小橘猫是否增加就知道了。"

当我们走过几个街区回家时，利奥的脚步甚至比平时还要慢。我习惯了和他一起走的时候放慢脚步，但今天我觉得我的一步相当于他的两步。当我们在迎面而来的行人中穿行时，我抓住他的臂弯，他也不止一次地靠向我。

和三月初多变的天气一样,太阳也毫无征兆地落了下去。厚厚的雨点开始在我们面前的人行道上飞溅,几分钟内,零星的雨点就变成了倾盆大雨。但当我试图拉着利奥到一家爵士俱乐部的遮阳篷下避雨时,他拒绝了。

"朋友,这只是一点点水而已。再说了,你一生中能在雨中玩耍的机会也就那么几次。"他仰头笑着。"不如趁我还能享受的时候,好好享受一番。"

我在心中记下了这个画面,这样我就能永远回想起此刻的美好。

"你说得对。"我抓紧了他的胳膊,顺着他的目光望向天空。

在接下来的十分钟里,我们肩并肩地站着,让雨滴肆意从我们的颧骨上滑落。

第二十一章

> 嘿,芙,我懒得上楼敲你的门。哈哈,明天想和我一起去练瑜伽吗?我需要有人监督我,哈哈。

周六晚上,这条信息在我的手机上嗡嗡作响。瑜伽是和塞尔维社交的好方法,而且不用说太多话。看来,上次我们一起喝咖啡时,我没有把她吓到,这让我松了一口气。但是,我从未尝试过瑜伽,我不想让自己出丑。

我抬头看着笔记本,想起了一个叫亚瑟的园丁,他说话轻声细语,去世前曾给我留下一条建议。

"如果你想获得你没有的东西,"他说,"那你就必须去做一些你从未做过的事情。"

我从来没有和同龄的女士相处过(临终的同龄女性不算)。这可能是我建立起真正友谊的机会。

重读了几遍塞尔维的消息后,我竖起大拇指准备回复。

没问题。什么时候？

发送中，发送完毕，然后收到回复。

上午8点……呀！对你来说是不是太早了？

我放弃了这个婉拒的机会。

没事。但我以前没怎么做过瑜伽。

最好先降低她的心理预期。
塞尔维的回复马上就来了，她怎么能打字这么快。

没问题！我会给你一些建议。7点40在楼下见。

那天晚上我没有继续看法国浪漫喜剧，而是在YouTube上看了一系列瑜伽视频，记下了一些姿势，这样我就不会看起来像个新手。我的柔韧性并不好，没能继承到母亲芭蕾舞般的优雅。我确实有外公的身高基因（1米75），但我的四肢相比于身体来说，有点太长了。

第二天早上我下楼时，塞尔维已经站在门廊上了。她背着瑜伽垫，手里拿着可重复使用的咖啡瓶。她扎着马尾辫，站在清晨的空气中呼出阵阵雾气，像一条体态轻盈的龙。

"克罗芙，你好！"

"哦，嘿，塞尔维。"

她把瓶子递给我。"我想你可能需要喝点咖啡。"

"谢谢，你想得真周到。"我感觉受到了意外的关照。

塞尔维做了一个"别客气"的手势，她转过身，一步两级地跳下楼梯。"这么早把你拖出来怪不好意思的，这点小事不值一提。"

我们走过两个街区去瑜伽馆，塞尔维一路上都在喋喋不休。"让我来告诉你一些只有瑜伽馆老客户才知道的内幕。我只去过四五次，但我想我已经把大多数人都弄明白了。"我点点头，她就继续说下去。"老师很好，她从印度学成归来。但唯一的问题是她有新西兰口音，不知为什么，在引导冥想时，她说'茧'的口音真的让我很烦。"

YouTube 视频中没有任何关于"茧"的内容，所以我暗自希望这是可以即兴发挥的东西。我的信心开始下降。

塞尔维继续说："还有一个非常帅的家伙，他总是坐在前排中间位置，而且非常灵活。但是，话又说回来，他很清楚自己很性感，也知道自己超级灵活，这就不那么有吸引力了。"

我紧张地笑了，"是的。"

"哦，顺便问下，你知道这里有狗瑜伽吗？哪天你真该带乔治来！它会爱上瑜伽的！"

实际上，我敢肯定乔治不会喜欢瑜伽的。

瑜伽馆位于一座赤褐色建筑底层。当我们到达时，我有些恐慌，本就酸痛的肌肉变得更加僵硬。我曾多次从这些穿着氨纶衣服练习瑜伽的人身边走过，甚至喜欢从远处观察他们的动作。但要我在他们之间装模作样，而且，还要被他们看到，想想就可怕极了。

瑜伽馆的门在我们身后关上了，隔音效果很好，城市的喧嚣被挡在了门外。巧妙隐藏的香氛扩散器让空气中弥漫着桉树、薰衣草和没药的味道。同样隐藏起来的扬声器里传出了西藏颂钵舒缓的嗡鸣声。

极简风格的木质登记台上摆放着一棵盆栽,塞尔维朝柜台后面的男人微笑了一下。他的红褐色胡子修剪得非常整齐,真不知道他会不会用同一把梳子来梳理他的胡子和发髻。

"我俩是塞尔维·安德森和克罗芙·布鲁克斯,"她一边说着,一边狡黠地瞟了我一眼,"我从你的邮箱里知道了你的姓。"

我们把鞋子和包放在软垫长凳下面的小柜子里。"等一下,这门课我该付你多少钱?"

塞尔维摇了摇头。"别担心,我包了。你可以自己付下一节课的费用。"

下节课?我甚至都不确定这节课能不能上完。

我们慢慢走进一个房间,里面铺着静雅的橡木地板,墙壁是那种经过人工风化的混凝土墙。一堆瑜伽垫摞成了金字塔形,每个垫子都均匀地卷起放在墙缝里,就像一堆木柴。塞尔维递给我一张垫子,把我带到房间的一边。"我喜欢把垫子放在窗边,如果需要保持姿势,十分钟不准动时,无聊的时候就可以看看外面。"

当她开始做一系列环环相扣的拉伸运动时(我一定是错过了一整节伸展运动的视频课程),我坐在垫子上,观察着房间里的其他人。她们的衣服很合身,恰到好处地凸显出每一块精练的肌肉,不知道是得益于内心的平静,还是日常护肤敢砸钱的缘故,她们的皮肤都保养得很好。

塞尔维朝房间中央点了点头,示意我看过去,一个肌肉发达、皮肤光滑的男人用手支撑着身体,小腿架在胳膊上。"柔韧性超好的帅哥,"她低声说,"只要稍微热一点,他就会脱下衬衫。但我觉得,这对大家也挺好。他不是我喜欢的类型,我更喜欢苗条的文艺男。但说不定他是你的菜呢?"她扭动着眉毛,换一只手腕做伸展动作。

我把胳膊交叉抱在胸前,想要偷看一下这个家伙是否是我的"菜"。以前从来没有人问过我这个问题。

"从这个角度看不太好判断。"我这样说,希望这个含糊的回答能让她满意。

一个温柔的新西兰口音打断了我们的对话。

"大家早上好。"一个身材娇小、肌肉发达的女士,穿着合体的白色衣服,站在房间的前面。我看着她的身形,内心琢磨起什么样的内衣适合她。

"我叫爱蜜莉(Amelie),大家都到了,我感到非常非常高兴。"这位女士说话那语气就像哄婴儿睡觉一样。"感谢您选择与所有人一起,在本次美好的练习中开启新的一天。"

塞尔维夸张地咳嗽起来。

我能跟上大部分动作,所以对自己很满意。很多动作需要重复多次练习,我就可以模仿周围人的动作。我的问题是自己一直在走神——为什么在我面前的女人,要在背后刺蜥蜴的文身,她后悔过吗?或者喜马拉雅盐灯只是让人们图个心理安慰,但或许我还是应该买一个,以防万一。大家都已经换到另一个姿势时,我还在胡思乱想,塞尔维不得不推了我好几次。为了不再走神,我试着想象最平淡的事情。

一块石头。一块棕色的、无聊的石头。

"我能碰你吗?"

是爱蜜莉。她小声提出了这个令人吃惊的要求,她一直在房间里走来走去，调整人们的姿势。

这又是一个我从未被人问过的问题。我的耳朵开始发烫。

"嗯，当然，可以。"我小声回答，模仿着老师的语气。显然这是条不成文的规定，大家不能用正常音量说话。

爱蜜莉跪在我的身后，把手放在我的上背部。她的手传来一阵温暖有力的感觉，是一种陌生但愉快的感觉，我的身体随之活跃了起来。

我不会再走神了。

"没错，"爱蜜莉低声说，"呼——吸，伸展。"

我试着回想，上一次我受到如此持久暖心的抚摸，是在什么时候。我经常握着客户的手安慰他们，或者帮助他们上下椅子和床铺，但这些都是为他们服务。

这是多年来，我第一次被这种只属于我的关怀和能量所感动。

课程在一场引导冥想中结束，在冥想中，爱蜜莉努力使声音更单调，更符合呼吸的节奏。

"想象自己被美丽的治愈之光包围，就像一只金色的茧虫。"

塞尔维哼了一声。

"那个茧是你安全的疗愈空间，没有什么能伤害你。"

我睁开一只眼睛，看着塞尔维捂着鼻子，强忍着不笑出声来。她整个身体都在抖。

爱蜜莉在"茧"这个词上断断续续的发音确实有点奇怪。这就像是《音乐之声》中冯·特拉普家的孩子们一起合唱似的，同他们向大家道别说"再见，再见"时的样子颇为神似。我努力不被塞尔维的傻笑传染。但我越知道不可以笑，就越想笑。我忍笑忍得泪流满面。

爱蜜莉刻意清了清嗓子。"让我们所有人都记住，安宁始于我们自己，始于我们的金茧。"

塞尔维受不了了。她坐起来，摸了摸我的肩膀，我的肩膀还在笑得发抖。"我们走吧。"她低声说。

我们避免和爱蜜莉进行目光接触，卷起垫子，在大家还都在俯卧冥想的时候，踮着脚尖从大家身旁穿过。当我们迅速收拾好自己的东西，奔向自由时，我感到了一种快乐，盖过了扰乱课堂的内疚。我们一路小跑，穿过街区，仿佛爱蜜莉在冥想中愤怒地追赶我们。

我们一拐过弯，塞尔维就放慢了脚步，开始慢走。

"你这周有什么安排？"她把头发散开，扎成一个新的马尾。"你还在'度假'吗？"

"我明天要见一个新客户。"

"哦哦，给我讲讲。"

"是上西区的一位老太太。她是20世纪50年代的摄影记者。"

"什么？太酷了！我好想见见她。我敢打赌，她一定是个精力充沛的老婆娘。"塞尔维调整了一下她胸前瑜伽垫的带子。"你怎么找到她的？话又说起来，一个临终陪护师到底是怎么找客户的呢？"

"我见过她的孙子。除了他以外，没有人去看她。"

"啊，太可怜了。"但塞尔维的表情很快从忧郁变成了狡黠。"孙子，嗯？他帅吗？"

我的脸颊通红，"也许有一点？"

"也许吗？丫头，以我的经验，他要么可爱，要么不可爱。"

我当然想过。但我意识到这样审视新雇主太没有职业道德了，于是很快把这个想法扼杀在摇篮里。

我努力想换个话题。"那么……你在弗里克美术收藏馆的新工作怎么样了？"

"哦，你懂的，大部分情况下都还不错。但刚开始一份新工作总是很奇怪，要了解别人的性格，等等，还有办公室里的各种钩心斗角，在艺术史领域相当残酷。"塞尔维朝一只走过的腊肠犬挥手，但却无视了它的主人。

"是的，我外公是一名大学理科教授，他也曾告诉过我，有些学者是多么狡猾。"

"完全赞同。他们都是被动型攻击人格，这点最伤脑筋。我总是喜欢把事情一吐为快，而不是憋在心里，但我不确定我的同事们能不能接受我这直来直去的性子。"

我喜欢塞尔维坦率的性格，因为这样就不用去猜她在想什么了，和她相处起来也很轻松。当我们走到门廊时，我甚至有点不舍。

"谢谢你从床上爬起来和我一起去练瑜伽。超级开心！"塞尔维把钥匙插进前门。"我真的很久没这么开心地笑过了。下次再一起去吧——如果爱蜜莉还让我们进去的话。"

"当然好啊。"我说的是实话，这点让我感到很惊讶。

当我上楼时，我刚刚被唤醒的大腿肌肉还在燃烧着，颧骨因为笑哭而仍然黏糊糊的。我突然意识到，不算工作时间，这是我与除了利奥之外的人相处时间最长的一次。

我想起了奥利弗和她对香水的建议。我仍然没有找到我喜欢的香水，但这是许多年来，我第一次感觉到生活开始发生变化。

第二十二章

在我二十岁生日那天，日出的光芒洒在危地马拉安提瓜市高耸入云的火山上，让这座城市的巴洛克式建筑的深赭色调显得尤为醒目。我的脚步声在凉爽的鹅卵石上回响，停在一扇华丽的铁门前，铁门里是一个庭院，里面茂密的植物环绕着一个由瓷砖砌成的喷泉，喷泉由于年久失修，已经坏掉了。端坐在庭院周围的正是房子里的住户——一些没钱也没有家人照顾的老人，他们在这个社区养老院里度过人生的暮年时光。一些人盯着远方发呆，一些人在温暖的日光下打着盹儿。像往常一样，院子里的生活慢慢悠悠，气氛平和宁静。

大学二年级的暑假，我在一家资金匮乏的养老院做志愿者，住在离养老院几个街区外一个当地的家庭里，我们的暑假共两个月，此时假期已经过半。自从我搬去和外公同住后，这是第一个没和他一起庆祝的生日。过去的两年中，我一直在蒙特利尔的麦吉尔大学学习社会学，这两年的学习开阔了我的眼界，使我能够体验新的文化，而且蒙特利尔距离纽约也很近。我的计划是要追随外公的学术足迹，但我不是要研究生物学，而是想环游世界，学习有关死亡的不同文化传统。

"早上好啊，克罗芙！"给我开门的志愿者费利西蒂（Felicity）是一名来自温哥华的医科学生。她已经在养老院做了一整个学期的志愿者，她非常喜欢这里的老人，所以决定整个暑假都在养老院帮工。

进门之后，费利西蒂在我身后锁上门，我说道："早上好费利西蒂！你今天真漂亮。"

即使穿着米黄色的外科手术服和洞洞鞋，也掩藏不住她的美貌——黑亮的秀发、莹润的肌肤和明媚的笑容，让人好生羡慕。但因为她的性格又是如此慷慨和真诚，我竟无法对她的美貌产生任何妒忌之心。

"哦，"她不好意思地低下头，"你人真好，克罗芙。你看起来也很美。"尽管我知道她说这话是发自内心的，但相较而言，听起来就像是句毫无根据的客套话。

费利西蒂低头看了看表，说道："到吃药时间了，我得赶紧去发药了——我在里面等你。"说着就走了进去。

接着我也走了进去，当我经过院子时，几个老奶奶兴奋地围住了我。因为在单调乏味的日常生活中，我对她们来说还是个相对陌生的面孔，所以我一出现，就受到了她们的欢迎。最热烈的欢迎一如既往地来自罗西塔（Rosita），她身材纤瘦，身高不足五英尺。罗西塔跳着舞向我走来，眼睛亮闪闪的，牙齿掉光了，但笑容很灿烂。尽管罗西塔又聋又哑，但她能轻松地将自己对生活的热情表达出来。她用柔弱的双臂环抱着我的腰，向我表示问候，我心中一阵澎湃。我珍视她每天给我的拥抱，她十分乐意给予的东西于我而言是不可多得的美好，要是她能知道这一点就好了。

但并不是每个人都像罗西塔一样开心。其他老人知道自己已经被社会遗忘，他们坐在轮椅上，凝视前方，情绪毫无波动，就仿佛做好了承受这种屈辱的心理准备。但当我停下来跟每个人道早安时，他们的情绪开始出现波动，眼中的悲伤消散，燃起了希望的光芒，他们感激地用西班牙语低声回应我的问候。

过去的一个月已经教会了我人生中最重要的一课。在最初的几个星期里，看到这些人的不幸处境，我感到非常悲伤，发现自己很难忽视他们因疾病而衰弱并渐渐枯萎的身体。但我逐渐意识到，同情并不能消除他们的痛苦。我能为他们做的最好的事，就是看着他们的眼睛，将他们当作人来对待。从那时起，我向自己保证：无论我多么不忍，都不会逃避别人的痛苦。

"你好啊，克罗芙。"一个声音从我身后传来，听起来很明显是个美国人。

我转过身，心脏怦怦直跳，真希望自己能冷静下来。"哦，嗨，提姆，"我结结巴巴地说道，"你好。"

提姆也是一位志愿者，来自西雅图，他比我晚一个星期来到养老院。他第一天来时，就由我负责带着他熟悉环境，我们已经很了解彼此了。但对我来说，带着目的与人交流总是容易许多。另外，我还发现去无人认识的地方旅行有一个好处：作为陌生人，没人认识你，你可以一切重新开始。在危地马拉，我不是一个不合群的怪人，相反，我风趣自信，还有冒险精神。至少这是我在过去一个月一直在尝试给自己立的人设。

"天哪，我昨晚喝太多了，头一次醉得这么厉害。"提姆说道。他皮肤黝黑，却有着游泳运动员般的体格，看起来非常健壮。

"你昨晚出去喝酒了？"我想说多点儿，这样看起来就不像是在审问他了。"酒还没醒就要工作一定很难受。"至少我是这么认为的。

"是的。"他摘下西雅图海鹰队的帽子，揉了揉脑袋。"我和几个志愿者昨晚去了一家龙舌兰酒吧。"

"哦，好吧。"但我昨天没听说晚上有聚会的事。

他捏了捏我的胳膊，"我们本来想邀请你的，但昨晚实在太晚了。"

我挤出一个笑脸："没事，反正昨晚我事情也比较多。"我在忙着写我的日记，严格来说，我说的也的确是事实。

罗西塔还在搂着我的腰，她伸出手，开玩笑地拽着提姆的背包带。

提姆低头看了看她，似乎不知道如何回应她。"哦，你好，罗西塔。"他不安地环顾四周，"我还是去签到吧，我得确保有记录，我来这里当志愿者就是为了这个证明。"他压低声音，靠向我，"那些大型金融公司爱招简历上有善行经历的员工。"

我和罗西塔一同走进院子，清晨的空气湿润，浮动着素馨花的香气，整个院子里盈满了淡淡的甜味。那天给我安排的任务是"职业治疗"，听起来很专业，实际上就是帮助老人拼拼图，或是用捐赠的材料，如塑料餐具、纸盘和旧纽扣等做手工。更多的时候，我只是在那里留意着他们就好。储物柜上放置了一台四四方方的电视，他们坐在那里，一动不动地看着墨西哥肥皂剧。

当我进入房间的时候，老人们已经在忙着做手工了。养老院的每位老人都穿着同样的服装——男性着灰色V领上衣和休闲裤，女性着素净的家常连衣裙，都是同样的碎花面料。我一直在想这些人年轻的时候是什么样子，在他们意识到可能会被社会遗忘，或者起码是不再受到重视之前，会是什么样子的。我可以从他们的举止中，了解到他们性格的方方面面。虽然一些人已经主动放弃梳洗打扮，或是没有能力再像从前一样梳洗打扮，其他人仍对自己的外表十分在意，比如何塞（Jose）会把短发整齐地梳到一边，皮拉尔（Pilar）则会把辫子盘成整齐的发髻。还有一些细微但能让人眼前一亮的装饰，使他们的制服与众不同，如瓦莱里娅（Valeria）的褶边围裙、卡门（Carmen）的串珠项链，以及费尔南达（Fernanda）的手织羊毛衫。

他们像我这么大的时候有什么梦想呢？在人生即将画上句号的时候，他们会希望自己当初做了哪些不同的决定呢？

房间的角落里，一位圆脸绅士坐在一张破旧的椅子上，双手交叉整齐地放在膝盖上，耐心等待我的到来。上周阿图罗（Arturo）自豪地告诉我，他是个诗人，但现在关节炎折磨着他，他无法把灵感行诸笔端。因此我自愿成为他的抄写员，过去的几个早晨，我认真记下了他对生活和爱情的诗意感悟。

今天的诗是关于即使还未相遇，你也会知道有一份伟大的爱情在那里等你。

"你我相遇之前，我会凝望月亮，只因那轮清晖属于你，也属于我。"他用西班牙语念道，黑黑的眼睛里闪着光。

"真浪漫啊！"我惊叹不已，被他毫不掩饰的多愁善感迷住了。

"我想你已经找到了你的真命天子了吧？"他用胳膊肘推了我一下。

"也许吧。"我回答道，厚着脸皮用胳膊肘也回敬了一下他。

我绝对找到了，并且我确信提姆也有同样的感觉。过去的两周，我在日记中仔细记录了所有的迹象。他和我说话时随意搂着我的样子，或是当他感到肩膀僵硬，让我帮他按摩肩膀，或是当他需要有人帮忙代班时，总是先找我，不是因为我擅长和老人相处，而是因为他知道我是他可以信赖的人。还有一次，我和其他志愿者一起出去喝酒，他特意坐在我旁边，甚至在我帮他付钱时，他还捏了捏我的膝盖（他忘带钱包了）。

为了成为一名现代独立女性，我决定不需要等他迈出第一步。我生日那天似乎是个好时机。那天在给老人们端上晚餐之后，就到了下班时间，我本来打算告诉他今天是我的生日，想问他愿不愿意和我一起去街角的小餐馆共进晚餐庆祝一下。

那时我就会告诉他我的感觉。

我已经考虑过，一旦他回西雅图，我回到蒙特利尔之后，我们要如何维系这段异地恋。这将是一个挑战，但我愿意用心去维系我们的感情。也许我们甚至可以计划到同一个城市读研究生。他最终很有可能搬到纽约，毕竟那是世界金融中心之一。

一想到这儿，我还挺激动的。我的初吻终于要来了。

铃声叮叮当当响了起来了，这代表着养老院的晚饭时间到了。已经形成习惯的老人们拖着步子走向空荡荡的餐厅，在公共长桌旁找到自己的位置坐下。

我感到有人捏了捏我的肩膀。提姆靠近在我耳旁低语时，我感觉一阵眩晕。

"嘿，克罗芙小姐，你能帮我顶 15 分钟班吗？我得赶紧出去办点儿事。"

我紧张地凑近他低声回应，在混乱的餐厅中，这种亲密举动让我倍感珍惜。

"当然可以。"

他又捏了捏我的肩膀:"你最好了。"

在我们俩负责的桌位上摆好晚餐,为老人们提供标准分量的米饭和豆子,还有一杯不等量的水果蛋糕,这事做起来十分忙乱。但我一点不气恼。感情需要牺牲——我做这件事能向他表明,我愿意为我们的感情多付出一些。

45分钟过去了,提姆还没有回来,于是我就自告奋勇帮他洗碗。他一定是被事情耽搁了,在安提瓜办事效率的确是比较慢。

我把头发塞进发网里,在巨大的商用水槽里装满热水,接着发现洗洁精瓶几乎是空的。厨房里的其他人看起来都忙得不可开交,所以我就自己去找一瓶新洗洁精。我穿过一条狭窄的走廊,一路马不停蹄地走到了储藏室门口,路上只在踩死了一只蟑螂的时候停下了几秒。门是关着的,真奇怪,但有可能是某人好心地想把蟑螂等一些害虫隔在外面,这种行为当然也很天真。我摇晃着把门打开,摸到储藏室里面的电灯开关,这时我听到一声咯咯的笑声,然后是一声喘息,日光灯闪烁着亮了起来。

映入眼帘的是提姆和费利西蒂,他们蜷缩在角落里,相拥着接吻。即使在刺眼的灯光下,她的发丝和肌肤也散发着光芒。

我强装镇定,整理了一下发网,走进去从架子上拿起一瓶洗洁精。接着我一句话也没说,离开了储藏室,轻轻关上了身后的门。

站在储藏室门外,我胸口泛起一阵痛楚,这件事又让我学到了人生中重要的一课:

直面别人的痛苦比正视自己的痛苦简单多了。

第二十三章

我站在塞尔维家门外,手中的黑皮诺葡萄酒显得格外沉重。这是我第一次以朋友的名义受邀到别人家吃晚饭,这事对我来说还是挺重要的。

因为我并不清楚塞尔维对酒的品位,所以我就给酒铺的人粗略地形容了一下她的性格。他认为塔斯马尼亚黑皮诺葡萄酒是个不落俗套的明智之选。

"大多数人都喜欢喝加州梅洛或赤霞珠,"他带着一种玩世不恭的优越感说道,这种性格似乎很适合在酒铺工作,"但既然你的朋友听起来像是游历甚广,还有点难以预测,这瓶酒她应该会喜欢。"

我的朋友。这个词在我脑海里盘旋,我感到一阵紧张。

我屈起手指准备敲门时,又审视了一遍自己的着装。我其实并没有离开这栋楼,所以并不想让人觉得我刻意打扮过。但我也不想让人觉得我一点也不重视这次晚餐,毕竟我的家居服有时候看起来很邋遢。最后我决定穿牛仔裤和我最好的一件羊毛衫。

深吸一口气,我敲了三下门。一听到门内的脚步声,我就紧张起来。塞尔维开了门，脸上洋溢着她一贯的灿烂微笑。理论上说，我知道不论面前的人是谁，塞尔维总是带着微笑，但她端详我的目光很暖心，这让我觉得我比真实的自己更有趣。

"克罗芙！你能来太棒了，我一整天都在盼着能跟你聚聚呢！"塞尔维侧过身，伸出胳膊欢迎我进去，"今天的工作糟透了，我只想忘掉它，能看到一张亲切友善的脸，太让我高兴了！"

"谢谢你邀请我。"我不太习惯别人这么热情地欢迎我的到来。我把红酒塞给她："我给你带了瓶葡萄酒。"

"啊，谢谢，"塞尔维说道，在手掌里转动着酒瓶，仔细研究着标签，"澳洲红，你选的很合我的口味。"

她这称赞让我不忍拒绝，但我还是不撒这个谎了："是酒铺的人帮我选的。"

塞尔维眯起一只眼睛，"你是说西三街那家酒铺吗？那个讨厌的家伙跟你说话的时候，就像你从没见过葡萄一样，更别说一瓶葡萄酒了，是那家吗？"

"他是有点趾高气扬的。"我很高兴并不是我一个人这么认为。

"'有点'还是说得太保守了，"塞尔维说道，"有时我喜欢去他家问一些不知名的葡萄酒，这样我就能看他因为不知道答案而汗流浃背的样子了。我继母是个酿酒师，所以比起他的判断，我更相信我继母的判断。"她举起瓶子，"我打赌他要是知道你这瓶酒是买给我的，他一定气死了。"

我只能紧张地干笑两声回应她。

"我们把这个打开吧，"塞尔维边说边蹑手蹑脚地走到厨房的洗手台边，"你介意脱掉鞋子吗？"

我正走到一半，听到这话赶紧停下悬在半空的脚，不再往前走，踮起脚尖蹑手蹑脚朝门口走去，很不好意思违反了塞尔维的家规。

"当然不介意，不好意思了。我可以把袜子也脱了吗？"

"脱吧，没事，"塞尔维咧嘴一笑，"在日本生活几年后，我在家再也不习惯穿袜子了。"她指了指柜台边的高脚圆凳，"请坐吧！"

从结构上看，这套公寓和我家的一模一样，只不过它在过去的20年间重新装修过。（我把维护要求限制在马桶漏水之类的紧急情况下，这样房东就没有理由多收我的租金了，我的租金在城市里低得不可思议。）从美学上看，塞尔维的公寓正好和我的相反。

我们的公寓有相同数量的窗户，完全相同的外观，但她的公寓却很神奇的比我的公寓光线更充足，即使已到黄昏，公寓内也依然明亮。

"你还在装修吗？"我打量着公寓内极简主义的装饰，不禁问道。整个公寓的色调是白色、奶油色、浅灰色和原木色。沙发上方孤零零地挂着一幅抽象画，但雪花石膏明亮的墙面上却是光秃秃的。咖啡桌和书柜上零星地摆着一堆堆书籍，书脊都是统一的浅色调。书架上空荡荡的，只有几样摆放得错落有致的物品，如光滑的瓷器、一根看起来很昂贵的蜡烛，还有一个装着干桉树叶的玻璃花瓶。然而不知为何，这一切都看起来都很舒适。

塞尔维笑道："不，已经装修完了，我想我对日本的极简主义风尚已经失去兴趣了，不过我的品位一直有点受阿格尼斯·马丁（Agnes Martin）的影响。"她环顾自己的住处，"天哪，我的装修风格完全是千禧年的老一套了，是吧？"

"你旅行时不收集纪念品之类的东西吗？"即使只是一个冰箱贴，我也总是喜欢带一些东西回来，纪念我去过的地方。有一段时间我会收集石头和贝壳，后来我意识到顺手带走这些东西的文化内涵和精神意义有点像是偷窃，就不再收集了。

塞尔维揉了揉脸，"不，我不太喜欢实物，我更喜欢把旅行的记忆当作纪念品。我每去一个地方都会去上烹饪课，这样我就可以学习当地的菜肴了。说到这个……"她掀开了炖锅的盖子，空气中顿时弥漫出香辣椰奶和柠檬草的味道。"希望你喜欢泰国菜。"

茶几周围有几个靠垫，我们坐在上面吃过晚饭后，就坐到沙发的两端，喝着塞尔维继母的西拉酒。我的脸颊红扑扑的，这说明我喝醉了。如果不是因为担心红酒洒出来，把塞尔维纯洁的家具弄脏，我可能就会完全放飞自我了。

"那个新客户聊得怎么样了？"塞尔维说道，她的长腿规整地并拢在一边。

"你说得对，"我说道，同时注意到她的脚趾涂着指甲油，显得很优雅，就想着我是不是也该给自己的脚指甲涂点指甲油，"克劳迪娅当摄影师的时候，她的故事真挺有趣的。"

塞尔维的眼睛从玻璃杯上端狡黠地注视着我，"那她孙子呢？他叫什么名字来着？"

"塞巴斯蒂安。"大声说出他的名字让我很不自在，就像在召唤他一样。"他还好吧，怎么了？"

"我就是觉得你开始了解他之后，或许你们之间就会擦出火花。"

"他是我老板。"我说道，又想着应该澄清一下，我脸红是因为喝酒不是因为其他的。

"是啊，但说实话，这份工作可是有时间限制的，"塞尔维说道，"一旦他祖母去世，他就不再是你老板了，所以你可以跟他做任何你想做的事了，即使你只是想跟他玩玩儿，像是当个性伙伴之类的。""哦。"我把注意力转移到沙发上方的艺术品上，假装被它可爱的几何形状迷住了。

"但也许那样的关系不是你的菜，"塞尔维带着让人安心的微笑，"很多人的性爱必须建立在情感的基础上。"

"嗯……"我不确定自己是否准备好了让这场对话继续下去。但如果我想以后还和塞尔维交往——我也的确想跟她交朋友——我可能迟早都得聊这个话题。"其实主要是我从未经历过……那个。"

"哪个？你是说没经历过性爱？还是没谈过恋爱？"

"嗯……都没有。"也许我要是含糊地小声说出来，就不那么让人震惊了。

"哦，明白了。"塞尔维的反应出乎我的意料，"所以你是性冷淡吗？"

"性冷淡？"

"是啊，你懂的——对性生活没兴趣？这很正常，实际上我认识不少人是性冷淡。"

我从来没想到在性方面如何给自己贴上标签。"不，我觉得我不是，我是说，我的确对别人会感兴趣。"

"男人？女人？还是对男女都感兴趣？就我个人来说，我不想限制自己的选择。"塞尔维咧嘴一笑，"我从不喜欢非此即彼的选择方式。"

我回想了一下这些年来我的心动对象——虚构人物、地铁上的陌生人、大学教授，还有提姆。"我想我对男人感兴趣。"这句话不完全是一种心理暗示，但说出来之后，仿佛激起了我心中尘封的情感。

塞尔维在沙发上重新换了个姿势，面朝着我，"那么你为什么不跟别人谈恋爱呢？你知道吧，你那么抢手，聪明、通达、善良、敏锐又风趣……"

她的这番描述让我觉得十分荣幸，毕竟与塞尔维的活力四射相比，我总是觉得自己无趣透顶。

"我只是一直不清楚到底该怎么做，"我耸耸肩说道，"我知道在爱情到来之前应该耐心等待，让爱在最不经意的时候来敲门，但我这样做了，爱情却从没来过，从没有人中意我。"

塞尔维的眼神柔和，却并无怜悯："我相信很多人都注意到你了，克罗芙，或许你只是需要敞开心扉来看到这一点，然后采取行动。"

"但恋爱太复杂了，我一直喜欢可以研究和学习的东西，里面有固定的规律。"我感觉自己变得慌张起来，"爱情不是那样的东西，我就是搞不懂该怎么做才好。"

"该怎么做？嗯，这就是关键所在，没人能懂爱情，那些说自己懂的人，不是在说谎就是在否认，我们都在努力解决这个问题。"

"如果我做错了该怎么办？或者说我就是特别不擅长这件事呢？"聊到这里已经没有退路了，所以我还是实话实说吧，"我还从来没有吻过别人呢。"

"如果你不敞开心扉，大胆尝试，你永远也做不好。"塞尔维把最后的一点酒平分到我们俩的杯子中。"爱情有点像抓挠蚊子咬的包，痛并快乐着。你不要用头脑感受，要用心去感受。"

我没有掩饰我的不安："但这样也有点吓人。"

"当然吓人了！但这也是它值得的原因，"塞尔维自信地说道，"你总听垂死之人说那些他们后悔没有做到的事情，对吧？我打赌你要是不尝试，等你老了也会后悔的。"

我知道她是对的，但接着想到我尝试过（或者说几乎尝试过）的那一次。

那次我抛开理智，顺应了本心，然而最后我却后悔自己的决定。

第二十四章

下午两点,外面下着大雨,我准时到达克劳迪娅家,第三次拜访她。一个穿着碎花上衣、梳着浓咖啡色蓬松发髻的女人开了门。

"是克罗芙吧?我是塞尔玛,看样子以后我们会经常见面。"她讲话直指重点,"克劳迪娅在厨房,她让我来告诉你过去就行。"

"谢谢,很高兴见到你,塞尔玛。"我看着她穿上一件海军蓝风衣,左肩上有家庭医疗服务的标志。

"我出去喝杯咖啡,半小时后回来。她应该在吃我给她做的午餐沙拉,别给她买垃圾食品喔,别中了她的计。"

"明白。"

我路过一个个房间,脚步声回荡在走廊里,显得楼内空荡荡的,没有人也没什么物品。墙上挂着的黑白照片,让我想起了必须继续撒的谎。为了这个谎言,我昨晚熬夜学习摄影方面的基础知识。

光圈孔径、三分构图法、白平衡,等等。

我的计划是尽可能多问克劳迪娅问题,然后在需要的时候,激起她聊天的兴致。幸运的是，现在我手里至少还有一个道具来辅助我继续这个计划。尽管塞尔维拥有的东西很少，但其中恰好有一个档次挺高的数码相机，还非常热心地把它借给了我。

"你开什么玩笑？借我的就行！"当我问塞尔维是否知道如何购买相机时，她这样说道，"我对这个快要离开人世的女人和她孙子玩的摄影游戏很感兴趣，所以很开心能在这件事中扮演一个小角色。"

克劳迪娅坐在厨房早餐厅角的长椅上，看着细雨划过窗玻璃。

"亲爱的克罗芙，"她脸上泛起了喜悦的皱纹，"你能过来我真是太开心了。来，坐下吧。"

"你好啊，克劳迪娅！"我坐到她旁边的长椅上，"我进来的时候遇到塞尔玛了。"

"哦，是的，塞尔玛。那个女人跟我待在一起纯属公事公办，总是对我颐指气使的，让我照顾好自己，多吃蔬菜，就好像我是个小孩子一样。"

"我相信她是好意。"照顾精力旺盛、脾气固执的老人，需要拿出一定的果断态度，难怪塞尔玛这么直率。

"我知道，我知道，她只是在完成她的工作，"克劳迪娅俏皮地眨了眨眼，"但是生活中有一些争论会更有意思。我更愿意把她当作一个有实力的对手。"

我也眨了眨眼："明白了。"

"那么，既然监狱长不在，咱们去找点乐子怎么样？"

"你有什么想法吗？"了解清楚哪些事是我能答应的之前，最好先保持中立。

克劳迪娅的微笑中闪烁着不怀好意的光芒："你能不能通融通融？"

"哦？"

"我一直想吃点好吃的。"洗涤槽上方有一个架子，上面有一个大陶罐。她朝那个罐子点了点头，"我让麦克斯韦（Maxwell）在里面藏了一些甜甜圈，就是那位来给我做头发的可爱先生，咱们尝一两个解解馋好吗？"

我考虑了一下自己现在能做的选择，我的服务对象是克劳迪娅，不是塞尔玛，我的工作是帮助克劳迪娅在最后的日子里尽可能高兴地生活，即使她并不清楚这一点。

尽管我知道塞尔玛半小时后才会回来，我还是假装偷偷环顾四周，好像我们有被抓住的风险似的。

"那算我一个吧。"

我把空的甜甜圈包装纸放进口袋，然后我们在桌子前坐了下来，面前摆着临时的静物，由一个水果盘和一个华丽的瓷器茶壶组成。

"我从来都不喜欢这些无趣的木呆呆的小物件，"克劳迪娅说道，"但这些东西能帮助你学习如何在摄影中改变景深和焦点。"

"那你最喜欢拍什么呢？"我透过取景器看了看，一边调整镜头，一边用拇指和食指摆出一个C字形。

"当然是拍人了。"克劳迪娅说道，就好像这答案是显而易见的一样，"人可比苹果、香蕉或是自然风景有趣多了。"

"我敢打赌拍人是完全不同的技能。"我把相机放到桌上，"走廊墙上的那些肖像真漂亮，给人拍一张好照片的秘诀是什么呢？"

克劳迪娅的眼睛闪着光："是耐心。"

我的思绪不由得回到和外公一起在公园里上的生日课。我收起悲伤，把注意力集中在克劳迪娅身上。

"这是为什么呢？"

"我给人拍照之前，会花时间去了解他们，问他们童年时的梦想、珍贵的回忆，以及最爱的人，"克劳迪娅说道，"接着，就在他们说话的时候，我开始按快门。"

"所以你大概是在挖掘他们内心中真实的自己。"

"完全正确。与人交往有助于让他们放下戒备，将内心脆弱的一面展现出来，让他们去感受，去表达真实的自己，这就是摄影的意义，让人们体会到一种有人懂你的感觉。当然，我们每天都在观察别人，但我们很少真正看到真实的他们。"

"有道理。"

我在想，如果有人能看到真实的我，这代表了什么。我努力把情绪隐藏起来，不让自己的情绪影响到其他人，这样我的客户就能感到自己被读懂、被理解了。除了外公和利奥，我不会让任何人看到我真实的情绪。

"亲爱的，最悲伤的事情，"克劳迪娅边说边解开了挂在开衫袖子上的金手镯，"就是我们大多数人对自己所爱的人都会有种愧疚感。我们禁锢在日常生活的思维定式中，一直以平常的眼光看待他们，却看不到他们真实的样子，或是不懂他们要努力把自己塑造成什么样子。这样对待你爱的人是多么糟糕啊！"

"我还从没这样想过。"我对外公是这样的吗？也许他和那个经常占据我记忆的人不一样。除了是我的监护人和老师，我从没真正考虑过我外公究竟是谁。

"敞开心扉，让别人看到真正的自己，这样是种解放。"克劳迪娅说道,"但不是每个人都能做到。"

"但听起来你做到了啊?"

克劳迪娅看着雨滴打在窗户上,"那是很久以前的事了。"她拍了拍我的手说道,"我祈祷你也能做到,但是我希望你能学到一点,就是不要因为你不想承担风险,而放弃了那个给你机会的人,我当时就错过了。"

塞尔玛匆匆走进了厨房,比预期时间提前了十分钟。我下意识地把手放进口袋里,希望没有糖粉留在桌子上,成为我们偷吃甜甜圈的证据。

"该吃药了,克劳迪娅。"她手里拿着一小塑料杯的药丸,"这次你可以就着花生酱一起吃。"

"要是我想和树莓果酱一起吃呢?"克劳迪娅反驳道。

塞尔玛不耐烦地叹了口气:"花生酱至少含蛋白质,树莓果酱全是糖。"

两个女人挑衅地看着对方,谁也不愿意让步。为了避免她俩找我评理(同时也是为了隐藏我作为克劳迪娅摄入糖分的帮凶的罪恶感),我拿起相机翻看里面的图像。我很满意自己的进步——也许跟克劳迪娅装作对摄影感兴趣还是很值得的。

短暂的对峙以塞尔玛的投降而告终:"好吧,你可以吃一小匙果酱和一小匙花生酱。"

"我想这个折中的办法很公平。"克劳迪娅傲慢地承认道。

克劳迪娅吃完药后,塞尔玛又匆匆走出房间。

克劳迪娅向我靠过来:"其实我更喜欢花生酱,但看她不高兴,简直太有趣了。"

"她只是在完成工作。"我觉得有必要为塞尔玛说两句话。家庭健康护工的工作十分不好做，我很高兴不用参与他们的工作，特别是在客户命不久矣的时候。

"哦，你太单纯了，"克劳迪娅咯咯地笑着，"我只是想在走之前找点乐子。"

等了一会儿，我语气自然地问道："去哪里？"

深红色的伊夫圣罗兰口红在克劳迪娅的唇上汇集成条条皱纹，"因为你心灵纯洁，亲爱的克罗芙，我要把你从这种伪装中解放出来。"

我紧张得一下出汗了，汗水把腋窝都刺痛了："伪装？"

"我知道我快要不行了，"克劳迪娅平静地说道，"我也知道我的家人以为我很幸福，没意识到这个事实。"

"这是什么意思？"我本能地要假装不知道这件事。

"我儿子要求医生不要把诊断结果告诉我，当然这是十分不道德的，但是我儿子有时确实会做不道德的事。我怀疑他们对我有所隐瞒，就自己给医院打了电话。"

我悄悄生着塞巴斯蒂安的气，他把这个烂摊子留给我收拾，现在我别无选择，只能坦白了。

"很抱歉，克劳迪娅。"

"哦，你是最不该受到责备的。"她朝塞尔玛刚刚离开的门口点了点头，"我很感谢塞巴斯蒂安为我做的事，他给我安排人陪伴我，让我开心，你跟那些负责我健康的人不一样，你很有趣。我非常喜欢你来看我。"

"我也是。"但我还是觉得自己辜负了她的信任。

"问题是，"克劳迪娅说道，这让我竖起了耳朵，"你真的只是他的一个对摄影感兴趣的朋友吗？"

这问题让我有点不安："嗯，我的确对摄影感兴趣，但不完全是这样的。"

"我也这么觉得，"克劳迪娅得意地说道，"那你是？""我是……临终陪护师。"

她细长的眉毛蹙了起来："临终陪护师，"她的语气仿佛是第一次说这个词，"我对于你的身份有过诸多猜测，但临终陪护师绝不是其中之一，我不得不承认，事情发展到这一步十分有趣。"

"你能这么想我很感激，"我说道，但仍然觉得很羞愧，"很抱歉没有早点告诉你真相。"

"没说就没说吧，"她边说边挥动着手，好像在赶跑一只苍蝇，"现在告诉我，你来这里如果不是为了学习摄影的话，那是为了什么呢？"

"嗯，就像你说的，我是来陪你的，但也可以帮你在剩下的时间里解决任何你想解决的问题，我可以等你准备好了再谈。"

克劳迪娅敷衍地笑了笑："我孙子可能跟你说过，我们家从不愿讨论死亡，就像他们说的那样，因为那'不成体统'。"她从鬓角梳理了一缕白发，"虽然我不同意他们替我做决定这一做法，但我能理解他们的打算，我们盎格鲁－撒克逊新教徒常常用有点奇怪的方式表达爱。"

"你太宽厚了，你有什么想聊的，或者想问的吗？"我温柔地问道，"郑重声明，所有话题都能聊。"

"谢谢你，亲爱的，今天我们就把摄影课讲完吧，你挺有潜质，你不从事摄影太可惜了。"

"谁敢说呢，或许你启发了我。"拿起相机前我停顿了一下，"但首先，我想问问你，还想让我继续来陪你吗？"

"我当然想了，"克劳迪娅说道，"遇到你是这么多年来我感到最有意思的事了，我才不会轻易让你走呢。"

我想我应该是感到如释重负的，但不知为何，我感觉自己已经和她这一家人深深地纠缠在一起了。

第二十五章

身后克劳迪娅家的前门"咔嗒"一声关上,我的心中随之蔓延开一股怨恨之意。尽管本能告诉我别这么想,要为了别人的利益压制自己的情绪,就像我平时一样,但当我大步走向地铁站的时候,这种情绪却不受控制地浮现出来。沉浸在怨恨情绪里是一种解脱,也会莫名地让人上瘾。

塞巴斯蒂安并不只是让我对克劳迪娅撒谎,他还让我来处理谎言被揭穿后的后果。我想做的只是来帮克劳迪娅开心走完生命最后的日子,现在却不得不卷入他们家族的秘密。我把手伸进外套口袋里摸索手机,我想跟塞巴斯蒂安聊聊这件事,短信说不清楚,我得打电话。我深吸了一口傍晚的清新空气,用它的清冽抚平我内心的波动。

电话刚响了一声,他就接起来了。

"克罗芙,你好啊!"他爽朗的语气立刻变得刺耳起来,"今天你跟奶奶相处得怎么样?"

我又深吸了一口气,希望自己听上去能镇静一点,"她知道了。"

电话那头停顿了一下："知道了？什么意思？"

"知道了我们一直在骗她。"

电话那头只剩下电话线发出的静电声，塞巴斯蒂安最终开口了："哦，天哪，她是怎么知道的？"

"她亲自打电话给医生，让医生告诉自己真相。"我仍不愿相信医生一开始居然愿意对她撒谎。

塞巴斯蒂安吹了声呼哨，声音渐小："天哪，好吧，她接受得了吗？"

"就目前的情况来说，她表现得相当有风度。"

"太好了！我其实是有点希望她能自己发现，这样就不用我们告诉她了。不过我不想把这个消息告诉我爸爸。"

他甚至都没想过这件事会对我产生怎样的影响，他的反应伤害到了我。

"你很幸运，她没太难过。要知道，她的反应原本很可能会很消极的。"

"嗯，是啊，奶奶一直很坚强。她能从容应对，这也合乎情理。"他的笑声很勉强，让人觉得不舒服，"她还是不介意你去陪她，是吗？"

"嗯，不介意。"我不得不承认，我很期待能够不用背负着伪装自己的压力去和她相处。"但你还是不应该把我置于那种境地。这与克劳迪娅能否接受这个消息没有关系，因为假如她无法接受，会是我来承担这个后果。你有没有考虑过这一点？"

就在我说这些话的时候，我突然意识到，自己并没有因为被卷入谎言而感到沮丧——很显然，塞巴斯蒂安认为他在帮助克劳迪娅。更让我受伤的是，他一点都不在意克劳迪娅发现真相这件事会对我产生怎样的影响。

"哎,我想我是没考虑到这一点。"这次他沉默了更久。"你说得对,克罗芙,我很抱歉让你处理这样的事。"

他立马道歉,这让我猝不及防。也许他只是一心想着他深爱的奶奶将不久于人世。我觉得自己有点自私,把事情的重心都放在自己身上。

"没关系,真的,"我说道,怨恨也转变成了尴尬,"就像你说的,最后都解决了。"

我很感激一辆垃圾车选在那个时候隆隆驶过旁边,暂时中断了我们的谈话。

"所以,我很高兴你给我打电话。"闹声一消失,塞巴斯蒂安就说。

"哦?"

"是的……因为我在想,明晚你是否愿意跟我一起去喝一杯?一起出玩应该很有意思,就我们俩。"

我完全没想到会谈到这个话题。既然克劳迪娅已经知晓真相,塞巴斯蒂安是不是在建议见面谈一谈,讨论今后如何照顾克劳迪娅的事呢?还是说他另有所指呢?我都快到中年了,还不能分辨别人是不是在约我出去,这是不是很可悲?不管怎样,一想到要在喧闹的酒吧和塞巴斯蒂安寒暄几句,我就觉得很吓人。

"我想明晚我可能有安排了。"我惊慌地说道。我需要时间处理他的邀请——还得跟塞尔维一起仔细分析一下。

"没事,"塞巴斯蒂安自信地说道,"我们可以定在后天晚上,或者大后天晚上也行。"

他真的对这事很执着,但也可能是我想太多了。毕竟我过去对他的描述确实有点过头。但要是拒绝的话,我会后悔吗?或许塞尔维是对的，这次就是我冒险的机会。

"后天晚上可以，"在说服自己拒绝他之前，我回答道，"具体时间地点你短信告诉我就行。"最好还是随意一点吧，万一是谈正事呢。

"太棒了，那后天晚上不见不散！"

我尽量不去过多在意他声音里隐藏的兴奋。

"很抱歉，塞巴斯蒂安，地铁到了，我得挂了。"

"没事，下次聊。"

"晚安。"

我挂了电话，走完剩下的半个街区到地铁站，不确定我的头晕是因为期待还是恐惧。

第二十六章

自从跟塞巴斯蒂安通过电话,我心里就一直很忐忑。

塞尔维估计,他的邀请绝对是次约会邀请,因为他强调了说"只有我们两个人"。但我的定位则是:这就是一次跟老板的社交聚会,因为之前从没人邀请过我,我不知道为什么塞巴斯蒂安会是其中的例外。

但抱着塞尔维的预判没错的渺茫希望,我接受了她的提议,打算穿她借给我的一条裙子,那条裙子"留给别人的想象空间刚刚好"。只要想到会成为别人想象的主角,我就会感到惶恐不安。

我站在下东区酒吧不起眼的店门外,心里希望自己能钻进坑坑洼洼的砖块里去。那件黑色连衣裙显出了我的腰线,裙子的接缝处刮得大腿难受。这感觉就像披着别人的皮,在错误的地方放纵自己,我感觉我的四肢与身体的比例比平时更不协调了。看着其他人带着天生的气场和自信走进酒吧,我不禁十分羡慕,这些人可能一眼就能看出我的窘迫。

塞巴斯蒂安跟我说 8 点见。现在是晚上 8 点 23 分，也就是说纽约地铁系统不太靠谱，这里的每个人见面都得给彼此多留出 15 分钟时间。当然，我没有必要再等下去，我本想给塞尔维发条短信，征求一下她的意见，但我已经知道她的答案了。她无法容忍别人不尊重她的时间，要是出现这种情况，她早就离开了。

但接着，我看到塞巴斯蒂安熟悉的身影正朝我匆匆走来，弓着腰抵御着傍晚的寒冷。如我所料，他的着装并不花哨，但不知怎的，一身黑衣看起来更整洁、更正式。他的鞋子可能比平时更亮，但在昏黄的路灯下很难看得出来。

"嗨，对不起，我迟到了，"他说道，脸涨得通红，"工作太多了，我忙了一阵。"

"没关系。"要是这次是约会的话，约会对象会发短信告诉我他会来迟，对吧？我为这次见面就是单纯的谈工作又找到一个证明。

我们不自在地在对方面前左右摇晃着身体，就像舞会上的青少年一样。

塞巴斯蒂安打开了酒吧的门："你会喜欢这个地方的，我经常来这儿。"

我的脚像被钉在了肮脏的人行道上。别想了，塞尔维的声音在我脑海中提醒道。

我终于抬起脚，迈步走进了酒吧。

里面又黑又挤，感觉比一辆校车宽不了多少。酒吧里最狭窄的地方摆了一长串冰生蚝，一个穿着白衬衫配马甲、胡子上打了发蜡的男人，假装漫不经心地摇晃着一个铜制调酒器。这场景一下子把我迷住了。我之前从没有机会踏足这种酒吧，但我总是好奇，在他们特意设计的普普通通的前门里面会是什么样子。

塞巴斯蒂安领着我走到酒吧的后面，四周摆放了几条皮革长凳。几张像挤奶凳一般大小的桌子摆在那里，每张桌子上各摆了一支蜡烛。不同寻常的昏暗环境使我没办法分辨清楚，但我怀疑锡皮墙和天花板上的铜绿色，不是年头久了自己氧化的结果，而是人工培育的。

三个浅黑肤色的女人正要离开，腾出角落里的桌子，其中个子最小的女人惊讶地盯着我们。

"塞巴斯蒂安！嗨！！"

我仿佛能从这句话里听到大大的感叹号。

塞巴斯蒂安的身体一下子僵住了："哦，嘿……杰西。"从他话语短暂的停顿中，我猜他在关键时候想起了她的名字。"最近怎么样？"

"非常棒！"杰西点点头向她的朋友们示意了一下，"今天就是来过个闺密之夜。"说完她的目光明显地看向我的位置。

"哦，"塞巴斯蒂安生硬地说道，"杰西，这是克罗芙。"

"你好，克罗芙。"杰西说道。她的声音太甜美了，显得有点矫揉造作。接着她转向塞巴斯蒂安，夸张地噘着嘴，扯着他的翻领："太久没联系了，电话联系喔，咱们好好聊聊。"

"呃，没问题。"他不安地揉搓着围巾的末端，"再见，杰西。"

"再见。"她跟着朋友飘然离开，手顺着他的前臂滑了下来。

塞巴斯蒂安迅速把我领到那张空着的长凳前，一直等到那几个女人走远，确保她们听不到我们说话。

"我们去年约会过一个月，"他解释道，就好像我要他坦白交代似的，"感觉还不错，但有点神经兮兮的。"

我不知道该如何回应这些主动交代的信息，于是就坐下来，研究着用草书写在老化的纸页上的鸡尾酒菜单。"哇，这些鸡尾酒可真精致！"

"是啊，他们的调酒技术真的挺不错。"他边回应边坐到了我身边。

我是应该往旁边挪一下位置，给他让点儿空吗？还是应该让他坐在我旁边呢？我真希望能偷偷给塞尔维发短信寻求建议，但塞巴斯蒂安的眼睛似乎一直盯着我。我折中了一下，稍微挪了挪，但挪得不太远。

喝下第一杯掺了迷迭香的波旁威士忌鸡尾酒后，我感到身体不再那么紧绷了。

"我想说谢谢你为奶奶所做的一切。"塞巴斯蒂安把胳膊肘搁在我身后椅背的顶端，正好挨着我的肩膀，但没有碰到我。"现在一切都说开了，感觉好多了，虽然我爸爸还是不愿意讨论这事。"

"我很乐意帮忙，毕竟这是我的工作。"我说道，被他手臂的姿势分散了注意力。"你拉大提琴多久了？"希望我转移话题的策略对他来说不像对塞尔维那么明显。

"从我还是个孩子开始就一直在拉。"他摇晃着他的热带鸡尾酒，没想到一个三十多岁的男人会选择这种饮料，但我毕竟不是专家，所以也不太了解。"我从来都不擅长运动，我的姐妹们遗传了我们家的运动基因，再加上我对很多东西过敏，所以我妈妈经常让我待在家里。十岁生日那天，奶奶带我去乐器店，告诉我可以选择任何乐器学习，我选择了大提琴。因为当时我是班里最小的孩子，而大提琴看起来体积又大又有力量，所以我想如果我用它拉出音乐，就会显得自己很有力量。"此刻他正在用吸管戳他杯子里的冰块。"现在想起来，我真应该选择一些更酷的乐器，比如吉他，或者至少是一个更容易携带的，带着大提琴在城市里乱逛简直太折磨人了。"

"我能想象那个场景。"我努力掩饰自己的嗤笑，想象着塞巴斯蒂安在拥挤的纽约地铁上摆弄着这么大的乐器，肯定很折磨人，毕竟纽约人很在意自己的私人空间。

他抿了一口酒，然后舔了舔嘴唇。"你会什么乐器吗？"

"我外公有一把古老的班卓琴，我自学了怎么弹奏。"这又是另一场在 YouTube 上的冒险了，但每次弹奏时，我的宠物都会离开我的房间，从这一点来看，这场冒险不能说是十分成功。"我很想学钢琴，但我的公寓里没有地方放钢琴。"

"连放电子键盘的地方都没有吗？"

"我的公寓现在已经很挤了。"

"哦，你跟别人一起住吗？"塞巴斯蒂安装出漫不经心的语气。

"就只有我的宠物，我有两只猫和一条狗。"

"哇，这么多动物啊！"

"你不养宠物吗？"我绝对不会提到我正在考虑收养在网站上看到的一只凤头鹦鹉。

塞巴斯蒂安摇摇头，"我对猫和狗过敏，如果养的话，会很痛苦。"他揉了揉鼻子，似乎对这个想法过敏。

"对不起。"我说道，由衷地为他感到难过。"我无法想象没有宠物的日子。"是它们让我的生活能凑合得下去，让我能感受到自己的心跳，不再麻木。

他耸了耸肩，"无论如何，我从来都不是一个真正喜欢动物的人，所以对我来说影响不大。"

那天晚上，我喝了三杯鸡尾酒，但我们到底是不是在约会，我仍然没有得出一个具体的结论。他的手臂伸在我身后，离我很近，我能感觉到他的腋窝散发出的热量，但还没有完全碰到我。每次他向前倾着身子喝饮料时，我都会注意到他身上的气味——混合了香料沐浴露、放在抽屉里太久的衣服，还有一丝汗水的味道。

他说话的时候，我端详着他的脸，试图判断他是否有吸引力，因为塞尔维明天可能会问我细节。他的头发披散在前额上，很有点大男孩的魅力。金框眼镜让他显得很博学，配上那松松地挂在脖子上的围巾，让我想起了我最喜欢的一家巴黎古董书店的老板。但酒吧里光线太暗了，我没法明确判断出来。我肯定不会觉得他毫无魅力。我也并不介意他的陪伴。现实生活中的爱情可能更像一场慢慢燃烧的火焰，而不是电影中突然而至的闪电。作为一个按习惯行事的生物，我通常需要一段时间来适应大多数新事物。

客套地坚持要付账后，塞巴斯蒂安说道："太好了。"然后把收据塞进了口袋。"他们忘了收我们一杯酒的钱。"

"我们不是该提醒一下服务员吗？"

"不，他们工作应该更仔细才对。"他站起来，穿上外套，"可以走了吗？"

"我到门口找你，"我说道，把夹克搭在胳膊上，"我要去下洗手间。"

其实我并不需要上厕所，但我在里面花了几分钟时间：洗了洗手，然后从锁在墙上的柜子里取出一个琥珀色的瓶子，用保湿乳液涂了下手。当我穿过酒吧，在一群魅力四射的都市人中间穿行时，我们的服务员，一个瘦高的大学生正在清理我们桌子上的空杯子。我出去的时候,塞给他一张20美元的钞票。

塞巴斯蒂安靠在消防栓上,翻看着手机,"都收拾好了?"

"是的,我正打算走着去地铁站。"我真应该为今晚的这段时间制订一个可靠的退场计划,以防出现任何尴尬。

"哦,我本来打算打车的。我可以顺道送你。"他说话时呼出的水汽飘到了夜空中。

"不用,没事,太绕路了。地铁离这里只有一个街区。但还是谢谢你的好意。"

塞巴斯蒂安笨拙地扭了扭围巾,"你确定吗?"

"当然。"我试图表现得自信一些,结果却显得有点咄咄逼人,但我绝不想让他深夜把我送回家,即使这是一次约会。那样压力太大了。

塞巴斯蒂安顺从地点了点头,"好吧,那我和你一起走到地铁站,然后在那里打车吧。"

嗯,我不能拒绝这样的骑士风度。

走着走着,塞巴斯蒂安开始讲起他一个大学朋友的故事,那个朋友设计了附近的一座新高楼,但我无法集中注意力听他说话。我听到脉搏声在耳朵里怦怦直跳,突然有一种想上厕所的冲动,尽管刚才我一点感觉都没有。

一起喝了三杯鸡尾酒后再握手告别,就显得太正式了。他会想要个拥抱吗?和之前相比,他现在走得离我近多了。这一切的不确定性让我想要撒腿狂奔。当地铁入口的绿色灯泡映入眼帘时,我心里紧张得无所适从。与站在马路牙子上的两个女人刺耳的笑声相比,呼啸而过的警笛声让我感到不耐烦,周围乱糟糟的,虽然平时我都对这个声音免疫了。

多希望此时我是和我的宠物们坐在家里的沙发上，通过屏幕或窗户观看别人的生活，而不是自己在这里纠结。我想知道茱莉亚和鲁本的第一次约会是什么样的。他们在一起时，总是那么舒服，好像这个世界只为他们而存在。我无法想象他们之间会出现尴尬的气氛。

"那么，你是怎么想的？"塞巴斯蒂安期待地看着我。

我不明白他在说什么，"想什么？"

"那栋建筑？"

我脸红了，"挺好的，我觉得。"

我们在地铁楼梯的顶端停了下来，避开那些疯狂下楼梯的上班族，好像生怕下面那辆呼啸而至的地铁就是他们要搭的那班似的。塞巴斯蒂安站在我前面几英尺的地方，我感觉到自己的背靠在入口冰冷的金属栏杆上。这一次，我比他更不喜欢沉默。

"嗯，"我打破了沉默，"很高兴见到你。"

"是的，"塞巴斯蒂安轻声说。我很确定他在认真看着我，但是路灯的光反射在他眼镜上，我无法读懂他的表情。

他走上前来，拉近了我们之间的距离。我本能地向后退了一步，但后面就是栏杆，我无处可退。他的手伸进我敞开的外套，放在我的腰上。即使透过裙子，我也能感觉到他的手很冷。

然后他靠过来，把嘴唇贴在我的嘴唇上。

刚开始，我有种冲动，想一逃了之，但后来在好奇心的驱使下，我没动。

原来这就是接吻。我的初吻。

我想象了上千个版本，现在终于实现了。这种感觉几乎不真实。我仍然不确定我是否真的想吻塞巴斯蒂安。但就像塞尔维说的，如果我不试一试，就不知道我是否喜欢。所以我试着简单地观察这个吻，就像外公教我做的那样，把它记录在我的笔记本上。

感觉比我想象的要潮湿，他的口水有淡淡的菠萝汁味道，是他喝的最后一杯鸡尾酒的味道。我刚才没注意到他下巴上有胡楂，但现在胡楂摩擦着我的脸，像浮石一样扎人。他的手放在我的臀部，把我的身体拉向他。我不知道该怎么放我的手。电影里的女人接吻时，经常把手伸进男人的发丝中，但这样做似乎有些过分。我要不要抓住他外套的翻领？不行，那也感觉很过火。我不想让他觉得我很享受这个吻，除非我能判断出我是真的在享受。

为了安全起见，我把手放在自己身体两侧。

他的舌头绷得紧紧的，开始推着我的嘴唇，好像想把它们撬得更大。既然我没有拒绝他的吻，我是不是应该顺从他的想法？为了这次实验的准确性，我照做了。并不是说这个吻让我觉得毫不愉快，但在我的想象中，这种情景会像点燃了我心中的烟花一样迷人。或许喜欢上接吻也需要一个过程。

"开个房去！别在这儿亲！"

楼梯上传来的嘘声让这个吻戛然而止。我吓了一跳，挣脱开来，塞巴斯蒂安也松开了抓着我腰的手。我脸红了，侧向挪了挪身子，这样我就不会夹在他和栏杆之间了。

突然间，一切都变得太真实了。我的脑海中闪现出克劳迪娅的身影，亲吻她的孙子绝对是一种利益冲突，而她的孙子恰好也是我的雇主。

"我得走了，"我说，避免跟他对视，"谢谢你请我喝酒。"

我飞快地跑下楼梯，感觉晕头转向，也不确定到底是因为什么，酒精？接吻？还是当众被人嘲谑？

"克罗芙，等等！"

我晕头转向地奔向十字转门，感谢所有存在的神和宇宙力量，我顺利地刷了地铁卡，闸机引着我走向解脱。

第二十七章

拐过街角，我来到克劳迪娅住的街区，孤零零的树枝已显露出春天的痕迹，但我几乎没注意到这一点。不同的情绪在我的身体中抗争着，我既因为不再需要对我的工作保持任何伪装而感到如释重负，又为了不知下次见到塞巴斯蒂安时该说什么而惶恐不安。

当我还是个孩子的时候，就会想象初吻后的各种感受：喜悦、陶醉、兴奋，却并不会感到惊慌失措。

就像多年来反复观看了数百部电影中的拥抱场景一样，我在脑海中循环回放着那个吻。倒不是说它很糟糕，而是我觉得，如果我能感觉到有一股电流流过身体，我会觉得更愉快。但是，我可能脑补太多了，以至于真到了接吻的时候，没有达到我的期望。也可能是通俗文化将接吻美化得太过了，让我一直错误地认为，所有的吻都是美好的，以至于对于一个没太有感觉的吻，没有任何准备。

到花园见克劳迪娅之前，我打起精神。在这白天的冷光里，我开始觉得和塞巴斯蒂安约会显得我很不专业。

"你好，亲爱的。"克劳迪娅高兴地和我打招呼。斑驳的阴影映在她的皮肤上，她暂时闭上眼睛，享受着透过树影的阳光，"我一直盼着你来。"

这样热烈的欢迎让我感到更加矛盾，"能见到你我也很高兴。"

"我得说，我对你的职业太着迷了，"克劳迪娅搓着手说，"今天我们要如何面对死亡？天哪，能够谈论它真是一种解脱。我后悔没有早点开始，那样事情会容易得多。"

克劳迪娅的态度令人钦佩，但我并不相信。就像吉列尔莫的愤怒是恐惧和孤独的面具一样，她的不在意可能是脆弱的伪装。

"嗯，"我开始小心翼翼地说，"因为我知道你的家人不愿意谈论你即将离去的事实，我想也许你可以做一个离世活页夹。"

克劳迪娅从茶托上拿起茶杯，轻轻地捏了捏把手，"亲爱的，离世活页夹是什么？"

"是一种整理你家人可能需要的所有文件和详细信息的方法，比如社保号、出生证明、银行账户详细信息、密码，当然，还有你的遗嘱。当然还可以包含更多，比如一个你希望他们在你离开时通知的所有人的名单。"

"我明白了。"

"如果你想要一场葬礼的话，列出一份能帮助他们安排葬礼的清单，也会很有帮助。比如，葬礼的时候你想要棺材盖打开吗？如果想的话，你想穿什么呢？你希望人们怎样纪念你？你有最喜欢的歌曲、诗歌或悼词吗？有没有最喜欢的花？诸如此类的事情。"

"这太可怕了，克罗芙，"克劳迪娅略带笑意地说道，"但你居然说得这么漫不经心。"

我脸红了，感觉羞愧难当。我应该更从容地进入这个话题，不该这么唐突。塞巴斯蒂安的事真的对我影响很大。

"对不起，我不是故意这么轻率的。只是当家人悲伤时，很难回忆起这些细节。所以如果我们现在记录下来，可以缓解一下每个人情绪上的压力。"

"我喜欢你那种严肃的态度，"克劳迪娅说，"离世活页夹很有意义。我知道他们起码会期待宣读遗嘱，但他们可能没有想过太多其他的事情。"

"我想他们关心的不仅仅是你的遗嘱，"我轻声说，"我听塞巴斯蒂安说，家人们都很敬爱你。"

"哦，我知道，"克劳迪娅咯咯笑道，"我的儿子和孙子孙女们可能行为不太正常，甚至可以说有点奇怪，但我知道他们都以自己的方式爱着我。我见他们的次数不多，但说真的，他们在我死后想继承这栋连体别墅也无可厚非。"她低头啜饮着她的大吉岭茶。

"这个别墅很漂亮。"我抬头看着房子后面砖砌的外观，好奇地想知道克劳迪娅究竟会如何分配她的一小笔财富和纽约这栋寸土寸金的房产。作为克劳迪娅最疼爱的孙子，塞巴斯蒂安可能会受益很多。

前一天晚上的吻在我的脑海中盘旋，我又陷入了恐慌。

克劳迪娅把她的手掌放在桌子上，像一个CEO一样引人注目。"那么，我们从哪里开始呢？"

终于可以专注到具体的任务上了，我拿出了笔记本和笔。"嗯，首先，你想过要土葬还是火葬吗？"

"火葬。"她的随意让人听起来像是在从菜单上点餐。"如果我不在人世享受了，就没必要再占据不必要的空间了。不过我得说，海葬有种特殊的魅力。"

"如果这是你想要的，还是有可能做到的。"

"对所有人来说，都太辛苦了。而且，我家里大多数人都晕船晕得厉害。如果所有送葬的人在船舷上都恶心得不行，那这场告别就不会特别沉痛了，不是吗？"

"有道理。"她的实用主义让我忍不住笑了。"那就火葬，你想把骨灰撒在哪里？"

劳迪娅的眼睛变得伤感起来，"我希望把它们撒在博尼法西奥的悬崖上。"

"在科西嘉岛吗？"

"看来你地理学得很好。"

"那是我特别喜欢的地方之一，我在巴黎写硕士论文的时候去过几次。博尼法西奥是一个可爱的小镇。"

"嗯，在那里，我大部分时间都是在船上度过的，但我依然觉得那个镇子很迷人。"克劳迪娅说，她的话语中有一丝神秘。"下一项是什么？"

"让我想想，我可以帮你列出一个名单，就是你希望我们通知到的人员名单，如果你没有他们的联系方式，我可以帮你联系。"

"幸运的是，这个任务对我们俩来说应该用时较短，"克劳迪娅说道，"毕竟当你91岁的时候，大部分朋友和熟人早已不在人世了。"

这和利奥的悲伤如出一辙，"那感觉一定很不好受。但我想这些年来，你一定有过许多不错的朋友。"

"是交过一些不错的朋友。还有一些我宁愿在他们离世之前，就跟他们断绝关系。"她把茶杯端到嘴边时，手在颤抖，"这是给你的另一个经验，克罗芙，交朋友的时候要谨慎。我想你这个年纪应该有好多朋友吧？"

我低头看着花园桌子的铁质花边，觉得很尴尬，"其实并不是，可以说我这个人有点独来独往。大多数人都不喜欢和一直与死亡打交道的人一起玩儿。"

"就像是一匹独狼，是吧？"克劳迪娅向后一靠，端详着我，"我怎么也想不到你这样一个可爱又有责任感的年轻姑娘，会独身一人。我的孙子似乎特别喜欢你。"

我的心猛地颤抖了一下。这是试探我吗？塞巴斯蒂安对克劳迪娅说了什么？

还是装傻吧。

"我想我只是喜欢一个人待着，"我说，心里还是有点慌，"我是独生女，所以大多数时候，我不得不沉湎于自己的想法。"

"你的父母没有鼓励你交几个玩伴吗？"

"他们在我六岁那年死于一场事故，然后我就和外公一起住在城里。"我用手指在桌子的金属图案上描了描。

"成长过程中少了妈妈的陪伴，一定很艰难，"克劳迪娅说，我感觉到她说话的口吻小心翼翼的。"天知道，我妈有时和我过不去，但我无法想象没有她会是什么样子。"

我耸了耸肩，"她去世之前，我们在一起的时间也不多。一些东西从未拥有，也谈不上会多想念。"

"我很高兴你还有外公陪着。"

"我也这么觉得。他是个了不起的人，"我说，"但他也有点独来独往，这点我可能是从他那里学来的。"

"小孩子确实喜欢模仿对他们生活中最有影响力的人。"克劳迪娅伸手拍了拍我的手,"但他在抚养外孙女这方面做得很好,这是显而易见的。养孩子不是一件容易的事,特别是在没有心理准备的时候。我相信他会为你感到骄傲的。"

"谢谢你!"我紧紧握住克劳迪娅的手指,感觉她的皮肤又薄又干,"他已经尽力了。"

我知道事实的确是这样。但当我们坐在花园里看麻雀玩耍时,我想到对外公来说,生活突然硬塞给他一个六岁的女孩,是多么困难的一件事。这让我怀疑我如今的生活是否真能让他感到骄傲。

那天下午晚些时候,我走在去地铁站的路上,想起了克劳迪娅的父母和我的父母。虽然我妈妈在生理上完成了母亲的角色,但我想她从来没有本能地喜欢过这个角色。我们在一起的六年里,我不记得真实生活中经历过荧幕上母亲们自然流露出的亲切温柔和精心抚育。没有温暖的拥抱,没给我扎过发带,也没有烤过纸杯蛋糕。有时我会想,如果她有机会成长为合格的母亲,她很可能会成为那样的人。当你对某件事幻想得足够多时,就会感觉它像是真的一样。

在我的生命中,外公不仅仅扮演着父亲的角色,还塑造了我看待和体验世界的方式,这些东西留给我的印记是不可磨灭的。但我常常想,在没有母爱的陪伴下成长,我错过了什么。我可能还是不擅长化妆,也不太会穿搭,但我会更遵循自己的本心做事吗?或是能更自然地表达我的感情吗?

是不是因为我的生命中从来没有一个值得敬仰的女性角色,所以我才不像个女人?

第二十八章

"利奥,别把我的酒调得太浓。"我在他的餐桌旁坐下,准备和他打下一圈麻将。

他努力弯下腰,在饮料服务车上搅拌着波旁鸡尾酒,就像一个巫师在他的大锅里搅拌魔药一样。冰块与玻璃杯壁相撞,发出叮当的声响,就像风铃一样。他脸上带着满意的笑容,把酒推到我的面前,身上飘来熟悉的香皂清香。

"你的新工作怎么样?"

"你说克劳迪娅?她是个很有意思的女人,说实话,她让我想起了你。"

利奥带着怀疑的笑容看着我,"上西区的白人富婆让你想起了我?"他的语气很俏皮,但传达的信息很明确,他并不相信。

"好吧,我是说,她那顽皮的幽默感,对过去美好时光的向往,以及对打破常规的渴望,这些特质让我想起了你。"

"这些特质,我怎么感觉有些心虚。"利奥抿了一口酒,然后若有所思地咂了几下嘴,"我觉得酸橙放多了。"

我小心翼翼地抿着酒,"我觉得很好喝。"我冲他咧嘴一笑,"我的味觉这么不敏锐,让你失望了吗?"

"你很快就能学会了,我的小徒弟。"

我把骰子递给他,"到你先掷了。"

他用灵活的双手捧起骰盅,像电影里演的一样,在每只耳朵旁边摇晃,就像摇椰子一样,"我听说你经常跟咱们的新邻居一起玩儿。"

他把骰子扔到桌子上,一个 2 一个 4。

"你是说塞尔维吗?她人挺好的。"我把骰子收起来,在掌心里来回摇,"我们出去玩过几次,一起喝咖啡、上瑜伽课,她还给我做晚饭,差不多就这种活动吧。"

我掷出了一个 5 一个 6,满意地掸了掸手上的灰尘,利奥假装蔑视地瞪了我一眼。

"要我说,听起来就像是刚萌芽的友谊。"

我下意识地脸颊发红,"现在就说我们是朋友,可能为时过早。"希望我的耸肩足够自然,能显得我对此毫不在意。

"嗯,我觉得塞尔维是这栋楼里不可多得的一分子,"利奥又抿了一口波旁威士忌,"她和我一样喜欢打听邻里之间的八卦,这点深得我意啊。"

"所以这是不是意味着你就不会跟我喋喋不休地透露邻居们的糗事了?"

"我知道你只是假装不认同,因为你外公就不认同这种行为。当然了,像他那样的绅士,是绝不会做出背后说人闲话的行为来的。但你知道吗?"利奥倾过身子,压低了声音,"我觉得内心深处他跟你一样,也喜欢这么做,但是你们俩都没承认过。"

我的脸一下子红了,不用跟陌生人寒暄就能了解邻居的消息,这样还是有好处的。

"我想他了。"

"我也是,"利奥说道,"帕特里克老先生是个好人,很难相信他已经走了 13 年了。"

我们暂停了游戏,追忆过往。

"利奥,我外公有没有跟你说过,独自抚养我是什么感觉呢?"杯子里的冰块摇晃成了一个看起来死气沉沉的漩涡,"我是说,毕竟我是个不知道从哪儿冒出来的孩子,出事前我只见过他两次。"

利奥的眼神中流露出同情和悲伤。他吸了一口气,好像想说些什么,但在张嘴之前又收了回去。我从没见过他说不出话的样子。

慢慢抿了一口酒,他开口了,"你为什么问这个?"

"克劳迪娅说的一些话,引起了我的好奇心。突然之间要面对一个六岁的小女孩,那对他来说肯定很难。"我放下酒杯,仔细端详着手心里的掌纹。"你觉不觉得,或许,我的出现,有点……毁了他的生活?"

利奥慢慢呼出一口气,"我不会对你撒谎——这事对他来说,有时真是一个挑战,就像抚养孩子对任何父母来说都是个挑战一样。"

"是的,但大部分情况下,都是父母自己选择想要一个孩子。"我感到很羞愧,因为我从没真正想过,突然间他要独自抚养一个几乎不认识的小女孩是种什么感觉。

利奥抬头看了看天花板,就好像在跟上天商量。

"克罗芙,我认为你的出现是你外公一生中遇到的最美好的事情。我听他说过,在你妈妈的成长过程中,他一直忙于工作,几乎没怎么参与她的成长。"

我点点头，想起了我生日那天，去中央公园郊游时的对话。"我记得他告诉过我，我妈妈小的时候，他经常出差。"那是我记忆中他唯一一次谈起他们的关系。

"是的，所以你妈妈就变得有点任性——说起来就是她做事只想自己，不考虑别人。你外公一直不赞成她和你爸爸一直出差，把你留给邻居照看。他觉得他们养育你的方式不对。看到这一点，让他很痛苦，因为他怀疑你妈妈是否只是在效仿他，把工作放在家庭之上。我觉得他对此感到十分内疚。"

我不管不顾地举起鸡尾酒一饮而尽。

"所以当发现他是你唯一的亲人时，"利奥接着说道，"我想他认为这是从头来过的机会。因为他有机会为你做正确的事，把你尽力培养成为最好的人，来弥补他在你妈妈成长过程中的缺失。"

这个谈话只是加深了我内心的痛苦，"我从不知原来是这样的。"

"你怎么会知道呢？你当时处境那么艰难，你已经尽力了。但我记得，有时他会在你上床睡觉后，到我这里来喝一杯，他感觉不知道自己在做什么，急得扯自己的头发。他很怕自己也养不好你。"

"但他看起来总是对教我的一切信心满满。"

"当然了——他想让你知道，无论怎样你都可以依靠他。"利奥眼中透出点点笑意，"你知道，所有有关女孩子的东西，比如你买的第一件胸衣之类的，他都是从那个女人那里求得的帮助，就是贝茜，那家你俩经常去的书屋的老板。"

"是吗？"零碎的记忆开始拼凑完整。

"是的，听着，我答应过你外公，我会一直照顾你——我想这也包括告诉你真相。"他又瞥了一眼天花板,"我很确定他不会介意我告诉你的。"

"谢谢你,利奥,"我轻声说道,我的脑子嗡嗡作响,今晚的谈话让我从一个新的角度重新审视我的童年,"我很感激你能告诉我实情,真的。"

他眨了眨眼,"我知道。"

我不确定自己是否还能承受更多利奥要讲的真相,于是我把注意力集中在两人之间的麻将上,"准备好开始了吗?"

"哦,当然了。"利奥搓了搓手,然后突然停了下来,皱着眉头捂着脖子。

"没事吧,利奥?"

他靠在椅子上,闭上眼睛,缓过这阵疼。当他睁开眼睛的时候,我能看出他正努力恢复往日的沉着。"就像我一直跟你说的,我健康得很,只是偶尔脖子有点疼,年纪大了就这样。"

我不相信,"要是你不想玩儿,今晚咱们就不玩了,要不看部你喜欢的英国老喜剧?"

"我看你是想让我松口说不玩儿了,这样你就不会输给我钱了。"利奥冲我摇了摇手指,"别以为你这么容易就能唬住我。"

"利奥——"

他露出挑衅的笑容,"到你了孩子。"

利奥的陪伴总能让我觉得心里舒服好多,但打完麻将回到公寓关上门的时候,我感到自己筋疲力竭。一个月前,生活比现在简单多了。现在我觉得我的生活有点脱离掌控了。

双筒望远镜放在架子上，对其他人来说无所谓，但对我来说却很危险。只看几分钟，没什么大不了的。就确定一下茱莉亚和鲁本的家庭依然幸福如初。至少生活里还有一些东西没有变，还是老样子。

　　我小心地完成了例行程序：关灯，摆好椅子，打开百叶窗。

　　他们家在举办晚宴。茱莉亚和鲁本喜欢时不时邀请客人来家里做客。每次来的都是同一批人，一对对夫妻。每一对夫妻微妙的肢体语言，都是等待破译的神秘谜题。

　　是的，这正是我现在需要的。

　　茱莉亚和鲁本也在那儿，他们手挽着手和客人们聊天，对彼此默默的爱慕之情一如既往的炽烈。

　　茱莉亚和鲁本的感情是我所知的唯一可以相信的，我把自己裹在毯子里，躺到床上，从他们的感情里汲取安慰。

第二十九章

塞尔维在上课前最后一分钟邀请我上舞蹈课,我居然答应了,这真把自己吓了一跳。和塞巴斯蒂安在公共场合接吻之后,又听了利奥告诉我的有关外公的真实想法,这让我心里五味陈杂,不知道怎么处理这些情绪。消耗一些精力应该会让我觉得放松一些。

"大概 90% 的人的初吻都挺糟糕的,"塞尔维说道。我们俩正盘腿坐在切尔西一家小型舞蹈房的地板上聊天。"我的初吻就挺糟糕的,但是,说实话,毕竟当时我们只有 12 岁。不幸的是,还是有像塞巴斯蒂安一样的人,到了 30 岁还没学会如何正确的接吻。你会觉得都到这个年纪了,别人肯定也教过他了。"

我觉得自己好像加入了一个秘密俱乐部——初吻糟糕者联盟——我没想到居然这么多人的初吻都不完美。我失望的心情稍微减轻了一些。

"那我该怎么办呢?"

塞尔维抚平了她亮晶晶的紧身裤上的一道褶皱。"你确定你跟他之间不来电吗？还是说你只是很难忘记那个糟糕的吻？"她脸上露出调皮的笑容，"也许你就是那个能教他怎么接吻的人呢？"

我挣扎着不让自己扭动，"不知道，一切都发生得太快了，我也没什么经验能拿来比较一下。"最重要的是，整件事感觉虎头蛇尾的。我并不介意塞巴斯蒂安的陪伴，而且他跟克劳迪娅亲密的祖孙关系，也让人觉得暖暖的，但我想象中我的初吻对象应该很吸引我，这跟我想象的很不一样。

"再跟他出去一次，看看感觉怎么样。"塞尔维说道，"你不妨在有机会的时候尝试一下，就把它当作一个学习过程。至少你能完全确定这次是个约会了！"

"我想，应该可以吧。"我说道，但心里还是不太确定。"但我现在还在陪伴克劳迪娅，我不能把工作和私人感情混在一起。"而且，等一阵再考虑这事，就能有更多时间把我的感受具象化。

我环顾整个舞蹈房里的其他女人，木地板上剥落的清漆摸在手里感觉很粗糙。在我们上的瑜伽课上，每个人都穿着素净的中性色，让人心神平静。在这里，黑色褶皱布料和能突出女性身材曲线的深珠宝色才是每个人眼中的美。我希望我身上的海军蓝紧身裤和宽松灰T恤能让我不那么引人注目。但接着我注意到，教室里有比我的同学们还要吓人的东西：两根伫立在教室中央的金属杆。

"我看出你眼中的恐惧了，"塞尔维开玩笑地用胳膊肘推了推我，"别担心，这节不是钢管舞课。但我们一定得报节钢管舞的课，可有意思了。"

她看起来言之凿凿，但我还是很紧张。我下意识地调整了一下紧身裤，想着要不要像教室里其他女孩子一样把T恤系在腰间。

"这门课叫什么来着？"

"感官同步课，"塞尔维说道，挑了挑眉毛，"基本上是说，你不用脱衣服就能感觉自己像个脱衣舞娘一样。"

"等等——你不是说这是节有氧舞蹈课吗？"我以为差不多就是上课跳跳尊巴舞之类的，没想过跟脱衣舞会有什么联系。

"我说的'有氧'的意思是，这节课会增加你身体对氧气的需求，是你用自己的心理偏差解释成有氧课了，"塞尔维咧嘴一笑，"另外，我知道要是提前告诉你这是什么课，你就不会来了。但相信我，这节课对你有好处。跳舞是与身体接触的最好方式。嗯，是除了性爱之外最好的方式。但你会喜欢的——这节课很有趣，能释放你的情绪。"

就在这个时候，灯光调暗，氛围看起来更适合一家浪漫的餐厅，露出了巧妙地摆放在房间周围的蜡烛。我甚至都没注意到是谁点燃了这些蜡烛。

就在这时，碧昂斯那首撩动人心的低音歌曲在教室里响了起来。我觉得接下来肯定十分折磨人。舞蹈不像是我之前自学成功的其他东西，经过验证，里面的节奏是我无法掌控的。理论上说，我知道节奏数到"2"的时候得拍手，但真正跳起来的时候就难多了。

一个女人仿佛被她的臀部操控着，律动着来到教室中间。她用双手抚摸着身体两侧，就像是细细品味自己的抚摸。

"太棒啦！"塞尔维低声赞叹道，"接下来肯定很有意思。"

"女士们，准备好探——索——你的身体了吗？"女人低沉地说道，享受地闭上眼睛。

教室里每个人都充满了热情，喊出了各种各样的"哇哦！！！"

除了我，我很确定，我马上就要吐了。我估测了一下，那扇门离我大约有三米远，我现在就可以夺门而出，再也不来了。

但在我付诸行动之前，塞尔维一下子抓住了我的手，把我拉了起来，"咱们一起上这个课，真是让我太开心了，完美！"

我紧绷的身体开始放松，恶心的感觉也开始消退了。塞尔维一脸热切地看着我，我不能扫她的兴。我努力让自己的神经放松下来，把注意力集中在这份姐妹情上。

"我也是。"我虚弱地笑了笑，觉得既兴奋又害怕。这感觉就像我手里紧紧抓着一串氦气球，脚离开地面升了起来。

据我所知，这门课没有固定的流程。主要包括随着音乐节奏扭动身体（或者于我而言，有点跟不上节拍），伴着歌曲在地板上爬来爬去，像只猫一样（要是戴了护膝就好了），以及用手指拨弄头发（对我来说无法完成，因为我的头发扎得太紧了）。显而易见，塞尔维天生节奏感就很强，她兴致勃勃地参与进去，她的马尾辫也似乎跟着身体的节奏，一直在律动着。她偶尔会跟我碰碰肩膀，给我一个鼓励的微笑，然后自信地大步走开，就像她骨子里就带了性感，这不是什么大不了的事儿。

课程开始20分钟后，我开始有点想放弃。老师要求我们闭上眼睛（"把所有事都忘掉"），这很好，我睁眼偷瞥别人时，发现教室里的人只关注自己，没在意别人在干什么。这让我觉得一下子解放了，我尝试让身体以一种我从未体验过的柔性移动。用手抚摸过我的大腿和腰，这感觉真亲密……也很愉快。

这种放松感出乎意料，我伸手解开了我的头发。

当我和塞尔维从更衣室取回随身物品时，我感觉有点兴奋。

"看吧,我就知道你会喜欢的。"塞尔维看着我焕然一新的状态,赞许道,"看看你现在多放松。"

"是的,我觉得是比我想象中要好很多。"我不想表现得太过积极,以防她尝试说服我去上钢管舞课。我们朝第八大道走去,当夜晚的寒意袭上我的皮肤时,我发现自己对身体的感知更加敏锐了:我的衣服触碰到皮肤的感受,肌肉运动的方式,都变得清晰起来。这种感觉就像在电视上看爱情故事,或是远远地欣赏茱莉亚和鲁本的温柔一吻一样。

然而,不知怎的,又不是完全一样。

因为这一次,这种刺激感源自我的身体内部。

第三十章

那天早上，塞巴斯蒂安的名字从我手机上弹出过两次。第一次，我坐在一旁看着手机响，希望它能停下来。我不喜欢他这样不通知一声，就闯入我的生活。他打电话之前都没给我留条语音消息。

我屏蔽了他的第二次来电，等了15分钟后，给他发了短信。

你好，塞巴斯蒂安，你是不是给我打电话了？我刚刚在洗澡，没接到。

我的信息下面出现了表示对方正在回复的图像。谢天谢地，发短信至少能给我思考如何回复的时间。但接着图像消失了，他的名字第三次在手机屏幕上闪现。我别无选择，只能接听了。

"嗨，克罗芙！"他的声音一下子让我想起来上次见面的情景。"我觉得打电话比发信息方便多了，你早上过得怎么样？"

"挺好的，谢谢你的关心。"我等着他说出打电话的原因。

"那么，那天晚上过得挺开心的吧……"他的语气好像在求证自己的猜想一样。

"是挺开心的。"至少有一段时间挺开心的。

一辆冰激凌车在塞巴斯蒂安电话那头叮当作响。

"其实，"他清了清嗓子，"我明天晚上有个大提琴四重奏的演出，我想知道你愿不愿意来看我的演出……跟我奶奶一起来行吗？她一直喜欢参加我的演奏会，我想让她最后听一回我的演奏，嗯……应该对她有好处。"

嗯，这件事我没法拒绝克劳迪娅。我的心情稍微放松了一些，突然之间，塞巴斯蒂安和他的电话没那么让我心烦了。

"这主意真不错，"我说道，"我很乐意跟她一起去。"

由于塞巴斯蒂安要提前到演奏会现场准备，我陪克劳迪娅待到了陪伴时间结束之后，一起叫了个优步去了切尔西的美术馆。

我看着她坐在梳妆台上方的镀金镜子前。她麻利地涂上口红，就像写下自己的名字一样轻松，接着在手腕、耳后和露肩低领上喷了香水。不知怎的，我觉得自己就像是个看着妈妈打扮的孩子，对她的美丽和优雅充满了崇拜。但这种感觉并不会让我痛苦，不会让我想起自己从未见过自己妈妈装扮的样子，也许我见过但并不记得了，这感觉就像填满了我内心的空虚。

"帮我把这个戴上吧，亲爱的。"克劳迪娅说道，手里拿着一串珍珠项链。

我拿起项链，打开链扣，她用手撩起法式盘发后面的几缕碎发。项链戴好后，我拍了拍她的肩膀，"好了。"

克劳迪娅把手放在我的手上，握住了它，从镜子里看着我的眼睛。

"谢谢你，亲爱的孩子，你能来陪我，我感到太幸运了。"

我从没想过有人会这么跟我说话，我感觉嗓子一下子哽住了。

"我也很开心能陪着你。"我说道，无法表达她的话带给我的触动有多深。"不过大概我们要出发了，要不就迟到了。"

我扶着克劳迪娅从那把旧式温莎椅上站起来，嗅到了她刚喷在身上的香水散发出的佛手柑和晚香玉的味道。我瞥了一眼造型优雅的瓶身和奶奶绿瓶盖上的浮雕：信仰·花期（Creed Fleurissimo）。这款香水对我来说太过奢华了。

"嗯，"她边抚平裙子上的折痕边说道，"我看起来怎么样？"

"完美。"我注视着她优雅的轮廓说道。和利奥一样，克劳迪娅的风格仍然根植于20世纪60年代，但她的风格不太像《广告狂人》，更像乔安娜·伍德沃德。今晚她上身穿了一件精致的高领丝绸衬衫，下着长度到小腿中部的长裙和一双方跟高跟鞋。"我让塞尔玛下班之前帮我把你带下楼，我已经把你的轮椅放在门厅里了。"

克劳迪娅挥手表示不同意。"今晚不坐轮椅了——今晚可能是我最后一次在大众前露面了，所以我决定有格调一点。"

不坐轮椅的话，克劳迪娅走动就比较吃力，所以我们进入美术馆的时候，场面有点混乱，我的胳膊紧紧搂着克劳迪娅的腰，帮助她保持平衡。然而她表现得如此优雅自信，所以入口处的人们根本没注意到我们的动作，反而都用赞许的目光微笑地看着她。

能引起这么高的回头率，以超凡的魅力出场，不害怕人们的注视和赞美，这是种什么感觉？

美术馆后面放置了一排排的折叠椅，中间留下了一条走道。看到塞巴斯蒂安朝我们走过来，我心里又开始别扭起来。刚才我只关注克劳迪娅有多优雅迷人了，根本没时间担心该怎么面对他。

"你好，奶奶。"他吻了她两下，然后转向我。

一想到要是他当着克劳迪娅吻我，我会很难堪的，所以我赶紧伸出手和他握手。

"你好，塞巴斯蒂安。"我说道。

他愣了一下神，消化了一下我的反应，但很快就恢复了过来，把手里的手机换到另一只手上，这样他就可以和我握手了。

"你们俩能来我太高兴了。"他说道，但眼睛基本一直在盯着我，"我在前排给你们留了位置。"

他走到克劳迪娅的对面，扶着她的另一只胳膊肘，我们俩一起把她送到座位上。确保克劳迪娅舒舒服服坐好了之后，塞巴斯蒂安开始笨拙地来回走动，把手背在身后，看起来像是想说些什么。我忙着看放在座位上的复印节目单。

"巴赫的大提琴组曲。"我大声念道。

塞巴斯蒂安害羞地笑了，"是的，我知道，这个算是最老套的大提琴曲子了，我本来想演奏弗雷的'帕凡舞曲'。"他示意其他观众在我们周围就座。"但你必须得演奏群众想听的曲子——尤其是你想让他们给慈善机构捐款的时候。"

我还不知道这原来是场募捐演奏会，他人还挺好的，能来这种活动上演出。他的笨拙现在看起来更讨人喜欢了。

"巴赫是我外公的最爱。"我说道，想让他放松一点，毕竟我大概是让他现在看起来十分紧张的原因之一。"我小时候他常带我去纽约爱乐交响乐团听音乐会。"

外公和我会坐在楼座上窃窃私语，他教我管弦乐队的组成和不同乐器的名字。我最喜欢的指挥家当时那样倾情投入，每次指挥时都像在跳舞一样。每隔一段时间，他就会暂停下来提提裤子。

塞巴斯蒂安的眼睛亮了起来，"奶奶以前也带我去那里！不知道我们去没去过同一场音乐会？"

我想象着我们俩，两个瘦瘦高高的孩子，在林肯艺术中心的大厅里擦肩而过。

克劳迪娅抬头看着她的孙子。"我一直想让他喜欢上爵士乐，但他坚持认为古典音乐才是他的最爱——就跟他爷爷一模一样。"

"是啊，"塞巴斯蒂安咧嘴一笑，"爷爷真的很讨厌爵士乐，他一点都不肯听。"这是克劳迪娅和她丈夫之间关系的又一次有趣的体现。

一个健壮的男人拍了拍塞巴斯蒂安的肩膀，指着临时搭建的舞台，四架大提琴放在椅子前面。

"哦，对了，"塞巴斯蒂安说道，"我们最好赶紧去准备了，"他转向克劳迪娅和我说道，"好好享受演出吧。"

我们看着他走进舞台旁边的一个房间。

场馆里灯光变暗，观众安静下来，我闭上眼睛，沉浸在每次现场表演开始之前总会出现的期待中。这是一种在陌生人之间共享的亲密关系，在那一刻，每个人都卸下了生活的重担，以一个整体存在，有着共同的希望。我呼吸着乐器散发出的舒缓的木香，聆听刚用松香抹过的琴弓发出的愤怒。

舞台的侧门打开了，塞巴斯蒂安和其他演奏家列队走上台，找到自己的座位坐了下来，他们都穿着黑衣，带着相同的书卷气，在热烈的掌声中害羞地低下头。坐在塞巴斯蒂安左边的女人沉浸到演奏中，开始演奏巴赫的《第一大提琴组曲》序曲，她的手指优雅地在这把庄严的乐器的颈部移动，好像在爱抚它发出的声音。当熟悉的曲子在整个美术馆回响时，我感到观众们一起沉浸在音乐的怀抱中，舒服地吁了一口气。

剩下的三位音乐家也加入了进来，我趁机研究了塞巴斯蒂安的动作。他演奏时脖子微微弯曲，仿佛在跟自己的琴诉说秘密。他的脸因专注而皱成一团。他的脚打着拍子，脚尖一拍脚后跟一拍，整个身体其他部位也在随着拍子摇晃。很明显，我眼前的场景，是一群人在做他们真正热爱的事情。

能看着他们沉浸在自己最热爱最擅长的事情里（一些人也称其为"心流"状态），这真是生活的恩赐。他们的演奏好像散发出一种能量、一种魔力。就像他们完全敞开了心扉，以最真诚的状态跟世界交流，不受忧虑、压力和痛苦的折磨。时间仿佛停滞了下来，他们也只是随心而动。

看着塞巴斯蒂安拉着大提琴，我对他的看法也和以前不一样了。有那么一会儿，我心里对他时不时的矛盾的感觉荡然无存，放任自己跟着他的节奏走。让自己放空，音乐把我淹没。

表演结束后，克劳迪娅和我坐在美术馆外的长凳上，等着塞巴斯蒂安。

"多么美妙的音乐会啊，谢谢你做我的女伴，亲爱的克罗芙。"克劳迪娅挽着我的胳膊说。"你下班之后还来陪我们，希望我孙子付给你加班费。"

我的肩膀因内疚而绷得紧紧的，因为我想起了跟塞巴斯蒂安度过的那个晚上，那一晚我肯定没收加班费。

"哦，不用这样，"我边回答边挣扎着想接下来要说什么。"毕竟我们来这里是为了募捐，我不能再要加班费了。"

"你心肠真好，亲爱的，"她说道，她这样夸赞我实在让我觉得局促不安，"但别让我们耽搁你的事了，我想你已经准备好下班了，我可以在这里等塞巴斯蒂安。"

我很想趁这个机会离开，但我很想再见到塞巴斯蒂安。

"等塞巴斯蒂安出来我再走吧，"我说，"我不能留你一个人在这里。"

克劳迪娅半信半疑地环顾了一下美术馆区优美的街景。"我经历过更危险的情况，相信我，我一个人没事的。"

美术馆的门开了，一个大提琴盒探了出来，紧接着塞巴斯蒂安出现了。

"啊，你们俩都在这里！"他把乐器靠在美术馆的玻璃前面，"我还在里面找你们呢。"

"我只是告诉克罗芙她可以下班了，不用非得陪着我们了。"克劳迪娅说。"她已经工作到很晚了，我不想再独占她的时间。而且外面太冷了。"

当塞巴斯蒂安看着我和克劳迪娅的时候，我不知道他的表情在试图向我传达什么。

"哦，是的，当然了。"他拿出自己的手机，"我打辆车。"

"我从这里坐地铁就行了。"我赶紧说道，以免跟塞巴斯蒂安和克劳迪娅坐同一辆车，还得假装我跟塞巴斯蒂安之间一切正常。"几站就到了。"

塞巴斯蒂安举起手机,"但车还有几分钟就到了,我们可以顺路送你。"

"不用不用,"我坚持道,"不顺路,坐地铁挺方便的。"

克劳迪娅把手放在塞巴斯蒂安的胳膊上,"放这个女孩子走吧,好孩子,"她冲我眨眨眼,"克罗芙今晚可受够咱俩了。"

塞巴斯蒂安一下子脸红了,"好吧,不好意思了。"

"谢谢你的好意,"我说道,"谢谢你们的邀请,演出太精彩了。"我害羞地看着塞巴斯蒂安,"你是个很有天赋的音乐家。"

这是第一次,他看起来不知道该说什么好。

当意识到克劳迪娅在看着我们交谈时,我慌了。"不管怎样,我还是回家吧,我的狗还在等我,"我扣上外套说道,"祝你们俩晚安!"

然后,我意识到自己正沿着街道逃离塞巴斯蒂安,这好像已经成了一种习惯。只是这一次,我不确定我到底在逃避什么。

第三十一章

下一个星期三，当我到达克劳迪娅家时，塞尔玛在门口迎接我。

"克劳迪娅今天很难受。"塞尔玛压着嗓子低声说道。"当然，她还是不愿意躺在床上，所以我们把她安置在书房里。"她示意穿过门厅，"上两段楼梯，左手边就是。"

书房差不多有我整个公寓的三分之二大，简直像做梦一样。大胡桃木书架一直连到天花板，里面整整齐齐地摆放了一排排书。书房里面摆放了一组典雅的长毛绒座椅，吸引着人们沉浸到书籍的海洋里。阳光四散开来，透过拱形的窗户，让整个书房微微发红。角落里放着塞巴斯蒂安的大提琴。

我还在努力调整情绪，从音乐会开始，我心里还是出现了不小的波澜。欣赏他的才华和被他吸引是一个意思吗？很难弄清楚我仍感受到的抗拒，更多是由于要照顾克劳迪娅的缘故，还是因为塞巴斯蒂安这个人。我希望我能有过往一些经历可以用来对比。但因为我连同龄的男性朋友都没有，更别提男朋友了，所以我分不清柏拉图式的爱慕和不温不火的浪漫吸引之间的区别。

克劳迪娅躺在一张红木躺椅上，她的身体日渐消瘦，几乎像个洋娃娃一样，一堆华丽的枕头支撑着她的身躯。一条提花羽绒被一直盖到她的腋窝。尽管她闭着眼睛，但她的手跟着茶几上摆放的小扬声器中传出的艾灵顿公爵（Duke Ellington）的即兴重复段打着拍子。脚下木地板的咯吱声提醒她我来了，她带着睡意蒙眬的微笑跟我打招呼。

"我曾经在一次聚会上见过艾灵顿公爵。"克劳迪娅说，她的声音柔和而梦幻。

"我敢说这中间肯定发生过有趣的故事。"我坐在一把羽绒靠背扶手椅上，确保在她的视线范围内。

"实际上，我之所以记得那天晚上，大部分原因是那晚我跟丈夫吵了一架。"克劳迪娅说着，试图坐起身来。我站起来帮忙，一边撑着她的身体，一边把枕头摆在她身后。"他不喜欢我跟别的男人聊天，不论那些人多么有趣都不行。我们婚姻中有许多问题，这是一个重大的分歧。因为我喜欢和陌生人交谈。正是因为这些交谈，我才成为一名优秀的摄影记者。"

"把自己的事业抛在脑后，一定很难受，"我说道，"你那时还认识别的女摄影师吗？"

"在当时那个年代，我这样的女摄影师屈指可数，你应该能想象得到，事实上，正是像玛格丽特·伯克-怀特、多罗西亚·兰格、玛莎·盖尔霍恩这样的女性摄影师为我们其他人铺平了道路。"

"我刚读完玛莎的《我和一个人的旅行》这本书，她真是个有魅力的女人。"这是贝茜向我推荐的几本由勇敢独立的女性撰写的回忆录中的一本。"你见过她吗？"

"20 世纪 50 年代的时候，我们见过几次，她脾气不太好，但她也是海明威的妻子中唯一一个足够理智，敢跟他离婚的人。"

"我只能想到在那时，做一名战地女记者是多么不容易的一件事。"我说道。"或许你别无他法，只能脾气大一点来保护自己。"

"你很聪明，克罗芙，"克劳迪娅说道，"我喜欢你这一点。"

"你有没有想过重新做回摄影记者？在你儿子长大一点之后？"

"几乎没想过，"她疲倦地回答，"那时候，我们社交圈里的大多数女性连工作都没有，更不用说抛下家庭，独自一人环游世界，给陌生人拍照了。我丈夫绝不会允许的。难怪盖尔霍恩和伯克-怀特都离过两次婚。作为记者和摄影师，你需要跟合作对象有一些亲密的行为，当时的男人无法理解这一点。"

"不过，你结婚之前一定发生过一些非常有趣的旅行故事。"我环顾了一下躺椅两侧的书架。"有时间我想多看看你拍的照片。"我希望这能帮助她回顾自己的人生。

克劳迪娅朝房间对面的一张大柚木桌子点了点头。"你在镇纸下面会找到一把钥匙。我拍的大部分照片都锁在地下室里，我想现在是开始整理它们的好时机，毕竟我时日不多了。天知道，一旦我死了，我生的那帮小崽子很可能会把它们扔掉。"

"我不知道塞巴斯蒂安会不会同意他们把你的作品扔掉。"我知道他心思细腻，不会那么无情。

"啊，是的，他确实是个孝顺的孩子，虽然他生活的其他方面一团糟。"克劳迪娅说道，"我一直希望他能在我走之前，找到喜欢的人安定下来。要是走之前能知道他过得幸福就好了。虽然他的女性朋友们都很可爱，但似乎没一个适合他。我有时怀疑他跟别人相处都不怎在乎合不合适，更多是因为他不喜欢独处。"

　　我想到了我们在鸡尾酒吧遇到的那个女人，我不知道她是否适合塞巴斯蒂安。我意识到，我甚至没有问过自己他是否适合我。到底适合是什么意思呢？要是因为他对宠物过敏而觉得他不适合，这对他挺不公平的，但这一点的确会让人觉得跟他相处不容易。

　　我快步走到书桌前，在一只小黄铜鲸鱼下面找到了钥匙。"我应该在地下室里找什么？"

　　"你可能需要翻一翻，但你会看到一堆银行储物箱，如果它们现在还没有全部碎掉的话。已经很多年没人碰过了。"

　　"明白了。"趁克劳迪娅还没来得及爆出塞巴斯蒂安私生活更多的料，我赶紧溜出门。

　　感觉地下室里的东西不受地心引力的影响。家具、艺术品、旧皮箱和滑雪装备都摇摇欲坠地放置着，仿佛轻轻一碰，就能把这堆东西全部打翻。想必这就是人们让家里保持整洁优雅的方法——把所有乱七八糟的东西都收到看不见的地方。

　　所有东西的表面都覆盖着厚厚的灰尘，这意味着容易过敏的塞巴斯蒂安可能很少冒险来这里。里面灰尘太大了，连我这么迟钝的感官，都被刺激得连续打了四个喷嚏。当我在堆满了被遗忘的物品的地下室里穿行时我心中暗暗记下要在以后的日子里，清点一下这里面的东西。克劳迪娅可能想把某些东西放在某些地方，而不是在房地产拍卖会上被卖掉，或被扔在路边。虽然这并不是我工作的一部分，但我经常看到遗属们为了出售过世之人的房子，而随意丢弃他们一生的回忆。毕竟卖掉房子能得到一大笔钱，人们为了这笔钱通常就无所顾忌了。

那些箱子被塞在一辆陈旧的木制雪橇下面。箱子上雪橇压出的痕迹很深，说明它们已经几十年没有被人碰过了。我小心翼翼地撬出箱子，得意扬扬地回到书房，头发上缠满了散落的蜘蛛网。

"你看起来像是刚冒险回来，"克劳迪娅说道，"希望你会觉得下去这趟没白跑。"

"肯定没白跑，"我说道，试着摘掉头发上的蜘蛛网，眼睛都被灰尘迷住了。我把第一个箱子放在玻璃咖啡桌上，"我们开始吗？"

克劳迪娅看起来像是艺术家首次揭开画作的面纱一样犹疑不定，"那就开始吧。"

这个箱子里有近三百张照片，都是用硬纸板印的。所有照片都是黑白照，大部分是亚光的，很多都褪成了模糊的人物和建筑轮廓。我选了一堆用麻绳捆着的照片，开始翻阅。

第一张照片上，一个女人穿着花纹精美的连衣裙坐在路边，她面前摆着两束大香蕉。

我读了背面的题字，"'突尼斯，1956。'哇，你去过突尼斯？"

"那是我第一次也是唯一一次去北非。"克劳迪娅笑道，"我当时驻扎在马赛，我请求编辑让我去那里报道突尼斯独立运动的尾声。但他不同意，我就自己去了突尼斯，靠着讨好别人才上了一艘船，并从突尼斯发了一封电报，先斩后奏地再次请求他的允许。他就别无选择了。"

"我想我做不到那么勇敢。"但那确实让我怀念那种来到异国他乡、只有未知在等着我的感觉。我已经很久没有过这种感觉了。

"可以这么说，其实内心深处，我知道那次是我最后一次这么疯狂了。"克劳迪娅眼中的光芒黯淡了一些。"那年夏末，我就要回家结婚了，我知道自己短暂的摄影生涯即将结束。所以我就想，管他呢？"

"你当时多大？"

"那年八月我就 25 岁了，在那个年代，这个岁数结婚已经很晚了。我丈夫在我 23 岁时向我求婚，但我告诉他，我需要两年时间来追求我的摄影事业。如果他能给我这两年时间，我就答应结婚后做他想要的那种本分的贤妻良母。"

"你遵守了你的诺言。"

克劳迪娅点点头，"我知道我想要一个孩子，我想让我的孩子们在一个稳定的环境中成长。所以我唯一的选择就是结婚。不像你们现在这个时代的女人，只要你愿意，你可以在三四十岁的时候冻卵，去过自己想过的生活。如果我当时有这样的选择，一定会认真考虑的。"

我从没想过冻卵，我大概至少得查查，毕竟我已经快 40 岁了。

"我需要这两年的时间来保持清醒的头脑。"克劳迪娅说道。"我告诉自己，我要把尽可能多的经历和回忆塞进那两年里，让我今后的生活能靠那些东西坚持下去。"她苦笑了一下，"当然，我也没想到会活这么久。"

当我们翻看成堆的照片时，克劳迪娅敏锐的摄影眼光展现了出来。她的每一张人物主题的照片都散发出一种原始的气息，就好像他们是第一次被看到一样。微微低着头体现出了他们害羞的情绪，但同时又传达出了希望。另一些人表情看起来更像是遭受了生活的磨难，他们的眼睛流露出深深的悲伤。喜悦、渴望、痛苦、辛酸，每一张照片都敏锐地传达出不同的情绪，让我感慨万分。

突尼斯的小插曲结束后，我们转向了在法国蓝色海岸旁拍摄的看起来更为保守的肖像照。孩子们在平静无波的地中海浅滩上戏水，一位老人在橄榄树下打盹儿，一条狗偷了一根法棍。简直就是法国迷在

Pinterest 版面上发布的图片模板。

"在法国南部，照片主题就不那么吸引人了，"克劳迪娅说道，仿佛读懂了我的心思。

翻到一张照片时，我停了下来，照片上一个年轻的卷发男子穿着布列塔尼条纹衬衫，沉着地站在船头。"我不确定，"我说道，把照片递给克劳迪娅，"照片上这个肤色黝黑的绅士看起来就很吸引人。"

克劳迪娅把手放在胸前，盯着照片看，并没有就我的疑问给出一个简洁的回答。

"你没事吧，克劳迪娅？"我站起来，准备去叫人，"用不用我叫一下塞尔玛？你需不需要看医生？"

克劳迪娅伸手拉住了我的胳膊，"不用，亲爱的，我很好。"她的呼吸稳定下来，"只是，嗯，我有六十多年没见过他的照片了。"

"他是谁？"

克劳迪娅的声音轻到如同耳语，"他叫雨果·博福特（Hugo Beaufort）。"

第三十二章

　　附近有一家极简主义风格的 SoHo 餐馆，客人可以自选食材，然后在公共座椅处进餐。"昨天上班的时候，我跟同事说你的工作很酷，"塞尔维和我排队选餐的时候跟我说道，"不过我发现还有好几个问题我不太懂。"

　　"比如？"听到塞尔维对我的职业感兴趣，我感到很荣幸。

　　"比如，人们在临死前会说很想去旅游，这是真的吗？"

　　"有时候是这样。"

　　"那么你会试着说服他们放弃吗？"

　　"不会，我通常会帮他们准备行李。"

　　塞尔维露出了怀疑的神情，"真的吗？"

　　"当然——除此之外，他们也确实像要去旅行。谁都知道目的地是哪里，但让他们为接下来的旅程感到心动，而且觉得自己做好了准备，这一点对他们更好。"

　　"我觉得有道理。"一辆卡车隆隆驶过，塞尔维等那阵讨厌的噪声过后接着问:"人们哪怕在昏迷不醒的时候,仍然能听到周围的人所说的一切,这也是真的吗?"

"我也不太确定,但我有客户在昏迷中听到他们的家人透露了自己的秘密。"

"啊,天哪,快跟我讲一讲。"

我突然意识到我也很喜欢有忠实的听众——或许我和利奥差别也没那么大。

"曾经有个昏迷的家伙,他太太跟她姐姐讲,其实他们的女儿是她跟另外一个男人的孩子,但从来没告诉过他。她以为她丈夫醒不来了,不料他醒过来了,这段对话的每个细节他都记得清清楚楚,于是他让律师改了遗嘱,什么也没给他太太和女儿留下。第二天他去世了,死得很痛苦。"

塞尔维眉头一皱。"这对所有受牵连的人都糟透了。我敢说你待在那个房间也很尴尬。"

"是啊,太折磨人了。"在那种情况下,我陷得有点深,但那个人确实有权利更改遗嘱。而我也误以为帮他实现这个心愿会让他好受一点。我现在还后悔没有鼓励他先和家人讨论一下这个问题——恐怕我并没有在他死前帮他减轻痛苦,反而是加重了。

"我曾经读过一个故事,说一个女人在临终前要求离婚,因为她不想在不幸的婚姻中迎接死亡。"

我点了点头。"这种情况比你想象的还要多。"我说道,"实际上,克劳迪娅昨天告诉我一件有趣的事。她说她二十多岁住在法国时遇到一个人,很后悔没有嫁给她。"

"好浪漫啊,"塞尔维说,"但嫁作他人妇还过得很不如意,这会很痛苦。"

"确切地说,我没觉得她过得很痛苦。那个时代,女性在择偶方面没现在这样自由,所以她只是做了比较明智的选择吧。"

我们排队往前走的时候,塞尔维挽着我的胳膊,"快给我讲一讲。"

揭开了克劳迪娅珍藏心中多年的秘密,我感到一阵内疚,但我忍不住想给塞尔维留下个好印象,不想辜负她对我的看法。反正她又见不到克劳迪娅本人。

"好吧,"看着塞尔维眼巴巴地等我讲下去,我按捺不住自己的兴奋之情,"我就按她给我讲的一五一十告诉你吧。"

她遇到雨果·博福特已经是60多年前的事了,但克劳迪娅向我栩栩如生地描述了那一天的情形,就好像是上周发生的事情似的。很明显,这么多年来,这段往事在她脑海中已经重复回放了无数次。

这段故事要从1956年说起,她当时在法国马赛,看到一家书店门外拴着一只三条腿的狗。

七月的热浪本就让人汗流浃背,那天又恰好一丝风都没有,让人苦不堪言。就算是虚荣心再强的人,都顾不上自己的形象了,每个人身上都汗流浃背,除了接受这种鬼天气也没其他办法。

克劳迪娅那天穿了长裤,感到很后悔。自从来到欧洲担任摄影记者以来,她已经习惯了穿长裤,毕竟比较实用一些。因为也确实没时间纠结该穿什么裙子;胸前带纽扣的白色衬衫和亚麻布长裤更实用,也更容易打包。此外,男同事们对她的着装经常说三道四,她这身打扮的目的就是无声的抗争。每当有人看到她的着装而皱起眉头时,她就会把手伸进口袋里,目空一切地飘然而过。

然而那天，克劳迪娅也热得有点顾影自怜了，后悔在这样让人窒息的高温下，没穿一件漂亮的太阳裙，起码透气性好啊。（她离地中海这么近，却没有一丝海风，这似乎很不公平。）

她甚至还因拒绝了房东想开车送她去火车站的好意而产生一丝悔意。她在马赛逗留的这段时间，房东一直在纠缠她，被她断然拒绝后，不让他帮忙搬手提箱甚至都变成了一种自己不愿意放弃的胜利。她热得手心直冒汗，旧手提箱的把手不停地往下滑，她毅然地抓紧了把手，调整了一下肩上鼓鼓囊囊的背包带。既然追求独立，就得牺牲掉一点舒适，她提醒着自己。她打算乘火车去巴黎，现在就剩下一站路就到车站了。这将是她追求个人梦想的最后一程，之后便是漫长的返乡之旅，回到纽约市。

蓝船书店距马赛旧港只有五分钟的脚程，离克劳迪娅所住的顶楼公寓也不过十分钟脚程。那间公寓很小，几乎没花什么租金。这家书店就像她的避难所、她的绿洲一样，帮她在法国度过潮水般汹涌的思乡和孤寂之苦。在她烦恼的成长过程中，书一直是她的慰藉。她的父母彼此憎恨，在她家的连体别墅中，隔着墙都会不断传来口水战，克劳迪娅会带着枕头和手电筒偷偷钻进壁橱里，沉迷在书中的故事里。克劳迪娅长大成人后，每当她需要平静片刻的时候，就会逃到最近的书店（她知道曼哈顿的大多数书店）。尽管她的未婚夫并不很喜欢读书，但他总知道在他们争吵之后，到哪里去找她。

当克劳迪娅绕过狭窄的街道拐角时，她顿时心潮澎湃。蓝船书店正好坐落在半山腰，它的遮阳篷涂着不协调的樱桃红底漆，这让当地的纯粹主义者深感愤怒，因为它与城市其他地方梦幻般的地中海色调迥然不群。但这种反叛精神让克劳迪娅对这家书店顿生好感。

书店门外有一个灯柱，在烈日照耀下，烤焦的人行道上留下一道斜长的扭曲阴影。一只毛茸茸的杰克罗素犬抻直了身体，趴在这道斜长的阴影下纳凉。它腹部紧贴着较为凉爽的混凝土地面，而后爪的粉色肉垫指向天空。当克劳迪娅的身影从这只狗身边闪过时，它睁开了疲惫的眼睛。克劳迪娅放下手提箱，把湿漉漉的手掌在亚麻布的裤子上擦了擦（这样做至少有点好处吧），然后跪在这只邋遢的小狗身旁。她温柔地凑了过去，伸出手让它嗅一嗅。这只狗放弃了所有警惕，感激地把额头伸到她的掌前求抚慰。当它坐起来的时候，克劳迪娅看到这只狗的右肩和胸部拢为一体，就像那里根本就没有腿一样。

她从塞得满满的背包中取出水壶，手掌凹成碗状，向里面倒进一些温水。这只狗就感恩地舔了起来，中间还停下来舔了舔她的手腕，仿佛想再次表达谢意似的。克劳迪娅也想畅饮一大口，但发现里面只剩下几滴水了，但她一点也不后悔。

书店的门吱呀一声打开了，克劳迪娅赶紧站起身来，以防挡住出口。这只狗立马兴奋地站起来，克劳迪娅从狗的反应猜，这位站在门口的年轻男子便是狗的主人。他凌乱的卷发和这只杰克罗素犬邋里邋遢的衣服倒是很应景。

"马特洛！"男子开心地向他忠实的朋友喊道，弯下身用那双黑黝黝的满是老茧的手捧着它的脸。然后，他好像想起来应礼貌待人，便突然站起身来，咧着嘴冲克劳迪娅笑，两颗大门牙中间漏出一道细微的缝。

"下午好啊，小姐。"他的英语有着浓重的口音，但表达得很流畅。

克劳迪娅为自己一看就是个外国人感到有点尴尬，真后悔自己学法语的时候没能再刻苦一点。

"下午好。"她应道，注意到他下巴的胡楂里隐藏着一道月牙形的伤疤。"我刚才在这里向你的朋友问好呢。马特洛，你刚才喊的便是它的名字，对吧？"

"是的，马特洛！意思是'水手'，像我一样！"他又咧嘴一笑，下巴上的伤疤若隐若现。"它是我的——怎么说呢——甲板水手？"

一想到这个人带着他那位邋遢的三条腿的"甲板水手"在海上航行，就令人心驰神往。克劳迪娅看着他胳膊下夹着的一摞书点了点头，"我猜你在船上有很多时间可以读书吧？"

"是的，我打算明天去科西嘉岛。"那人感恩地把书朝腋下又塞了塞，"这几本书可是要陪我乘风破浪呢。"

"我听说科西嘉岛是一个很可爱的小岛，"克劳迪娅说道，"遗憾的是，我从来没有去过。"

"嗯……现在还不算太晚。我看你行李都已经收拾好了。"

要是其他男人这么说，这种鲁莽会让人觉得很不舒服。但从这位瘦高的年轻法国人嘴里说出来，却挺诱人的。"可惜了，我得去火车站。"克劳迪娅说道，失望之情溢于言表。

"实际上，"他一板一眼地答道，"你是要去书店。"

"嗯，确实。让你见笑啦。"

"等逛完书店后，去火车站之前，跟我们喝一杯如何？"这位男士和他的狗狗满怀希望地望着她。

"可是，我不认识你喔。"

"那就让我先自我介绍一下吧。"这位男士把空着的那只手往衬衣上擦了擦，然后伸向克劳迪娅，"我叫雨果。"

她也擦了擦手，握住了雨果的手，"我是克劳迪娅。"

"很荣幸认识你，克劳迪娅。"他脸上的伤疤凹成了一个梨窝。"我其实很想说，我很喜欢你的裤子。"

我给塞尔维讲完克劳迪娅和雨果的故事时，我们已经排到了餐馆的前面。我们跟着服务员来到一张长长的橡木公共餐桌的一端，在铝凳上坐下来。

"我很喜欢你的裤子，"塞尔维拿腔作势地用法国口音重复了一遍，"真会说话！雨果听起来嘴很甜啊——难怪克劳迪娅会被骗跑，离开她那控制欲极强的未婚夫。"她展开餐巾，把它披在腿上。"想象一下，如果他现在还活着，住在地中海的某条船上，想必也会对她朝思暮想吧。"

这种苦乐参半的情愫拨动着我的心弦。如此深沉的爱，60年后还叫人念念不忘，这会是什么感觉？

第三十三章

死神来敲门之前，不可预测性太高了。被诊断为晚期的人可能前一天还生龙活虎，后一天情况就会急转直下，就像死神突然踩下了油门一样。自打我最后一次见她，三天后，克劳迪娅的身体状况就急剧恶化。她坐在花园里那把常坐的柳条椅上，人显得瘦小了很多。此刻的她，身体瘦削，形容枯槁，皮肤暗淡苍白，几乎呈半透明状态了。难以掩饰的忧郁，使她的眼神黯淡无光，再也看不到平时的顽皮劲儿。

尽管我对这种病情迅速恶化，早已见怪不怪了，但看着一个人变得皮包骨头，还是让我感到震惊。此刻，看到克劳迪娅黯然失神的样子，我感到格外不忍。这段时间，我对她产生了一种特殊的依赖感。我也不知道是为什么，是因为我和塞巴斯蒂安之间的感情瓜葛吗？还是因为她和雨果之间的苦恋？还是别的什么原因？但就算没有医疗鉴定，我都可以比较直观地判断一个人还有多少天的寿限。她这种情况，怕是活不过月底了。

我来到花园里的桌子前陪她，"我今天心情不太好。"克劳迪娅说道。

"听你这么说，我很抱歉，"我回应道。她吃力地把毯子拉得高一点，覆盖住瘦骨嶙峋的躯干，浑身哆嗦着，就好像一阵风从身边吹过似的。我把她的安哥拉山羊毛毯子在胸前裹得更严实了一些。"你有心事？"

"你是说除了我时日无多之外的事吗？"纵然身体日渐消瘦，克劳迪娅的冷幽默却依然如故。她摆弄着毯子的一角，关节就像皮肤下面打的绳结。"你知道吗，当我发现得了绝症时，我并不很惊讶，毕竟我已经91岁了，而且我早就知道自己的身体不像以前那样听使唤了。"她深吸了一口气，我能听到她肺部的啰音。"就是有一点，我觉得有点内疚。"

"内疚？"

"与我同一辈的人，很多人都在多年前过世了，包括我丈夫。所以我真应该有感恩之心，优雅地走向生命的终点。"

"也许吧，"我说道，心里有一股冲动想去安慰她，但我忍住了。"但是感恩之心，未必会让我们摆脱悲伤，或者恐惧。"

克劳迪娅神色黯然地长叹一声。"正是这种未知感让我感到不安。医生说我差不多能活两个月，或多或少吧。"我很感激她并没有从我的眼睛里寻求答案。"有时候我觉得自己就是坐着等死，身边的人，包括你，也在等着这一天的到来。有几个早晨，我醒来，发现自己还苟活在人世，也感到挺失望的。"

"我能看出来你的心思，"我说道，用自己熟悉的那种思路引导她继续谈下去，"如果你优雅地迎接死亡，会是个什么样子呢？"

"我也不知道，亲爱的，"克劳迪亚答道，语气中似乎带着一丝愤懑的情绪,"我想,优雅地死去,意味着在剩下的时日里充分燃烧自己的激情,而不是苦涩地咀嚼着一个个小小的遗憾吧——当然啦,要一直披着漂亮的披肩。"

我沉默了片刻。"那些遗憾包括什么呢?"

克劳迪娅小心翼翼地看着我,"你这是不打算让我去想积极的方面了,是吧?"

"信不信由你,现在你去回顾积极的和消极的方面,都没问题的。"

她似乎如释重负,下巴也没那么僵硬了。"说来也怪,我发现自己一直在绕圈子,光想一些世俗的、不合逻辑的事情。"她说道,眼睛盯着邻居家的猫在篱笆上像走钢丝一样试探着往前走。"我真希望小的时候能好好上芭蕾舞课;或者阿拉伯语能说得更流利一点;或者说,没浪费那么多时间,假装自己很喜欢莎士比亚,仅仅是因为这能让我看上去更聪明一点。"

"大家都喜欢假装喜欢莎士比亚。"

我这个笑话让她嘴角也浮现出一丝笑意。

"尽管听上去挺自私的,"克劳迪娅说道,"我很后悔为了他人的需求,而牺牲掉自己的诉求。但身为女人,我接受的教育就是这样的。你的丈夫啊,孩子啊,父母啊——他们的幸福更加重要。你的身份一直就是某某人的妻子、母亲或者女儿,然后才是你自己。就像我活着并不能做自己,为自己而活一样。就像是老天赋予我的权利,我给浪费掉了。"

"你所做的一切,都是为了所爱的人所做的分内之事。我可不认为这是一种浪费。"我一直没机会去爱很多人,但我觉得能为他们的幸福操心也是一种荣幸。

"如果你也能活一大把年纪，你看待事物的心态就会不一样了。"

一群椋鸟在天空中优雅地飞翔，我们靠在一起仰天观看着。

"我从来没有告诉过任何人，"克劳迪娅试探地说道，似乎还没有准备好下一句话该不该说，"我儿子蹒跚学步的时候，每天晚上都是我喂他吃饭，给他洗澡，睡前给他读几个故事。一直是我来做这一切，他父亲从来不管，之后我就坐在那里看着他睡。我每天晚上都刻意不去理会内心涌动的苦涩，这样我就不会怪他，让我失去了原本憧憬的生活。看着孩子那小小的起伏的胸膛，他脸上的卷发如此可爱，我一遍又一遍地对他说：'妈妈不会怨你。妈妈不会怨恨你的'。"她脸上浮现了一丝悔意。"但不管我说多少次，这种感觉一直跟随着我。我恨他，我恨我的丈夫，最重要的是，我恨这个房子，因为它夺走了我的一切，感觉它就像一个监狱。"

我握住她的手，投给她一个安慰的微笑。这种感悟通常并不需要人们去评论。他们只需要有人能坐下来陪着，不加评判地倾听就足够了。人们往往喜欢去改变他人的看法，让他们高兴起来。但事实是，你永远找不到正确的措辞——所谓正确的措辞，并不存在。你能待在那里陪伴着他们，这一点便足够了，比千言万语还重要。

尽管如此，我听了克劳迪娅的话还是有点泄气。我没有天真到认为所有的婚姻都会幸福，但近来的现实生活似乎在极力打破我所有的浪漫幻想。

"如果雨果还活着，我的生活可能会大不相同，我也许不会和你坐在这里，而是和他在地中海的某艘船上生活。"克劳迪娅接着说道。

我很高兴她又提起了雨果——我迫切想要更多地了解他。"你们在书店相识后，到底经历了什么？"

克劳迪娅仿佛注射了肾上腺素般,在椅子上直起身,脸上又恢复了生气。"我原本打算和家里的一个朋友在巴黎待上十日,随后乘船前往纽约,计划理发和购置几件新衣。但雨果邀请我去附近的一家咖啡馆共进午餐,我因为喝了太多茴香酒,最终错过了去巴黎的火车。说实话,我本就打算错过这趟火车的——当作回家结婚前的最后一次冒险。我在雨果身上感到了前所未有的活力,所以当他提议乘船同行科西嘉岛时,我根本无法抗拒。于是,我们在船上共度了一段时光,剩下的内容就由你来想象吧。"她脸上又重现了那股顽皮劲儿。

"他哪一点对你这么有吸引力,让你这么快就陷了进去?"

"我也不清楚……我好久没有想他了。"克劳迪娅再次望向椋鸟,陷入沉思。"雨果身边的一切都很简单,我很喜欢这一点。即使生活艰辛,也依然乐在其中,他下巴上的伤疤是他父亲耍酒疯用酒瓶子给划伤的,可他从没有怨天尤人。我喜欢他的聪慧,喜欢他那种源自社会历练而非正统教育的睿智。雨果13岁在渔船上工作时,就开始学英语,还通过阅读其他水手留在船上的书籍,自学了其他方面知识。"她长叹一声说,"最重要的是,他在我身边时我的感受——独立、性感、才华横溢,让我深受鼓舞。他让我感到自由,让我可以做自己。而这种感受,我从未在我丈夫的身上体会过。"

"他听起来魅力四射。"我似乎感受到了希望的火光——或许我幻想的电石火光的爱情,并非自欺欺人。

"是的",克劳迪娅轻声笑道,随后又严肃起来,"但话又说回来,也许我们真正在一起时,就不会这般美好了。他说我不应该放弃摄影事业,但如果我们有了孩子,他的态度可能会改变。毕竟我们只相处了十天,所以美化不曾存在的经历轻而易举,但我很喜欢亲吻他下巴上的伤疤。"克劳迪娅的颧骨上泛起淡淡的红晕。

她闭上眼睛微笑着,仿佛渐渐进入甜蜜的梦乡。

克劳迪娅打起了瞌睡,我握住她的手,思考着如何在她离世前,能极力减少她的人生遗憾,哪怕一种也好。

第三十四章

门口传来了有力的敲门声,肯定是找我有什么急事。我不情愿地松开抱在怀里的毯子,把乔治从我腿边挪开,从沙发上站起身来。

安静了一会儿后,门口又传来了敲门声,每次都是断断续续地敲五下。我真希望自己门上有个猫眼,这样的话,我至少可以做好准备,然后再开门言不由衷地寒暄一番。

一开门,塞尔维出现在我面前,她满脸笑意,腋下夹着一台笔记本电脑。她随便扎了一个丸子头,穿着睡裤和波点袜就进来了,让人觉得很亲近,又很舒服。我们很默契,都觉得已经熟悉到不用在对方面前在意外表了。

"我找到雨果了!"塞尔维说道。"我能进来吗?"

我犹豫了一下。其实我并不是不想让塞尔维进来。说实在的,除了利奥和楼管外,没人来过我的公寓。我很苦恼,因为我深刻地意识到,塞尔维的极简主义风格的公寓,和我的公寓之间有着很大的审美差异。我的公寓里还弥漫着一股猫砂味。

但是我太想知道她的新发现了——尤其是，这件事是我拜托她帮忙调查的。

"当然啦。"

塞尔维赶忙走进来，然后突然停下了脚步。"哇，你的公寓看起来像一个博物馆！"她好奇地盯着架子上摆的罐子、岩石和化石看来看去。"我从来都不知道，原来你对这些东西这么感兴趣。但我一想，你的工作是围绕着死亡开展的，这就说得通了。"

听到这种刻板印象，让我非常恼火。"其实，这大部分都是我外公的，我只是没腾出空来整理。"我呆呆地来回踱步。"要来杯咖啡吗？还是说你想吃点什么？"我的零食柜里能有塞尔维喜欢吃的东西吗？她估计不喜欢吃全麦纤维脆饼和切达奶酪这种东西吧。

"要是能给我来杯绿茶的话，那就再好不过了！这事一会儿再说吧，我先告诉你我打听到的关于雨果的消息。"她拍了拍身旁的沙发，示意我坐下，乔治还在一旁打盹儿，我就紧挨着她坐下了。

塞尔维打开了她的笔记本电脑，脸上带着一抹邪魅的微笑，准备好开始八卦了。"我读大学的某个夏天，曾经跟一个女孩约会过——我还跟她的哥哥约会过，但这是另外一个故事了——那个女孩现在生活在法国，是马赛一家博物馆的艺术史学家。你之前说克劳迪娅就是在那儿遇见雨果的是吧？"

"对的。"塞尔维的约会史太丰富了，我有点跟不上节奏。

她突然夸张地停顿了一下。乔治也被自己的鼾声惊醒了。

"嗯，她能接触到各种公民信息和历史记录，所以我就把他的名字和大概的年龄发过去了。我觉得他应该跟克劳迪娅年纪相仿，1956 年的时候应该在 25 岁左右。"

"应该差不多。"我不想表现得太过激动。"我记得克劳迪娅说过,她是24岁的时候遇到他的。"

"不管怎样,她又继续深挖了一下,最后发现了这个……"塞尔维把她的笔记本电脑完全摊开放到腿上,把屏幕转向我。映入眼帘的是一张黑白照片,照片上是一个年轻男子,顶着一头深色卷发,穿着渔夫毛衣,站在船头。他的下巴左侧有一道疤,粗糙的胡楂被拦腰截断。脚边还依偎着一只毛发乱蓬蓬的杰克罗素犬,这条狗还缺了一条右前腿。

我凑近看了看。"估计这就是雨果吧。"

"这肯定是雨果!"塞尔维翻了个白眼。"马赛找不出第二个下巴上有这样的疤的男人了,这只三条腿的狗也是独一份。而且,不得不说,这个男人穿毛衣还挺好看。"

"你打听到什么关于他的消息吗?他还活着吗?"

"就是这一点才让人抓狂呢!那里关于这个名为雨果·博福特的男人的记录寥寥无几。因为,听好了——"她又戏剧性地停顿了一下。"他1957年移民到了美国。"

"什么?他一直住在这里?"

"是的。所以我就自己深挖了一下。"

"然后呢?"我开始惴惴不安——这已经侵犯到克劳迪娅的隐私了——但是我需要更进一步的了解。

"事实证明,确实有个叫雨果·博福特的,这个人1931年出生于法国,是缅因州林肯维尔登记在册的公民。"塞尔维顿了顿,希望我能明白她的意思。"也就是说,在克劳迪娅去世前,我们或许能找到他。"

"哦,天哪!"

"但就是有一个问题,"她一脸抱歉地说道,"就是……我使尽浑身解数,都没找到他的号码。我倒是找到了一个地址,但这个地址最起码都是十年前的地址了,所以他是不是还住在那儿,我也无从得知。"

我内心的两种声音在打架。"还要告诉克劳迪娅吗?要是发现那个男人一直就在自己身边,她会不会更难受。"

"是的。"塞尔维"啪"的一下合上了她的笔记本电脑。"但这或许会让她好受一点。他们相识一年后,他就搬到了这里,这肯定不是巧合那么简单。说得更直白一点,在雨果搬来这的时间节点,克劳迪娅差点为了他抛弃自己的未婚夫。"

"我想你说得没错,"我咬了咬下嘴唇,"但她的身体每况愈下了——可能也就剩两周的时日了。我不知道应不应该让她经历这些。"

"或者,从另一个角度想想,"塞尔维接着说道,"如果不告诉她这个事实的话,你不觉得是剥夺了她内心的平静和决定权吗?换作是我,我肯定想知道事情的真相。你呢?如果这是你一生的挚爱,你难道不想知道吗?"

"我没资格说这话,"我平静地说道,"我从来没谈过恋爱。"这话从我嘴里说出来,听起来有点可怜。

"话是这么说没错,但是你看了那么多爱情喜剧,也算间接体验过无数次了吧。"

我非常惊讶,塞尔维竟然比我都了解自己。"我得考虑一下。"

我得尽量处理好塞尔维所说的逻辑和伦理道德问题。但是,走散很久的情人就住在附近的缅因州沿海,这听起来真是浪漫到极致的偶像剧情节了——虽然听起来有点老套。

"好吧,别想太多了——克劳迪娅需要做个了结。我的意思是,这不就是你的工作的真正意义所在吗？"

我瞥了一眼笔记本。"这只是其中的一个方面。"

塞尔维站起来，怀着敬畏之心在房间里踱步。"你之前说你外公是做什么的来着？"

"他是哥伦比亚大学的生物学教授。"

"嗯。"她拿起一个标本瓶，聚精会神地盯着里边的外骨骼，像拧灯泡一样，慢慢转动标本瓶上的盖子。"这里的一切都还像他记忆中那样，这很酷，但你有没有考虑过，把这里收拾得更像你自己的风格？说实话，对于一个36岁的女人来说，整个房间看起来有点阴森。"

她的话深深地刺痛了我。"这就是我想要的风格。我从六岁开始，就一直断断续续地住在这儿，我就是在这种环境中长大的。"

"我明白，但说实话，这些都是你外公喜欢的风格，你说是吧？"塞尔维从书架上抽出一本书，读了读书脊上的字。"就比如，你真的读过爱德华·威尔逊的《昆虫的社会》（*The Insect Societies*）吗？"

"并没有，"我回答道，我一呼吸脸就变得涨红，就像未充分燃烧的煤炭见了空气似的，"但总有一天我会读的。"

塞尔维又翻了下白眼。"好吧，我相信这本书里肯定有很多浪漫情节，你说是吧。"她把书放回原处，手指顺着书脊，滑到了我的三本笔记上，然后停了下来。

"《遗憾》……《忠告》……《忏悔》……嗨，这是什么？"塞尔维拿起第一本。

我猛冲进房间。"请不要碰那些东西。"

塞尔维像医生一样审视着我的房间，给我挑毛病，这让我觉得非常无助，而且根本没地方躲藏。这间公寓里的每一个物件都像是一根

223

线，把我和外公紧紧相连在一起。塞尔维每碰一样东西，我都觉得心揪一下，仿佛是在考验这根线到底牢不牢固。

塞尔维把笔记本塞了回去，但没塞对地方，然后就识相地走开了。"不好意思，这是你的个人日记之类的东西吗？"她举起双手示意自己投降。"如果真的是你的日记的话，我肯定尊重你的隐私，你不让我看是应该的。"

"确切来说，这几本并不是我的日记。"我有点强迫症，忍不住把书重新按顺序排好。"这里边记录的是人们临终前说的一些话——你懂的，这应该算他们的至理名言吧。要是有别人看到了这些话，我总觉得是侵犯了这些人的隐私。"

塞尔维点了点头，但她一脸不解地看着我。"但是，那些人已经去世了，没错吧？那他们怎么会知道呢？"

"我会知道。"我瞥了一眼外公的扶手椅，或许我看起来很固执，但我内心坚定地认为我的想法没错。"不能因为没有人在一旁监督就为所欲为。"那些笔记本里记录的文字，都是人们在弥留之际的肺腑之言。我永远都不会辜负他们对我的信任。

我们小心翼翼地对视了片刻，塞尔维突然笑了起来。

"哇，克罗芙，尽管我曾试图动摇你，但你一点都不为所动。真的很让人佩服！真希望我也可以像你一样，一直都这么有分寸。可是，不知道为什么，不按规矩办事好像更……有趣。"

她眨了眨眼睛，走向窗边，用两根手指拨开百叶窗，两片窗叶之间岔开了一个酷似钻石形状的小口，从这个小口向窗外望去，夜色尽收眼底。

"嗨，你知道从这可以直接看到街对面那栋楼吗？"

我尽量让自己的声音听起来很淡定。"哦,是嘛,我还真没注意过。"

尽管我觉得自己应该表现得还算像样,但是我还是觉得我这几天撒谎撒得太肆无忌惮了。

"要是谁家的电视上放《权力的游戏》,我能看得一清二楚。难道我应该警告他们不要把时间浪费在这种烂尾的电视剧上吗?他们可能只是想看那些刺激的情爱场面吧。"

"哈,是啊,也许吧。"

我的双筒望远镜夹在一堆装满动物胚胎的罐子中间,塞尔维一把拿起来,"我们要仔细瞧瞧吗?"

我尴尬到脚趾抠地。她是认真的吗?她是怎么知道这事的?

塞尔维一边晃着望远镜的带子一边大笑。"天哪,你真应该照照镜子看看你现在的表情!"她把望远镜放在窗台上,砰的一声坐到沙发上。"我知道你肯定从来没监视过别人——你可是个大好人!"

当我走过去准备烧水的时候,真是羞愧难当,浑身都不自在。

两个小时后,我躺在床上,大脑一直都在飞速运转,根本没法放空。塞尔维说得对,我应该让克劳迪娅自己做个了结——我知道,如果我不告诉她的话,我会后悔的。我也不想成为罪人,让她抱憾离去。塞尔维查到的这些资料,充其量只能算得上是马马虎虎,一点都不明确。

我想尽一切办法,试图让自己的思绪平复下来。我把枕头翻了个面,让更凉爽那一面朝上。我还做了几组深呼吸。先用英语从1000以7为等差数列倒着数数,又换成日语再来一遍。但我还是睡不着。

我垂头丧气地从床上爬起来,光着脚走到客厅里。

望远镜就放在窗台上，准确地说是塞尔维放在那儿的。或许，盯着茱莉亚和鲁本看上几分钟，我这飞速运转的大脑能够得到一丝丝慰藉。

关灯。开窗。心塞。

虽然已经午夜时分，但他们还没睡——我就知道会是这样。他们俩都是夜猫子。电视是关着的，他们在客厅中间相拥而立，跟随音乐一起舞动。我甚至不用听，就能感受到音乐的律动，因为他们两个人紧紧依偎在一起，臀部和脚步都随音乐而动。

他们两个人沉浸在自己的世界里。

而我，孤身一人。

第三十五章

我跟塞巴斯蒂安之前也偶遇过，真是冤家路窄。所以第二天，在克劳迪娅卧室门口见到他的时候，我一点都不意外。

"嗨，克罗芙。"他的眼袋让他看起来有点显老。

这是上次演唱会结束后，我头一次见到他，内心还是很矛盾。我真希望自己可以有时间整理一下思绪，但我最近老是因为别的事情分心。

"嗨，你来啦。"我关上了卧室门，带他来到门厅。"克劳迪娅今天大部分时间都在睡觉。今早医生来过了，跟她待了很久——具体的细节你可以去问塞尔玛。这周末你家人能来真是太好了。"

"是的，我刚跟我的姐妹们通过电话，"塞巴斯蒂安说道，"他们明晚下班后，就开车过来。"

"那你父母呢？"

"他们周天到，我觉得我父亲一直在拖延，想着能到多晚就到多晚。"

"作为一个儿子，他看不得母亲现在这种状态。"

"我懂。"塞巴斯蒂安稍稍皱了皱眉头。"但这看起来有点自私了,你知道吗?他不到跟前,只是因为他不想处理这件事情。"

"每个人缓解悲伤的方法不一样。"即便如此,塞巴斯蒂安的父亲听起来还是像个浑蛋。

我们静静地站在走廊里,虽然彼此沉默,但没说出口的话却仿佛一直在空气中回荡。之前没有单独约会的时候,事情要好解决得多。但我知道,我必须要解决掉我们两个之间存在的问题。

"塞巴斯蒂安,上次一起喝完酒,走得有点匆忙,我很抱歉。"我一股脑儿都说了出来。"还有上次听完音乐会。"

他双手插兜,耸了耸肩。"没关系的,我知道你想表达什么了——事情可能进展得有点快,我们可以慢慢来。"

我的脑子有点乱,但我唯一能确定的就是,我希望专心陪克劳迪娅走完生命的最后一程,尤其是现在,她已经快油尽灯枯了。"事实上,我觉我们现在最好保持工作关系。我应该把注意力放到你奶奶身上。"

"但是——"

"抱歉,我得走了——我约了邻居。"我飞快地从他身边跑开,向楼梯跑去。我觉得自己简直是个胆小鬼。

"克罗芙,等等。"他抓住了我的胳膊,但马上又松开了。

我转过身去,双手条件反射似的别在身后。"怎么了?"

"谁是雨果?"

我的心情像坐过山车一样,啪的一下跌入谷底。"什么?"

"我听你跟奶奶提起过一个叫雨果的人。这听起来……应该是很私密的事儿吧。"

我紧张到胳肢窝都湿透了，我在考虑要不要告诉他这件事情。我好像已经习惯性地对塞巴斯蒂安说谎了，但这或许是一个可以弥补他的机会。而且，我并不想让他觉得，我不想跟他进一步发展是因为别人。

我紧紧盯着他的眼睛，外公教过我，坦白事情的时候应该盯着对方的眼睛。

"上周我们一起翻看了你奶奶的旧照片，我发现了一张这个男人的照片，当时你奶奶还在法国生活。

"他是谁？"

"我不确定应不应该告诉你——但他是……"我把声音又压低了一度，"她的情人。"

"什么？"塞巴斯蒂安大吃一惊，他示意我跟他到大厅那儿，然后悄悄问我，"怎么会这样？她去法国的时候，不是已经跟我爷爷订过婚了吗？"

"是的。"

他使劲摇了摇头，仿佛这样做就能改变事实一样。"哇，我的意思是，我知道爷爷不忠——他道德才没这么高尚呢——但我没想到，奶奶竟然也……"他似乎对这件事耿耿于怀。

"很显然，她真的很爱那个男人。她甚至想过留在法国不走了，而不是回家跟你爷爷结婚。"

"难怪他们的婚姻一点都不幸福。"塞巴斯蒂安挠了挠后脑勺，思绪有点混乱。"但我想，这应该能让我更了解她一点。"

"其实远不止这些。"我觉得话都说到这儿了，不如打开天窗说亮话，把剩下的一切都告诉他。

"哦，天哪，你可别告诉我，他们还悄悄生了个孩子什么的？"

"那倒没有。"看来他脑子里想象到的比我接下来要说的还离谱。"我们查到，这个叫雨果的男人，20世纪50年代末的时候移民到了美国。他现在可能还住在缅因州的一个小镇上。"

塞巴斯蒂安满脸都写着"怀疑"两个字，根本藏不住。"你是怎么知道这些事情的？"

我内心的愧疚感越来越强烈。"我告诉了我的邻居塞尔维，因为……"我努力地想解释我为什么这样做。因为觉得有趣的东西要跟朋友分享？"因为这个故事听起来太浪漫了。"这看起来并不能成为我泄露别人隐私的理由，但这是我唯一能想到的借口了。"而且，她是一个艺术史学家，能接触到这方面的信息，所以我就拜托她帮我调查了一下。"

"所以，你想说什么？"

"关键是，尽管克劳迪娅非常感激你和你父亲所做的一切——非常感激孙辈们给她带来的欢乐——但她告诉我，雨果仍是她一生的挚爱。她还是有点后悔，当初没说出口。"

塞巴斯蒂安眉头紧锁。"我明白了。"

"我知道这可能会让你难以接受，但是我在想，或许我可以试着联系他一下。"

塞巴斯蒂安好奇地歪着头，虽然他依旧眉头紧锁。"你有他的电话号码吗？"

"很遗憾，并没有，但是我们找到了一个林肯维尔小镇的地址。"

他把手插回到口袋里，"那你打算怎么办？"

我的想法听起来很荒谬吗？这个想法是几个小时前，突然间从脑海里冒出来的。我承认，我可能考虑得不是很周到。"既然你的家人这周末也要来，或许……"

"嗯？"他有些不耐烦。

"或许我可以开车去缅因州探一探究竟，看看能不能找到他。"我一直在盯着地毯上的花纹图案。

塞巴斯蒂安摘下眼镜，用衬衣下摆擦了擦。他不戴眼镜看起来有点奇怪——我现在觉得他没那么像个教授了。

"开车到那儿要多长时间？"

"七个小时左右。我一早就出发，第二天再回来。"

"如果你真的找到他了，你有什么打算？"

"我也不确定。"我觉得有点尴尬，因为我还没计划得那么长远。"我路上的时候再想想。但如果我真的找到他了，或许可以让他跟克劳迪娅通个电话——如果双方都愿意的话。"

"我不知道，这件事情似乎有些棘手，尤其对我的家人来说。"

"好吧，我明白。"那是他的奶奶，他得做决定。我不该掺和这件事的，是我太冒昧了。"别放在心上，我这个提议听起来就有点欠考虑。"

"我实在想不明白。"他又戴上了眼镜。"我从来没见过奶奶这一面。我能再考虑考虑吗？"

"当然可以啦。"我说道，终于松了一口气。"反正我也该回家了，我们晚点再聊吧。"

我匆匆下楼，心里在盘算着各种可能性。我依然可以背着他偷偷去找雨果。走在人行横道上的时候，我已经开始在谷歌上搜租车的价格了，尽管找到雨果的希望很渺茫，但我一想到这件事，肾上腺素就开始飙升。塞尔维肯定也很兴奋。

"克罗芙，等一下。"

我抬起头，看到塞巴斯蒂安正在关门，这栋连体别墅的前门有点沉。

我把手机塞回口袋里，希望他没发现我已经决定跟他对着干了。

"嗯？怎么了？"

他走下门廊，声音压得很低。"我觉得你应该去——我觉得你应该去缅因州。"

我心里七上八下的，"真的吗？"

"是的。"他说得很坚定。"如果真的有办法能让奶奶找回内心的宁静，我们至少得试一下吧。她也应该得到属于自己的幸福。"

"太好了！"我差点冲上去抱住他，但我还是忍住了。

塞巴斯蒂安的眼神里闪过一丝兴奋，"我跟你一起去。"

第三十六章

我站在宠物店的零食区，一时间不知道买什么。莱昂内尔是喜欢海鲜拼盘，还是喜悦猫咪零食来着？它可是一只善变的小猫咪，有可能这俩都不喜欢。

我不能在这上边浪费时间了。塞巴斯蒂安明天一早就来接我，我得赶快回家收拾行李了。我拿起海鲜拼盘，还给乔治拿了一些肉干，给罗拉拿了一个可以叮当响的章鱼玩偶（它跟我们不一样，它不喜欢吃东西）。这些东西能在接下来的 48 小时里分散它们的注意力，让它们不要一直想到我不在家这件事——但愿利奥不介意帮我遛几次乔治。不过话说回来，利奥最近走路走得很慢，看来我得问问塞尔维有没有空。反正乔治和她都很喜欢对方。

我匆匆跑去自助结完账，没空听收银员寒暄。结果最后因为一个矮壮的男人和他的圣伯纳犬耽误了时间，他们尝试推旋转门，但是没推动。尽管逻辑上来说根本行不通，但他们还是在不断尝试。我就踮着脚在旁边等，尽量不盯着他们看。

结果他们试了四次才成功，我也跟着走了出来，又突然停下了脚步。

隔壁的咖啡馆门前站着一个女人，她弓着腰，穿着驼色的大衣，在看手机。

是茱莉亚。

我们之间就隔了几英尺，我现在才意识到，我用那个有几十年历史的双筒望远镜观察的时候，漏掉了多少细节：她颧骨上有一点点雀斑，下嘴唇很丰满，也有一点点鹰钩鼻。我仿佛只见过2D版的她。

她是在等鲁本吗？正当我四处寻找藏身之处的时候，内心泛起一丝恐慌。看来我只能藏在邮筒后面，我站得离茱莉亚很近，动的幅度稍微大一点，都很容易被茱莉亚发现，那样的话还不如不动。我紧紧攥着手里装零食的纸袋，努力放轻脚步，内心一直在祈祷她能专心玩手机，这样的话，我就能悄悄溜走了。

纸袋的角上有个洞，我也没发现，给罗拉买的章鱼玩偶正好从这个洞里耷拉下来，晃来晃去，最后掉到了茱莉亚身旁的人行横道上。

本来在低头玩手机的她，被铃铛的响声吓了一跳，然后抬起了头。她看到了脚边那只荧光粉色的章鱼玩偶，弯下腰去捡了起来。

我愣住了。她把玩具递给我的时候，那眼神仿佛认出了我是谁，但我也不确定我猜得对不对。

"我的猫也有一个，"茱莉亚说道，这证实了我之前的观察，"我敢打赌你的猫也会喜欢的。"

我松了一口气，从她手里接下玩具，然后挤出了一个微笑，希望这个微笑别吓到她。"哦，谢谢——希望如此吧……我的猫有点挑剔。"

茱莉亚笑得很灿烂，露出了她那排不怎么整齐的下牙——这个细节我之前从来没注意到。她又低下头继续玩手机了。

我以为自己会像百米冲刺一样迅速离开这个街区，但是并没有，我还是按正常的步调走着。但是走到拐角处的时候，我并没有转身，而是假装停下来系鞋带，这样我就可以再偷偷回头瞄一眼了。

茱莉亚在向街对面的一个人招手。

我屏住了呼吸——以为自己终于不用隔着层层玻璃，就能目睹鲁本和茱莉亚合体了。这么说吧，在室外看现场直播。

但是当画面徐徐拉开帷幕的时候，我的大脑就像慢放了一样，很难把那些不相干的碎片拼凑在一起。那个从街对面朝茱莉亚走来并献上深情一吻的人，我绝对认识。

但那个人不是鲁本。

是塞尔维。

突然，我觉得外套穿在身上很燥热，紧紧箍在身上，就像隆冬时节百货商店的集中供暖一样令人窒息。刚才我还没注意到人行横道上的电钻在嗡嗡响，现在觉得耳膜都快被它震穿了。

我想都没想就跑开了。

我冲进家门，径直走到窗前，乔治、罗拉和莱昂内尔一脸惊恐地看着我。我重重地拉下百叶窗，一点都不想知道对面公寓里发生了什么。当我瘫倒在沙发上的时候，感觉从心口窝到消化道都火辣辣地疼——之前也有过这种感觉。

背叛。

茱莉亚和鲁本是我的情感支柱。他们的言谈举止和日常生活中，无不透露着对彼此的爱意。是他们让我相信，屏幕之外的现实世界里，也有如此真实浪漫的爱情。而这一切只不过是个谎言。

更让我伤心的是，这一切都发生在我信任的人身上。我向塞尔维吐露过太多真情——我对爱情的恐惧，我从来没有过性生活的尴尬，我和塞巴斯蒂安的吻。这些事我本来都深深藏在心底。但是她什么都没跟我说过。我甚至都不知道她有新恋情了。这算哪门子的友谊？

我把手掌贴在额头上，真希望可以把今天看到的一切从我的记忆中删掉。但是坐在那一动不动，只会让我更加焦虑。我开始在客厅里绕圈踱步，全然无视宠物们担心的神情。

我不知道还有什么好法子能让自己平静下来，只好做了自己最熟悉的一件事。我关上了自己的情绪开关，把所有事都抛在脑后，直到感觉自己渐渐麻木。我把注意力重新聚焦在自己能掌控的事情上：帮克劳迪娅找到雨果。

我把外公的皮质旅行袋从衣柜最上面拽了下来，开始往里边扔衣服。这个包已经饱经风霜，而且个头太大，根本塞不进飞机座位顶部的行李架。包的一侧印有外公名字的首字母，虽然已经很多年没旅游过了，但是每当我拿起这个包的时候，就好像外公还陪在我身边一样。外公的低语充满了智慧，这些智慧仿佛深深缝进了皮包结实的缝里。我现在非常需要这样的智慧。

我的手机闪了一下，是塞巴斯蒂安发来的短信。他在最后关头才订到一辆租赁车，明早八点来接我，下午早些时候，我们就能抵达缅因州了。

现在，至少有个人可以让我依靠，但这个人是我万万没料到的。

我又等了一个小时才去找利奥，拜托他在我出门这段时间帮忙遛一遛乔治。我才不会去求塞尔维呢。这让我很尴尬，我以为我们算得上好朋友。我一直努力地让自己不犯普里亚那样的错误。

"你还好吗，孩子？"我站利奥门口的时候，他担心地皱起了眉头。"你看起来有点焦虑。"

"当然啦，我没事。"我强颜欢笑道，"就是此行有点匆忙，我得在短时间内收拾好很多东西。辛苦你在我出门的时候帮我照顾一下乔治，就一个晚上。"

"最好是这样——我们还约好下次一起玩游戏呢，你可不能缺席。"

"永远不会。"

我细细品味着利奥关门时咯咯的笑声。还好，这还是我熟悉的感觉。

我刚走到一半，就听见楼上传来了脚步声。

该死。我该等一个小时再回来的。

"嗨，克罗芙，很高兴见到你！"塞尔维的语气还是一如既往的热情，以前听到这种语气，我都感觉心灵受到了抚慰，现在听到却让我觉得胸口疼。我得好好学习一下如何消解这种情绪。

"嗨，塞尔维。"我尽量让自己的表情不带任何情绪。

她手里拿着一个信封。"这封信不小心放到我的邮箱里了。我看像张支票，想着你迟早会需要它的。"

"谢谢。"从她手里接过来的时候，我避免跟她产生眼神上的交流。

"我太想知道雨果那事的后续了！"她非常随意地靠在我门前的墙上。"你会去找他吗？"

"我明天要做的第一件事就是和塞巴斯蒂安开车去缅因州。"我现在只想冲进家门，然后把门关上。

"和塞巴斯蒂安一起？不会吧！我等不及了，快跟我说说。"塞尔维咧嘴一笑，"嗨，我刚从那个傲慢的酒保那买了一瓶上好的添普兰尼洛葡萄酒。要不要下楼喝一杯，顺便再跟我聊聊？"

"不太行，我得收拾行李，明天还得出门呢。"我拖着沉重的脚步走进家门。"塞巴斯蒂安明天一早就来接我。"

"好吧，没事。"她一边说着，一边从墙边走开了。"但你至少能告诉我，你为什么表现得这么奇怪吧。"

我摆弄着表带，想找个借口搪塞过去。"你什么意思？"

"好吧，"她的语气既严肃又带着一丝开玩笑的意味，"那就从你不想跟我有眼神上的交流开始吧。"

我强迫自己跟她对视。但是当我这么做的时候，我又想起她和茱莉亚拥抱的画面，内心的背叛感又开始爆发。塞尔维怎么会插足两个如此相爱的人呢？

我缓缓地深吸一口气，努力咽下自己悲伤的情绪。

一点用都没有。

"你怎么能插足茱莉亚的婚姻呢？"我的音调高得吓人。我希望利奥把电视声音再调大一点。"她和鲁本那么幸福，这么多年来一直都很恩爱。"

塞尔维很疑惑，她皱起了眉头。"茱莉亚是谁？"

"今天下午和你在咖啡馆外面亲热的那个女人。"我的脸通红，但我也顾不上了。"我看见你了。"

塞尔维脸上的表情，先是难以理解，然后变成了怀疑。"我吻的那个女人叫布里奇特（Bridget）。"

哦对，茱莉亚是我给她起的名字。从我第一次暗中监视他们家的时候，就给她起了这个名字。

塞尔维很好奇，把头一歪。"你怎么知道她结婚了？"她双臂交叉抱在胸前。"你为什么关心这个？"

羞耻感在我身体内涌动，起初只有脸涨红，现在蔓延到了脖子。我意识到自己是多么可笑。但我已经回不了头了，我已经在塞尔维面前卸下伪装了。

所以在那一刻，我能做的就是，后退一步，关上门，瘫倒在地板上，陷入我自己制造的情感混乱中。

第三十七章

闹钟还没响我就起床了，因为我昨晚根本没睡着。昨天塞尔维和茱莉亚（好吧，我们严谨一点，布里奇特）那事搞得我有点崩溃，我一整晚都在来来回回想这件事。

昨晚没睡好，弄得我有点反应迟钝，抱乔治下楼排便的时候，我甚至用手把它的腿抬起来强迫它小便。虽然塞尔维应该不会醒得这么早，但走到她家门口的时候，我还是屏住了呼吸。

我昨天在她面前那么失控，最后还摔门了，她肯定觉得我疯了。仔细回想一下，我当时的反应确实太夸张了，甚至可以说有点幼稚。但是，我还是很担心塞尔维插足这事，人家夫妻俩明明那么恩爱，但她确实喜欢不按规矩办事。至少我还能清净48小时，然后再回来跟她掰扯——谢天谢地，我还能找个借口逃避一阵。

挎上皮质旅行袋以后，我最后又回头看了一眼我的客厅。仔细回想一下，我已经很久没出去旅游过了，那股瘾劲又上来了。至少得五年没出去旅游过了，上一次还是在费城的时候，是周末的时候去看了一次博物馆关于火葬堆的展览。我好怀念旅行时自由的感觉——用眼睛丈量世界，用心体验大自然的魔法，用智慧解码人的奥秘，与此同时，还能享受自己那份孤独。旅行对我的浸润和滋养，是其他事物所不能比拟的。

我赶到楼下的时候，比塞巴斯蒂安说的时间还早了一分钟。25分钟后，他开着租来的雪佛兰斯帕可来了，车子停在了楼下。

他把车窗摇下来向我招手。"抱歉，我早上真的起不了那么早。"

"没关系的。"我撒了个小谎。他根本不重视准时这件事，我真的很生气。也可能是塞尔维那事搞得我有点敏感——算了，至少他到了。"谢谢你来接我。"

"客气啦。"塞巴斯蒂安把手伸到方向盘下边，按了按后备厢的开关，然后抬了抬下巴，示意我把包放到后备厢里。"我后备厢应该还有空，你看看我行李箱旁边那块地，能不能塞得下。"

他的行李箱简直比机舱还大，我使尽浑身解数，想把我的包塞到旁边，然而他就只是在那从后视镜里看着我。（他难道想在外边待好几晚？）我试了好几次，都没能把我这个又大又笨重的包塞到他的行李箱旁边，我放弃了，把包扔到了后座上。坐到副驾驶后，我看到塞巴斯蒂安跟我一样，头发都乱糟糟的，这下我就放心了。

车子离开曼哈顿的地界以前，我们一句话都没说，就这么安静地坐着。塞巴斯蒂安没主动找话题，他估计也很累——或许他跟我一样，想起昨天在克劳迪娅那儿的对话就觉得尴尬。

困意退去以后，我就拿出书开始看。或许这有点不礼貌，但是他让我在楼下等了将近半个小时，这也说不过去吧。

"哇，你能在车里看书？"塞巴斯蒂安开始喋喋不休。"这对我来说可望而不可即。我晕车晕得很厉害。"

"抱歉,这听起来真让人难过。"看书打发时间是我旅游的时候最喜欢干的事情。

阳光似乎有点刺眼,他调了调遮光板。"也算不上可惜。我也不是很喜欢看书——说实话,我看书的时候会感觉很孤独。"

这一新发现,让我脑海中的某些幻想破灭了。我以前幻想的是,要是他是潜在的约会对象,我们可以一起散步,一起逛二手书店,互相推荐书,然后互相依偎着躺在床上看书,但现在估计没法实现了。

"你睡觉前都不看书吗?"

"不看,我一般都是看着看着电视就睡着了。"塞巴斯蒂安瞥了一眼高速路两侧。"嗨,前边有一家星巴克得来速(汽车穿梭餐厅)。我们去买杯咖啡吧。"

我们前边还排了一辆车。

"你的咖啡要加奶加糖,对吧?"塞巴斯蒂安问道。

我又开始生气了。"黑咖啡,谢谢——不加糖也不要奶油,滴滤的就行。"他之前在克劳迪娅那儿给我做过好几次咖啡,他现在就不记得了吗?

但是,我怎么会因为这种事心烦呢?

自驾三个小时后,我们深入马萨诸塞州的腹地,真希望能跟早上一样,因为尴尬,所以一句话也不用说。

塞巴斯蒂安开始很详细地跟我描述他之前看过的一个关于大豆种植的纪录片,我一个字也听不进去。我很确定,我从来没说过我对大豆感兴趣。两个人长时间一起待在一个密闭的环境里,让我有点紧张,他估计也是这样吧。所以我也不追究这事了,就偶尔点点头,嗯哼两声表示赞同,假装自己听得很投入,看起来也很有礼貌,但是也不接话茬儿,这样他就不会继续往下讲了吧。至少这样能让我保持清醒。就不会分心去想塞尔维那事了。但是我们已经走了这么久了,他还在喋喋不休,我还得时不时地回应他,到底什么时候才是个头呀!

上路3小时47分之后,他终于开口了——吓了我一跳。

"要不要听个播客?"他从中控台上拿起了手机。"我昨天晚上下了几个新播客。"

"好主意。"我尽量让自己的语气听起来不像是如释重负。

他把手机递给我。"这里边有很多。我还挺喜欢听播客的——我宁愿听别人说,也不愿意自己一个人默默地思考。你懂那种感觉吧?"

我不太懂。过去十年里,大部分的时间我都是在独立思考。"说实话,我一直都听不进去播客。我总觉得像是有一个很讨厌的声音,一直在我脑海里喋喋不休。"有点像跟一个一直在说话的人一起旅行。

播客列表就像一扇窗户,带我走进塞巴斯蒂安的内心世界。他订阅了几个古典音乐的播客,还有一个是教过敏的人如何管理生活的,还有几个关于经济和加密货币的。滑到美国国家公共电台某档节目上的时候,我停了下来。

"就听这期讲临终遗憾的怎么样?跟咱们这次旅程的主题很搭。"

塞巴斯蒂安咧嘴一笑,"哈哈,我就猜到你会喜欢这一期——我特地为你下载的。"

我本来还像热水壶里的水一样,气得冒泡,结果听到这话气都消了,就好像有人把电炉关掉了一样。这个举动真的让我疯狂心动。

"谢谢,你人真是太好了。"这些年来,几乎所有临终遗憾我都听遍了，但我还是很好奇，会不会有什么我笔记本上没记录过的。

"在我去死亡咖啡馆之前，听过很多关于死亡的播客……想先入入门。"塞巴斯蒂安一边眯着眼睛看路一边说道。"一开始的时候，我觉得听这种播客简直是在受刑，所以每次只能听几分钟。我猜是因为这种播客让我不得不直面自己对死亡的恐惧。"

我把他的手机连上 USB。"关于死亡，你最害怕的是什么？"我不介意开启一段关于死亡的对话。

"确切地说，我也不知道。"塞巴斯蒂安动了动搭在方向盘上的双手，拇指不自觉地敲击着方向盘。"我猜是因为，死亡是一切的终结吧。"我引导他继续思考。我相信，不用提示，他也能继续往下说，"就像是，小时候，每次睡觉前我都会陷入对死亡的恐惧当中。一开始，是因为在主日学校（Sunday School）体验到了那种罪恶感，你懂的——我会想，做了这些事我还能进天堂吗？我也可能一辈子都在搞砸各种事情，我真的很害怕。生活中的条条框框太多了。"

"是的。"一想到还是一个小朋友的塞巴斯蒂安吓得缩在被窝里，我便不禁心生同情。

"然后，到了 18 岁的时候，我决定不再相信上帝了，但是我内心的压力似乎并没有像预期一样，得到真正的缓解。"他的手握紧方向盘的时候，关节那一块一点血色都没有，白得发光。"因为每次我一想象死亡的时候，都会代入我自己，然后就会把自己吓得不轻。你明白那种感觉吗？在这永恒的大千世界中，我将不复存在。最后，等所有认识我的人都与世长辞了，我就会被这个世界永远遗忘。我心里的孤独感便油然而生。"

他能很好地表达自己的恐惧，这让我印象深刻。"你之前跟别人聊过这个话题吗？"

"问题就在这儿。"塞巴斯蒂安无助地望着我。"小时候每次害怕的时候，我都会跑到父母的卧室，告诉他们，我真的非常害怕死亡这件事。然后我爸爸就会告诉我，男子汉要勇敢，然后就让我回床上睡觉。"

我很好奇，为什么父母可以这么轻描淡写地回应死亡这件事，让孩子自己在心里默默害怕。

"你们家从来没讨论过死亡这个话题吗？那你爷爷去世的时候呢？"

塞巴斯蒂安摇摇头，"我们家是那种典型的新教徒家庭——禁欲是我们的日常，但我们家已经到了否认自己的情感的程度，我们为自己的虔诚引以为豪，从来都不会讨论自己的感受，更别说去看医生了。我的意思是，他们肯定会讨论葬礼、遗嘱等这些事该怎么办。但是事后，我们再也没聊过了，也没聊过爷爷去世对他来说意味着什么。"

我顿了一下，一辆旅行车突然超到我们前边。"你觉得对你爸爸来说，失去自己的父亲，对他有什么影响？"

塞巴斯蒂安变道提速超过了前边那辆车。

"光看他表现出来的，你会觉得这事对他没什么影响。葬礼上，他甚至一滴泪都没掉——整个仪式期间，他只是直勾勾地盯着前方，然后尽了一个儿子应尽的义务，感恩所有到场的客人，感恩一切。"他又搓了搓方向盘。"守灵结束以后，客人们渐渐散去，我看到他一个人坐在书房里，什么也没干，只是在那儿发呆。我走进去问他是否还好，他转过身来，非常平静地跟我说，'当然啦，我能有什么事？'我们关于死亡这个话题的讨论，就仅限于此了。"

男人们遇到悲伤的情绪向来如此。难怪塞巴斯蒂安会一直与死亡作斗争。

他耸耸肩膀，想摆脱掉这种情绪。"估计你也不想听这些事。"

"不，我想听。"老实说，他能向我敞开心扉，我感觉有点受宠若惊。现在感觉我们俩的关系又近了一步。车里的氛围更放松了。

我们对视了片刻，虽然时间很短，但还是能够感受到他内心的沉重。

"好吧，我记得小时候，我会问我父母一些问题，"塞巴斯蒂安继续说道，"像是我们为什么会死这种问题——我的父母就只会告诉我，这个话题不太适合讨论。然后我去问老师，老师也会觉得不舒服，让我回家问父母。我唯一一次真正有机会谈论死亡这个话题，是在主日学校里，学习的内容是，在你活着的时候要多做好事，这样才不会下地狱。但很显然，这只会让一切变得更糟。"我挪了挪屁股，侧过身来。

"这是你开始去死亡咖啡馆的原因吗？"

"是的。我第一次去死亡咖啡馆其实是一个巧合，当时我正在一个餐馆……约会。"我们默契地盯着前边的路。"那一次的死亡咖啡馆，在餐馆后面的一个房间里举行，我是在去厕所的路上，偶然间听到了他们的讨论。然后我就问主持人，下次我能不能也参与其中。一开始，我都是一言不发，因为我害怕讨论死亡这件事。就好像只要我大声讲出这件事的话，死亡就会离我越来越近一样，或者其他类似的愚蠢的想法。但当我听到每个人讲述自己来到死亡咖啡馆的原因的时候——大家都能把它当作一个平常的话题讨论的时候——我真的觉得自己好像没那么孤独了。"

虽然死亡咖啡馆也缓解了我的孤独感，但跟塞巴斯蒂安的理由可谓天差地别。

"嗯，死亡确实是一件很正常的事情。"我说道。

塞巴斯蒂安僵住了，他刚刚放下的戒备心又提了起来。

"对你来说，或许是这样，但是对于我们其他人来说，可就不一定了。"他挤出一丝笑容。"你能够很坦然地接受这件事，这很酷，但是你不觉得，死亡这件事一点都不普通吗？我身边认识的人，都不愿意讨论死亡这个话题。"

他的话像是在我的伤口上撒盐，塞尔维对我公寓里的东西指手画脚的时候，我也是这种感觉。他又再一次提醒我，我跟这个世界格格不入。我仿佛是一个怪人。

看到一群大雁从高速公路旁的野地里飞起来，我并没有打破车里沉默的气氛，当然有一部分原因是出于报复。然后我又拿起他的手机，"我们要不要听听播客？"

"当然——你放吧。"

这一次，他好像很开心不用一直讲话了。

我按下了播放键，然后在座位上坐好，接下来的四十五分钟里，我可以一句话也不说，这真让人开心。

第三十八章

美国国家公共电台这期播客聚焦有"濒死体验"的人，讲述他们面对死亡时心底的遗憾。其中大部分遗憾都是《遗憾》笔记本中反复出现的主题——人们希望自己别把时间都浪费在工作上，多去爱，多去冒险，跟着自己的心走。可惜，遗憾是人之常情。对于一些人来说，濒死体验是一记警钟；对于另一些人来说，濒死体验不过是过眼云烟。毕竟，江山易改，本性难移。

这一期播客的片尾曲响了起来。还没等下一期开始播放，我就伸手按下了暂停键。扬声器刚一安静下来，塞巴斯蒂安就发话了。

"我猜，里面提到的大部分遗憾你以前都听过吧，嗯？"

"也就几个吧。"我不想让他觉得我在沾沾自喜。

"你听过最离谱的遗憾是什么？"

望着车窗外一闪而过的松树，我开始细细回想我这么多年来记录下的所有遗憾。

"有位女士曾经说过，没奢侈一把，买下电视广告里天天在卖的昂贵洗碗皂是她最大的遗憾。"虽然我没有透露海伦娜的关键细节,但我还是觉得有点内疚,愧对了她对我的信任。我向自己保证,这周一定花大价钱买一瓶高档环保洗衣液,是为将功补过,也是为纪念她。我很喜欢这款洗衣液的香味,是薰衣草和铃兰的混合香。

塞巴斯蒂安略带嘲弄道:"如果这就是她这辈子最大的遗憾的话,那她肯定过得很好。"

"我觉得是因为她一生都在省吃俭用,从来不把钱浪费在这种简单的乐趣上。"我在为海伦娜打抱不平,她留下了那么多遗产。"她去世的时候,银行里还有一大笔存款,但是她自己从来没花过。"

"但是至少她能把这些钱留给家人,不是吗?"

我在想,他可能想到了克劳迪娅。"事实上,她去世的时候已经九十五岁高龄了,一辈子没结过婚,所以也没有什么家人了。我想她最后应该把钱都捐给慈善机构了吧。"

"天哪,"塞巴斯蒂安把眼镜往鼻梁上推了推,说道,"那也太惨了,一旦去世,岂不是无人怀念?"

"这样的人比你想象中多很多,"我平静地说道,感觉自己的肚子遭到了一记重击。

"所以,大部分时间,就只有你跟将死之人待在一起吗?"他吓得打了个寒战。"要是我的话,我可办不到。"

"如果我不跟他们待在一起的话,那他们只能孤独死去了。"外公的旅行袋就放在后座上,我下意识地伸手摸了摸。

"你一天到晚都陪着将死之人,多少有点奇怪。"塞巴斯蒂安的语气变了。一个小时以前,他语气中的脆弱感和我感受到的亲密感已经荡然无存。我们的距离还跟一个小时以前一样,还是几英尺,但我却感觉我们之间渐行渐远。

"我觉得，陪他们走完生命的最后一程是我的荣幸，"我的声音带着一丝颤抖，"有时候，这种感觉真的很美好。"

他开始不安起来，拇指又开始不自觉地敲着方向盘。

"美好？何以见得？"他很不安，音调也不由自主地高了起来。

"嗯，我会安排临终关怀合唱团（threshold choir）给一些将死之人表演，尤其是那些喜欢音乐的将死之人——合唱团在临终人的病榻前歌唱，帮助我抚慰他们。"想必塞巴斯蒂安对于音乐的力量也深有感触吧。"音乐仿佛能够治愈灵魂，让他们瞬间平静下来，这种力量真的太震撼人心了！"

塞巴斯蒂安的眉头稍稍舒展开来，"音乐当然有治愈的力量。"

"即便没有音乐，人们在临终前也能获得这种平静。你在日常生活中压根看不到这种平静——他们似乎不再紧紧抓住外物不放，终于做回自己。我希望每个人都能早点明白这个道理。"

"但是……"塞巴斯蒂安双唇紧闭，随后摇了摇头，"算了。"

"别算了呀，你刚才想说什么？"或许再鼓励他一下，他就能再次对我敞开心扉了。

他一边专心看路，一边调整了一下坐姿。"克罗芙，我不是想故意找茬儿，但是你有时候给人一种说教感，还有点虚伪。你见过那么多生死离别，也学了那么多道理，但是如果你不打算学以致用，那么学再多道理又有什么意义呢？"

短短五分钟内，我的肚子又遭到一记重击，"你这是什么意思？"

"话说，除了利奥那个老头，你没什么朋友吧？我听你跟奶奶说过，你也没谈过什么恋爱。我敢打赌，假如你明天就死了，你肯定会带着很多遗憾离世。"他使劲咽了口唾沫，目不转睛地盯着前方，硬着头皮等我回答。我快气炸了。

外公常常对我说，要回应，不要回击。但是此时此刻，我只想回击。

"一直谈恋爱也好，没谈过什么恋爱也罢，跟过得好不好没关系吧。"我突然意识到自己的语气很无礼，跟昨天对塞尔维说话的语气如出一辙。"其实，我想说恰恰相反。我怎么感觉，你一直谈恋爱只是为了摆脱独处呢，可不是没空静下心认清自己了呢。"

一辆卡车从我们车旁疾驰而过，震耳欲聋的喇叭声像是给我刚才的话收了尾。我们肚子里都憋了一股火，谁也不想跟对方说话。

"至少我知道爱一个人是什么感觉。"他转过身来看着我，语气非常生硬。"你永远也体会不到那种感觉。选择独处和根本不让人靠近，这两者一个天上一个地下好吧。"

他最后这句话，虽然很短，但却深深地刺痛到我了。突然间，我感觉车里越来越逼仄。我一分钟也待不下去了。

透过挡风玻璃向外望去，我隐隐约约看到一个加油站。

"请靠边停车。"我说道。

"什么？"

"请、靠、边、停、车。"在我印象中，这应该是我第一次朝别人大喊大叫。

塞巴斯蒂安拐进了加油站，慢慢减速停车。我下了车，笨拙地从后座拿出了我的行李。

"克罗芙，你这是干什么？"塞巴斯蒂安说道。

"我自己想办法回纽约。"

我"砰"的一声把门关上，头也不回地走了。

第三十九章

那是一个周三,我收到了外公去世的消息,那天还是我二十三岁的第三天。我当时还在柬埔寨的一辆公共汽车上,那个双人座上挤了三个人,除了我还有一对身材高大的男女。过道里有一笼活鸡,我只能把行李箱放到膝盖上。这辆车从南部的茶胶省(Takeo)开往首都金边,当时正行进在一条狭窄蜿蜒的小道上,一直在吱嘎吱嘎响。在过去两个小时里,整个车厢就像俄罗斯方块一样,边边角角都塞满了东西,每个人只能在夹缝中寻得一处落脚的地方。汗水顺着眉毛流到了脸上。车厢里一点新鲜空气都呼吸不到,实在太闷了。我悔不当初,为什么不再多花点钱买张空调车的票。车厢里本来温度就高,还混杂着鸡屎味和难闻的体味,真是太"上头"了,我已经恶心到犯迷糊了。我现在唯一能做的,就是集中注意力来呼吸。

我在柬埔寨已经待了两个月了,来这儿是为了学习柬埔寨佛教中的丧葬习俗,这趟曲折的旅程将为我的柬埔寨之旅画上一个句号。我订了周四从柬埔寨飞新加坡转机再回纽约的机票,这样我就可以按时到家，周日跟外公一起吃早饭了。

外公在身边时，我总感觉很安心。我已经有快一年的时间没有这种感觉了，十分怀念这种感觉。

去柬埔寨之前，我一直在巴黎的索邦大学写我的硕士毕业论文，论文主题是死亡学。我的小行李箱里装的不是衣服，而是一沓又一沓的笔记本，我将自己的旅行见闻全记在了上面。我每天都掰着手指，数着日子，盼望着回家拿给外公看。脑海里已经想象出那幅画面了：他一边若有所思地搅拌着咖啡，一边不疾不徐地研究着每一页上的内容。

他去世的几天前，我们还通过电话，当时巴黎时间是周一上午，纽约时间是周日晚上。我偷偷爬下床，溜出宿舍，走到公共区。公共区的角落有一个小板凳，上边放着一台老式转盘电话机。一天中只有上午这个时间段，我才能安安静静打个电话。阳光透过窗帘洒了进来，让我想起了我们在纽约的公寓。

"克罗芙，宝贝外孙女——我刚才还在想，你都一个多月没联系我了。"

电话的信号不是很好，外公的男中音也听起来不是那么响亮了，我真的好想他。

"外公，抱歉啦。"我说道，听到他的声音，我安心多了。"我应该早点打电话给你的。"

虽然信号不好，但是外公浑厚的笑声还是逗得我咯咯笑。"我猜你的小脑瓜里装了太多东西，都没空想外公了吧。"

"我一直在想你呀——虽然我没有经常打电话告诉你。"过去一年间，我一直醉心于探索世界，所以没有频繁给他打电话。

"没事,宝贝外孙女。你没联系我,说明你在外边过得很好。知道你过得好,我也就放心了。"

我闭上眼睛,脑海里浮现出这样一幅画面:他坐在那个绿色的扶手椅上,跷着二郎腿,台灯下放着一杯热气腾腾的咖啡,在灯光的映衬下,咖啡冒出的热气仿佛在翩翩起舞。

"来吧,"他继续说道,"跟我说说,你在柬埔寨都学到了什么?"

我把电话换到另一只耳朵,想让自己舒服点。"这里跟西方完全是两码事。"

"啊,对了,还有佛教徒,他们认为人在死后会转世轮回。"

"没错,临终前的仪式对下一世的重生至关重要。"

"有意思——说来听听。"

"嗯,柬埔寨人在临终前,经常会邀请和尚前来做法事,帮助他们为来生做好准备。"终于轮到我教外公一次了,我的自豪感油然而生,"并且,有些柬埔寨人认为,灵魂离开肉体以后,常常会在死去的地方徘徊。有时,灵魂会感到迷茫或害怕,而和尚要做的就是安抚这样的灵魂。这种引领他人走向重生的想法真是太美好了。"

"是啊,"外公说道,"引领他人走向重生,那该是一件多么荣幸的事啊!"

车子开进了一个加油站,然后停了下来。这个加油站四周都是稻田。现在我们有二十分钟时间,可以下车上厕所以及吃快餐,终于可以短暂地从车厢这个炼狱中解脱出来了。无论是想到吃饭,还是蹲厕所,我都更恶心了。我买了一瓶气泡水,站到一个小台扇前。小台扇正"有气无力地"循环着污浊的空气。

小台扇旁边有一台老式计算机，计算机上贴着一张霓虹粉色的卡纸，上边写着"Kios Intanet"。酒店里的 Wi-Fi 这几天一直都连不上，所以我有一段时间没打开过邮箱了。两千柬埔寨瑞尔[①]才能上十分钟网，我把钱塞给柜台里的工作人员，然后开始拨号上网。网速慢如乌龟，真是让人火大。

我的收件箱里有六封新邮件。有一封是航空公司自动发送的航班提醒，提醒我周四要乘坐的航班的信息。第二封是我在法国的同学发来的，让我给一篇研究论文提提建议。剩下四封是外公在哥伦比亚大学的同事查尔斯·纳尔逊发来的，他们俩已经共事好多年了。

一看到查尔斯的名字，我就有些慌了。

我顺着发送时间挨个阅读他发的邮件。前三封写的都是"请尽快给我回电话"。最后一封是一个小时前刚发的，内容让我痛不欲生。

克罗芙：

　　我知道你最近在国外旅行，但是，很遗憾，我不得不发邮件通知你，你外公昨天去世了。

　　收到邮件后请尽快联系我，因为后续还有很多事需要安排。

　　此致

查尔斯·纳尔逊博士

本来还恶心想吐，现在只剩下害怕了。我从行李箱里摸索出了我的国际电话卡，听到这个噩耗我路都走不稳了，跌跌撞撞来到公共电

[①] 柬埔寨法定货币，550 柬埔寨瑞尔 ≈ 1 元人民币。

话前，拨通了查尔斯留的那个号码。

铃声响了三声以后，电话接通了。

"您好，我是克罗芙。"他还没开口，我就先自报家门了。

查尔斯清了清嗓子，"啊，你好，克罗芙——我看到你收到我的邮件了。请节哀。很抱歉告诉你这个坏消息。"

我惊慌失措，呼吸急促，加之环境闷热潮湿，就更慌了。"发生什么事了？"我好不容易挤出了一句话，但是声音像蚊子一样。

"他们的诊断是中风。"虽然查尔斯说话一向不带感情，但此时此刻，他的简短回答让我觉得分外无情，"他在学校的办公室里工作到很晚，门卫发现他的时候，他瘫坐在办公椅上。"

我揉着胸口，想让自己的呼吸平稳一点。"他走了……一个人？"

"恐怕是这样的——真的很抱歉。"

司机按喇叭提醒我们要发车了，同乘的乘客陆续回到车上，都是一脸痛苦。我在惊慌失措之余，居然恢复了一丝理智。如果我明天想赶上回纽约的航班，那么我现在就必须得上那辆车。

"查尔斯，真是不好意思，我现在正前不着村，后不着店，我坐的车马上要发车了。我一到金边立马给你打电话。"

查尔斯又清了清嗓子，"那好吧，注意安全，再聊。"

很快，我就回到了车上，还跟那对男女挤坐在一起，那笼活鸡在他们旁边一直咯咯叫。但此时此刻，我已经无心关注酷热、噪声和体味了，心里只想着那间位于走廊尽头的大学办公室，那间昏暗又促狭的办公室，那间我从小到大去过几百次的办公室。

我的外公，我最好的朋友，就在那间办公室里独自死去，无人从旁引领。

第四十章

我很后悔在这个加油站下了塞巴斯蒂安的车。目之所及，只有单车道公路和向两边延伸的冬日田野，一片荒凉。一阵风吹过，带着些许咸腥味，是沿海沼泽的味道。风直冲进我的衣缝，一股寒意涌来。

我面朝加油站入口站着，目不转睛地盯着手机，直到塞巴斯蒂安开的那辆车的轰鸣声消失在远方。我转过身来，向停车场那儿望去，里边只停了一辆棕色的皮卡，看起来孤零零的。这辆皮卡的车门都凹进去了，看来当了好多次出气筒了。

塞巴斯蒂安真的丢下我走了。

我的腋窝里汗津津的，有一种蜇痛感。双手紧紧环抱住我的旅行袋。

我现在好想跟外公说说话。记得我第一次去拉丁美洲背包旅行，我感到惊慌失措，于是就用公用电话打给他。虽然卡里的余额只够打10分钟，但是只要听到他那沉稳理智的嗓音就够了。

"这是你的交感神经系统在作祟，"他会平静地告诉我背后的生物学原理，"这是一种很典型的生物战斗或逃跑反应。你要做的就是夺回控制权。闭上眼睛，屏蔽外界的干扰。深吸一口气，然后慢慢呼出。"

这是很多年前外公告诉我的方法。此刻，站在加油站外边的我，依旧按照他说的做了。

闭上眼睛。吸气。呼气。

"现在，与其纠结那些已成定局的事，"外公会接着说，"还不如想想下一步该怎么做，才能让事情朝着积极的方向发展。"

加油站的玻璃门猛地一下开了。一个身着双色大方格衬衫的魁梧男人一边从里边走出来，一边把一包百乐门（Parliaments，香烟品牌）塞进了胸前的口袋里。他的卡车司机帽已经渗出了汗渍，宛若海滩上的潮痕。

"不好意思，美女。"他冲着我大声说道。我和我的包挡住了门口。我往边上挪了挪，让他过去。他从我身边走过的时候，我闻到了一股霉味，混杂着陈年的烟油子味、刚洒出来的啤酒味，以及常年不洗澡的体味。

我往前挪了一小步。

我一直在端详这个陌生人和他那辆旧皮卡。

我们俩忽然对视上了，他眨了眨眼睛，咧嘴一笑，但是并不友好，"要载你一程吗？"

考虑再三，我觉得他不像是要去纽约的人。"你真好，"我紧紧抓着手里的旅行袋，"但是不用麻烦啦，谢谢你。"

"随你便。"男人说道。一边瘆人地笑着，一边把嘴角那根没点着的烟拿了下来。

皮卡隆隆驶出加油站，我终于虎口脱险，肾上腺激素涌上四肢。

加油站是一栋四方形水泥建筑，旁边紧挨着一家不算宽敞的快餐店。我已经有五个小时没吃东西了，我这么紧张不安，一部分原因很可能是饥饿造成的。吃饭可能会让我心情好点。我在消毒过后的浴室前驻足，然后挑了一个看起来没那么脏的卡座把包放下。

我隔着窗口朝里边的人点了点头，示意要点餐，里边那个女人戴着发套，穿着溅满肉汁的围裙，身兼服务员和厨师两职。她身后的油锅正在咕嘟咕嘟冒烟，笼罩着她那壮硕的身材。

"菜单在上面，"女人一边面无表情地说道，一边机械地指了指屋顶。

她头顶有块黑板，上边写着各种菜品，但是很多都拼错了，而且我看大部分菜品都已经被划掉了。现在能买到的就两样：起士牛堡三明治和焗芝士三明治。

我觉得，焗芝士三明治含有沙门氏菌的可能性最低。"我要焗芝士三明治，谢谢。"

"要不要来点酸黄瓜？"显然，女人压根不在乎沙门氏菌。

"当然。我是说，请帮我加一点。"

"咖啡？"

"那真是太好了，谢谢你。"

女人朝一旁的咖啡壶抬了抬下巴，咖啡壶放在取餐口最里边的一个加热器上。她递给我一个杯子，"你自己来吧。"

咖啡闻起来有股焦香味，应该是煮的时间有点长了。我给自己倒了一杯，倒不是为了享受，我只是想让自己舒服一点。回到卡座以后，我一直思来想去，思绪翻涌。我意识到，所有这些棘手的问题都无法迎刃而解，这可能就是成长过程中必须要经历的痛苦吧。我用咖啡匙连敲了三下咖啡杯。

又一次，我一个人，坐在餐厅里。

或许，我对塞巴斯蒂安的反应有点过激了。但是，他的话摆明了就是在告诉我，我这一生就是一个彻头彻尾的谎言。

这家快餐店自始至终就我这一个客人，我还等了好久才等来了我点的餐。女人"砰"的一声把盘子放到我面前。盘子里放着一个卖相不怎么样的焗芝士三明治和一点蔫不拉几的酸黄瓜。

我尽可能礼貌地朝服务员笑了笑，"谢谢你，女士。"

"不谢。"女人回到厨房后又不见人影了。

我小心翼翼地咬了一口这个黏糊糊的三明治，此时反扣在桌子上的手机来了短信震动了一下。我犹豫了半天要不要拿起来看看。说不定是塞巴斯蒂安发短信来跟我道歉呢，但我也说不清到底希不希望收到他的短信。

我迅速把手机翻过来，仿佛手机是一片热吐司。

迈克，现在房贷利率再创新低，把握好这宝贵的机会呀！

一条垃圾短信。不管屏蔽这个号码多少次，我每周还是能收到这个号码发的垃圾短信。（显然，发这些垃圾短信的人觉得"迈克"很好骗。）我放下手机继续吃芝士三明治，尽量控制自己不去在意嘴里像塑料一样的芝士。

我可以叫辆出租车，送我去最近的租车点。汽车站也行。机场也行。当然，前提是，我能在这个前不着村、后不着店的加油站打到车。

手机又震动了一下，又来了一条短信。我的心怦怦跳。

"塞尔维"三个字赫然出现在屏幕上。

我从纸巾盒里抽了一张粗糙的餐巾纸，擦了擦手上的油。

嗨，芙。希望你一切都好，祝你旅途顺利。昨天那事有点莫名其妙——我们能谈谈吗？

我都有点想给她打个电话了，告诉她我刚刚跟塞巴斯蒂安吵了一架——她肯定会站在我这边的。此外，她的嗓音既沉稳又理智，能给我带来慰藉。

很明显，我并没有想象中那么了解塞尔维，我昨天的反应还那么过激。所以，她听完我们俩吵架的原因以后，或许也会跟塞巴斯蒂安一样，觉得我古怪，觉得我的人生很可悲。我愤愤地删掉了这条信息，胸口又开始火辣辣地疼，这种痛感我再熟悉不过了。

孤独。

我又回到了跟塞巴斯蒂安和塞尔维认识以前的状态。如果这就是我命中注定的结局，那我之前所做的一切又有什么意义呢？我只想跟我的宠物们一起窝在沙发里，不再离开公寓半步。

但是，克劳迪娅还在等着我。我做这些是为了她，而不是为了塞巴斯蒂安。我们离找到雨果仅有一步之遥了——毕竟我们人已经在缅因州了。要是现在半途而废，我肯定会后悔的。

吸气。呼气。再吸气。

我暂时将自己的不安抛诸脑后，示意服务员我要结账。她在便笺纸上潦草地写了几笔，然后把纸撕下来递给我。

"亲爱的，我知道低头认错很难，但是要想婚姻长久，你得学会低头。"

我一脸茫然地回头看了她一眼，然后突然意识到，她肯定看到了我下车时的窘迫样子了。"我没结婚。"我极力掩饰着自己的尴尬。

"哦,"她回答道,"好吧,不管他是谁,祝你好运。"

我赶忙从钱包里掏出几张现金。"咖啡你没收我钱,所以我又多给了几块钱——要是不够的话,你再跟我说。"

我溜出卡座,回到洗手间,想把手上的油洗干净。加油站的过道很狭窄,显得我肩上的旅行袋很粗野。旅行袋一不小心碰掉了一盘芭蕉片,盘子像破碎球一样飞了出去。那个十几岁的店员朝我翻了一个白眼,却仍旧坐在柜台后面一动不动,根本没有要帮我捡起来的意思。

我知道,自己不能再拖下去了。我站在离那个店员最远的角落里,深吸一口气,拨了塞巴斯蒂安的电话。

嘟了一声他就接起来了。

"嗨,塞巴斯蒂安,"我都没给他说话的机会,"我很抱歉……刚才是我反应过激了。"我现在豁出去了,面子什么的已经不重要了。"我们现在最要紧的事是找到雨果。"

"我也觉得很抱歉,"塞巴斯蒂安小心翼翼地说道,"你的生活方式,不是我该过问的。我不该说……那些话的。"

他没说自己不是故意的,但是我现在没空处理这种鸡毛蒜皮的小事。

"我不知道你现在在哪儿,但我还在这个加油站呢。"我仔细检查品客(Pringles)外罐上的保质期,想买一罐保质期内的薯片,确保健康无虞。"你能回来接我吗?"

他沉默片刻,"你看看窗户外边。"

我的视线由品客薯条转向油泵。

塞巴斯蒂安正靠在那辆租来的车上朝我挥手。

第四十一章

信箱上的数字似乎证明我们来对了地方。但这里没有房子,只有一条通往湖泊的车行道,很是泥泞,两侧是高耸的桦树。显然这不是我们要找的地方,这里什么都没有。

塞巴斯蒂安又看了看 GPS,"肯定是这里没错。"

我透过树林看向远方,但依然看不到任何建筑物。"我们是不是应该开车去湖边看看?"

"这附近什么房子都没有。"塞巴斯蒂安也没有耐心了。"如果有的话,从这里就能看到了。"

我有些失望。我们的时间和精力都浪费在了这个愚蠢的决定上。不过幸好我还没跟克劳迪娅说这趟行程的事情。

"我真傻,还以为我们能找到他。"我很羞愧,不得不再向塞巴斯蒂安揭露一个自己的短处。"对不起,是我让你白跑一趟。"

他朝水域的方向点点头。"我们下去看看湖边吧。既然这里没有人,那么我们也不算非法入侵。"

"应该可以。"反正也已经很晚了,今晚想要开车回到市里也来不及了。

我们踩着落在地面的树皮,发出清脆的嘎吱声。林间清新的空气冲淡了我的失望。我已经快忘了大自然有多治愈,我几乎不去中央公园了。

"好像是叫麦根迪高河。"塞巴斯蒂安盯着手机说道,"内陆鲑鱼、南瓜籽翻车鱼,以及带状鳉鱼的家园。"

"你喜欢钓鱼吗?"我没想到自己会这样问。

塞巴斯蒂安皱起了眉头。"当然不喜欢。我不喜欢户外活动,我可能对自然界70%的东西都过敏。我爸爸曾带我露营过一次,简直就是遭罪。"他不时挥手驱赶脸边嗡嗡飞舞的虫子。

车子先驶入一个平缓的上坡,然后开进弯曲的斜坡。我们站在山顶,看着下方凹陷的码头,有艘外形复古的船停在那里,船身有着褪色的蓝色条纹。

"那是艘居住船吗?"塞巴斯蒂安推了推眼镜。"想不到现在还有人住在居住船里。以前,我的姐姐们总让我看加里·格兰特和索菲亚·罗兰演的一部老电影,跟《音乐之声》的风格很像,只不过是在船上拍的。天哪,那部电影叫什么来着?"

"《船屋》吗?"

"啊,对。我早应该想到的。还是库尔特·拉塞尔和戈尔迪·霍恩在船上拍的那部电影更有意思。"他脚上穿着适合在城市穿的牛津鞋,沿着潮湿的地面往坡下走。

我跟着他一起下去。看到他爬上爬下逞能的样子,我暗自开心起来。一件羊毛衫挂在船的舷栏上,说明这里最近有人来过——或者现在他还在这里。

说不定，这趟行程也不算太失败呢？

塞巴斯蒂安刚一踏上码头，就听到几声尖厉的狗叫。一只皮毛蓬乱的黑色猎犬从船上跳下来，冲着塞巴斯蒂安大叫。塞巴斯蒂安笨拙地跳回去躲闪。可是这狗的爪子就像安了弹簧一样，一直围着塞巴斯蒂安跳来跳去，塞巴斯蒂安无助地躲避着猎犬的热情猛攻。我强忍着不让自己笑出声来。

"格斯！"船舱里传出男人喝止的声音。"冷静点，伙计！"

男人露出头来，乌黑的卷发几乎紧贴着门框。当他走出来站直时，他的身高似乎翻了一倍。

"你们好啊。"他打量着我和塞巴斯蒂安。"有什么事吗？"

格斯小跑着回到主人身边，红色的项圈在乌黑皮毛的衬托下闪闪发亮。

"啊，是的。"热情过盛的猎犬被叫走了，塞巴斯蒂安非常感激。"我们在找一个叫雨果·博福特的人。"

"看来，你们已经找到他了。"

塞巴斯蒂安皱起眉头。"就是你吗？"

"如假包换。"男人有些疑惑地眯起眼睛。"找我有什么事情呢？"

这家伙不可能超过35岁，听口音也不像法国人。我瞥了一眼塞巴斯蒂安，他看起来也有些失望。

"抱歉，伙计。我想我们认错人了。"塞巴斯蒂安说。"我们要找的那个'雨果'应该比你年龄大得多。他应该得比你大上50岁。"

"哦，"男人回应，"你是说我爷爷吧。"

"是的！"塞巴斯蒂安与我异口同声地说。

我们面前的这位"雨果"垂下了头,"其实他两个月前去世了。"

"很抱歉让你提起这些。"我几乎脱口而出。

格斯听到我说话,歪了一下头,然后绕过塞巴斯蒂安跑上来找我。我弯下腰摸了摸它柔软的耳朵,它乖乖地蹭着我的腿。

"没事。"雨果说。"毕竟,他已经90多岁了,这也是意料之中的事情。"

"但这并不能让痛苦减轻分毫。"我这么说,不仅是为了减轻自己的悲伤,同样也是为了宽慰他。

三个人一时陷入沉默。

"不过,"雨果露出疑惑的神情,"你们找我爷爷做什么呢?"

"是为了我奶奶。"塞巴斯蒂安柔声说,"她也时日不多了。"他待在那里,就好像担心的事情最终还是发生了一样。他的肩膀耷拉下来,直直盯着地面。我能感受到他沉重的悲伤。

"抱歉,伙计。"雨果的语气里充满同情。他等待着塞巴斯蒂安作出进一步的说明。

塞巴斯蒂安看着我,似乎希望我先开个头讲述这件事。

我走近码头,格斯紧跟着我。"塞巴斯蒂安的奶奶20世纪50年代中期在马赛住过一段时间。我们觉得她那时候可能认识你爷爷。"

在六十多年后的今天,我大声地说出这件事,显得有点可笑。我还幻想这次行程能有所收获,实在是太天真了。

但雨果没有像看疯子一样看着我,而是好奇地歪着头。

"你是说……克劳迪娅?"

我和塞巴斯蒂安不敢置信地望向雨果。格斯机灵地观察着我们,充满期待地喘着粗气。

塞巴斯蒂安走上码头。"你知道我奶奶？"

"是啊，不过知道得不多。"雨果摸了摸下巴上的胡楂。"爷爷去世前，说要告诉我一些他从未和别人提及的事情。说实话，我还以为他干过杀人放火的事呢！但他却给我讲了一个美国女人的故事，一个名叫克劳迪娅的摄影师。他在法国爱上了她。这也是他搬到美国来的原因。"

"那是塞巴斯蒂安的奶奶！"我努力克制着内心的期待。"只不过，她不知道你爷爷搬到这里来了。"

"太不可思议了。"他有着和他爷爷一样棱角分明的下巴，很好看。"但如果连她都不知道我爷爷搬来美国了，你们又是怎么知道他住在这儿的呢？"

塞巴斯蒂安用大拇指指向我。"她可是个网络超级侦探。"

雨果扬起一边眉毛。"她，嗯？"

我很后悔，早上应该好好梳理头发的。

"是我邻居发现了你的地址，"我的嘴巴突然有些干，"但我在克劳迪娅的旧照片里发现了一张你爷爷的相片，她和我讲述了他们邂逅的故事。"

"哇，虽然我有很多问题，但——"雨果伸出手，"塞巴斯蒂安，对吧？"

塞巴斯蒂安与他握手，"对。"

"很高兴认识你。"雨果转向我，又扬起一边眉毛，"那么你是？"

我希望自己没有脸红。"呃，我是克罗芙。"

雨果露出了轻松的笑容。"就像埃塔·詹姆斯（Etta James）的歌词一样，对吧？'我的心被三叶草（克罗芙）包裹起来'？我一直都很喜欢这句歌词。"他伸出手来。"很高兴认识你，克罗芙。"

他长满厚厚老茧的手掌握住我柔软的手，我感觉有点刺痛。"我也是。"

"你俩饿了吗？"雨果习惯性地用手指拨弄着卷发。"附近有一家不错的酒吧，我们可以边吃龙虾卷边聊这些。我很想知道关于克劳迪娅的事。"

塞巴斯蒂安僵硬地踱步。"我对贝类过敏，但来杯啤酒还是不错的。"

"没问题，他们那儿的鸡肉馅饼也很好吃。"雨果指着一辆停在树下的橄榄绿旧路虎车。"你们可以开车跟在我后面。"他又看了看我。"你喜欢吃什么？"

我情不自禁地傻笑。"我很喜欢吃馅饼。"

但我有又点局促，要是我能像塞尔维那样坦然自信就好了，我不想变得既古怪又扫兴。

不过话又说回来，我讨厌我需要她的感觉。

第四十二章

捕鲸怪人酒吧位于海岸露出地面的岩层上,它的外观与名字十分相配。酒吧长期暴露在海浪与咸咸的海风之下,雨篷锈迹斑斑,油漆也已脱落,像个饱经风霜、脾气暴躁的老水手。

雨果在门口等着我们,头发被海湾上的一小阵飑吹得乱七八糟。

"这是我爷爷的地盘,他几乎每天都来这里吃午饭。"雨果看到我裹紧外套,就推开门领我进去。"里面更暖和。"

酒吧那头噼里啪啦作响的炉火证实了他说的话。他带着我们走向一个漆过的红木卡座。"把你们的外套给我吧。"

塞巴斯蒂安抖动肩膀,脱下大衣递给雨果,然后走进卡座。"谢了,伙计。"

我正准备脱下我的粗呢外套,但一个木制纽扣缠住了我的头发,雨果伸手把它解开。我感觉自己既笨拙又粗野,就像刚出生的长颈鹿宝宝一样,我经常在探索频道看长颈鹿宝宝。

"谢谢你。"我有些躲闪雨果的目光。他坚定的目光让我有些不自在。看到塞巴斯蒂安全神贯注地看手机，我松了口气。他的存在突然显眼起来。

"请。"雨果示意我坐下。我拖着脚步坐到了塞巴斯蒂安的旁边，因为雨果可能需要更多空间来伸展他的长腿。

一位白头发的女士来到我们桌边，她穿着褪色的格子衬衫和有几十个年头的牛仔裤，胳膊底下夹着塑料菜单，衣领下方有个精心设计的文身，不过被颈纹扭曲变形了。

"你有阵子没来了，亲爱的。"她对雨果说。她的声音嘶哑，看样子是个老烟民。

他俯身亲吻她的脸颊。"嗨，罗玛。是啊，抱歉，这几周太忙了。大部分时间我都不在镇上了。"

"被大城市诱惑住了吗？不过你现在在这里就好。"罗玛转向卡座另一边。"我发现，你还带了其他客人过来。"

"是啊。罗玛，这是克罗芙和塞巴斯蒂安。"

我喜欢他介绍我们的语气，就像我们已经认识很久了一样。

"欢迎来到捕鲸怪人酒吧。"罗玛说着，在心里对我们做出了大致的评价。然后，她默默记下我们点的单，把笔插进凌乱的发髻里，像头顶大帽子的治安官一样自信，大摇大摆地穿过厨房的摇摆门。

"你们大老远从纽约开车过来？"雨果身体前倾，手指在桌子上交叠。我忍不住端详起他的手。他的手很大，带着几处伤疤，但还算秀气。

"是的，我们一大早就出发了。"塞巴斯蒂安自豪地说，仿佛七个小时的车程是个了不起的壮举。

"是，我也更喜欢一路畅行。"雨果说，"日出前出发，然后尽量避开高峰期。"

现在我也好奇起来。"你经常去纽约吗？"

雨果把长胳膊搭在椅背后面。"我是一名城市景观设计师，最近一直在为那边市议会的几个项目提供咨询帮助。"

"那通勤时间可够长的。"塞巴斯蒂安说。

"没错。如果我聪明点，就应该在那边找个地方住。"雨果指了指窗外波涛汹涌的海湾。"但我在这里扎了根，就像我爷爷一样。"

我鼓起勇气与雨果对视，也不知道自己为什么如此紧张。可能是因为塞巴斯蒂安的大腿正紧贴着我的大腿。我让自己放松下来，专注于眼前的谈话。

"那，如果你爷爷为了克劳迪娅搬到美国来，为何他从来没告诉过她呢？他又为什么来缅因州呢？"

"其实我也不太确定。"雨果略带歉意地说，"他没说太多细节，只说他这辈子最大的遗憾，就是放她走了。"

这话让我有些飘飘然。我们来这里是对的。

雨果思索了一会儿。"不过，这也能解释为何我爷爷奶奶没有那么恩爱了。他们看起来更像好朋友。我还以为他们这代人的夫妻关系都这样呢。"

"是的。"塞巴斯蒂安说，"我也不能说我爷爷奶奶的婚姻是幸福的。我爷爷是个浑蛋，我始终觉得在他去世后的这十年里，我奶奶过得更幸福一些。"

罗玛端来一盘饮品，把一瓶啤酒、一杯纯波旁威士忌和一杯苦涩的苏打水放到桌子上，朝雨果眨眨眼。

雨果举起苏打水，"干杯。"

我们碰杯时，塞巴斯蒂安朝雨果的杯子点点头。"为了健康？"

"不完全是。"雨果和善地说,"我几年前戒酒了,只是不喜欢自己喝完酒的样子。我总觉得,没有酒以后,我过得更快乐些。"他的松弛感让我稍微卸下防备。我开始重新审视手里的波旁威士忌。

"对,这样很好。"塞巴斯蒂安急忙回道。

我们都默默喝着饮品。

"所以,你们来到这里找我爷爷,真的很好。"雨果说,"但你们希望得到什么结果呢?是你奶奶让你来找他的吗?"

"不是。"塞巴斯蒂安看着我,"她不知道我们来这里。"

"我们有可能找不到他,所以不想提前告诉她,免得她失望。"我赶紧解释,"但如果我们找到了,说不定就能让她在去世前下定决心,告诉他其实自己一直很后悔没嫁给他。他们俩肯定在科西嘉岛(Corsica)待过一段时间。"

"啊。"雨果说道,"难怪他要我把他的骨灰撒在那里。我工作太忙,还没来得及动身。"

"克劳迪娅也要求把骨灰撒在那里。"这场跨越了半个多世纪的未竟之爱让我心痛。他们如此深爱着彼此,最后的遗愿竟然只是再靠近彼此一点点。

"你说,你爷爷两个月前才去世?"塞巴斯蒂安问雨果。"就差一点,要是我们能早点来就好了。"

"的确很遗憾,"雨果说,"我猜,她也时日无多了吧。"

塞巴斯蒂安凄凉地望着他的一品脱玻璃杯。"他们说,最多也就几个星期。"

"很抱歉,塞巴斯蒂安,"雨果说,"我知道失去至亲的滋味。"

"嗯,我还算幸运,"塞巴斯蒂安用大拇指摩挲着杯沿。"除了爷爷以外，这是我第一次不得不直面失去家庭成员的痛苦。"他重重地叹了口气，肩膀又耷拉下来。"会不会做得越多，等到那一天到来的时候，就会越好受些？"

雨果看起来很悲伤。"我很想肯定你的说法，但我母亲 15 年前去世了，我依然不能从痛苦中走出来。"他看着外面的柏油帆布在风暴中飘摇。"事实就是如此，痛苦从未减轻半分。有人告诉我，这就像是你永远带在身边的包袱，它起初是大行李箱大小，数年过去后，它可能会变成手包大小，但它会永远存在，不会消失。我知道这可能算是陈词滥调，但它确实让我意识到，我不需要让自己完全放下这个心结。"

听完这些，就像是雨果伸出手拥抱了我一样。一时之间，我感觉有人能够理解我的悲伤了。

塞巴斯蒂安看向我，"你怎么想？你总是在见证人们死去。"

"是的，这是我的工作。"

雨果睁大了眼睛。"你的工作就是看着别人死？"

"不完全是。"我不太适应突然成为话题中心。"但看人们死去确实是我工作的一部分。"

"她是个临终陪护师。"塞巴斯蒂安语气有点夸张。

"哇，太酷了！"雨果神情轻松起来。"前几天我读了一篇关于这方面的文章。这是一个新职业，对吧？"

不需要进一步解释了，我暗自松了口气，同时也感到一阵自豪。"'临终陪护师'这个词的确存在，但千百年来，一直有人在从事这方面的工作，比如牧师、修女、临终安养院工作者、医生等。即使是现在，对这个词的界定也有些模糊，但每个人对于'临终陪护师'都有自己的理解。"

"有趣。"雨果一边望着我，一边喝着苏打水。"那你如何理解这份工作呢？"

我本以为会从他的脸上看到怀疑或批判，但他只表现出一丝好奇心。

"我想，这份工作可以帮助别人有尊严、安宁地死去。"我握着波旁威士忌的手心湿漉漉的。"有时，只是为了让他们不再孤单，或者在他们走之前，帮他们处理好自己的事情。有时，是为了帮他们回顾自己的人生，解决尚未解决的问题。"

"比如找到一个失踪已久的法国水手，告诉他，他是某位女士的唯一真爱？"雨果和善地笑起来，说出的却是打趣的话。

我腼腆地笑了笑，"偶尔吧。"

"帮一个人有尊严地死去，这是一件多么美好的事情啊！"雨果说，"让我想起了达·芬奇的那句名言，是什么来着？大概就是，'当我以为我正在学习如何生活时，我一直在学习如何死亡。'我敢肯定，你一定从中学到了很多非常重要的教训。"

塞巴斯蒂安咳嗽了一下，使劲盯着啤酒。

我的脸红了起来。

"是的，"我平静地说，"但我还不能很好地把这些教训应用到自己的生活中。"

雨果耸了耸肩。"不过，真有人擅长这样做吗？我们大多数人都无法从生活中吸取教训，直到事情无可挽回，不是吗？我想，重要的是你已经尽力了，那就够了。"

悲伤扼住了我的喉咙。我真希望自己能接受雨果的善意，但对我来说，塞巴斯蒂安今天上午对我的严苛评价才更贴切。

冷眼旁观这个世界，我就不需要投入自己的感情。如果不曾接近任何人，也就不会有人离开我。或者说，有人离开，我也不会感到悲伤。我宁愿独处。我对独处一直很有把握。

但直到如今，我才意识到我谁也骗不了。真相是，我并没有尽全力，我只是在假装过自己想要的生活。

我很后悔。

第四十三章

晚饭后，我们走出捕鲸怪人酒吧，温柔的飑变成了猎猎强风。风中夹杂着黄豆大的雨点，斜落下来，像失去了地心引力。

手机在塞巴斯蒂安的派克大衣口袋里嗡嗡直响，他从口袋里把手机掏了出来。

"是我姐，"他一边说，一边皱着眉头盯着手机屏幕。"我接一下。"

雨果和我不约而同地往旁边挪了几步，害怕侵犯到塞巴斯蒂安的隐私。我俩来到一个雨篷下面避雨。

"谢谢你请我们吃晚饭。"这句话从我嘴里脱口而出，波旁威士忌下肚后，有点微醺，我也不再那么拘束。"你人真好，帮我们都付了小费。"

虽然他把给罗玛的小费悄悄塞到番茄酱瓶子底下，但还是被我发现了，那笔小费可不少。

"不用客气，"雨果说道，"你们大老远开车跑来找我……呃，我爷爷……这是我的本分。"

"所以，这里是他最喜欢的地方？"雨果要比我高不少，跟他讲话我得仰起头。他微微低下头，有一种近乎恭敬的神态，我感觉很熟悉，也很舒服。

"是啊。这些年来，他一直是这里的常客。为了迎合他的口味，这家餐厅甚至都开始供应法式杂鱼汤了。法式杂鱼汤是他最怀念的法国美食。当然，还有法国茴香酒。"

"他很受欢迎嘛。"

雨果粲然一笑。"是啊。这么多年了，镇上的每一个人他基本都认识，他们也都喜欢围着他，听他讲他在地中海当水手时的陈年旧事。但是后来，他的大部分老友要么搬进了养老院，要么去世了。真是不好受。"

"这就是长寿的诅咒吧，"我回道，这是头一次，我不想把天聊死。"那么他住在这艘居住船上吗？"

雨果点点头，他的卷发也随着晃动了几下。"我奶奶去世前，这里就像他的避难所，他可以躲在自己的世界里。但是等奶奶去世后，他卖掉了他们共同生活的盐屋，搬到了湖边这艘船上。"

"你是不是以为他想把船停在港口里，再去当个水手什么的？"我闻到了一股淡淡的雪松香，隐约掺杂着一丝柏木香，从雨果敞开的夹克里面散发出来。不知不觉跟他靠得更近了。

"我猜他是喜欢被这些树环绕着吧，"他说道，"并且我也能看出为什么，这里很祥和。我喜欢清晨坐在这里，静静地看着周围的一切。一家红喉北蜂鸟就住在我船边的树上。你有没有看到过？"

"蜂鸟扇动翅膀的频率可达每秒80次？"谢谢外公。

"没错！很少有人知道这个。"

我的信心进一步膨胀。"我打赌格斯也喜欢在那边跑来跑去。"

"你居然记得我狗的名字，感动死我了。"雨果欣赏地歪过头，"那么你也喜欢狗咯？"

"我养了一条牛头犬，叫乔治。可是它不怎么喜欢在外面跑来跑去。"

雨果哈哈大笑，"典型的城市狗。"

"没错。"

塞巴斯蒂安一边皱着眉头往我这个方向看，一边继续跟他的姐姐争论着什么。

"所以，你们今晚打算在哪里落脚？"雨果问道，努力不去偷听他们通话的内容。

"我在林肯维尔外面的一家汽车旅馆订了两个房间。"提前订好住的地方我总觉得安心些。

"喔，"雨果说道，往塞巴斯蒂安的方向看了看，"我还以为你俩是……夫妻呢。"

"不是。"我咯咯笑道。"我只是工作需要，你知道的，帮他奶奶的忙。"

"懂了。"雨果把他的手伸进口袋里。"你真好，在她去世前，这么费尽周折帮她想办法。我只希望我们可以让她和我爷爷以某种方式团圆。"

我点点头。"可悲的是，这种事比你想象中多得多。人总是在生命快结束的时候，才猛然意识到他们对某人或某事的感情。"风呼呼作响，我把大衣裹得更紧了一些。

"这是个很好的教训，不是吗？"雨果往旁边侧了侧身体，用背部给我挡住大风。"所以，克罗芙，你会因为什么而后悔呢？"

这是这几个月来第一次，我觉得自己必须实话实说。答案就在我的嘴边。"嗯……"

我感到有人重重拍了一下我的肩膀。

"准备好走了吗？"塞巴斯蒂安的嗓音透着不耐烦。

我抱歉地看着雨果，因为塞巴斯蒂安显然没觉得打断我们的谈话有什么不妥。"嗯，我想是的。你姐姐没事吧？"

"没事，她还是老样子，跟以前一样霸道，奶奶的大小事她都想插上一脚，这段时间她都没怎么来看望奶奶。"他的鞋子蹭着碎石。"总之，我们得回汽车旅馆了，明天还得早起呢。"

很遗憾，塞巴斯蒂安压根没有意识到他自己有多霸道。

"好，需要我开车吗？"或许我喝太多波旁威士忌了，实在开不了车，又是晚上，我也不认识路。但是塞巴斯蒂安走起路来摇摇晃晃，看样子醉得比我还厉害，他这种亢奋的状态，更开不了车。

塞巴斯蒂安一边迈着踉跄的脚步，一边皱着眉头看着我。"需要。"他把一堆钥匙扔到我手里，然后大步朝汽车走去。

我按下"远程"按钮，提前帮他开锁，免得他再因为打不开车门这种事而发怒。

"他这么焦虑，或许只是因为他的奶奶。"雨果温柔地说道。

他的善意让我感觉好受了很多。"是的，或许吧。"今天白天我俩吵了一顿，说不定也跟这事有关。

"你也知道，这里的路边没有路灯，路面坑坑洼洼，路况很凶险，尤其你们还都喝了酒。"雨果微微一笑，拉上了夹克。"我给你俩带路怎么样？我知道你说的那家汽车旅馆在哪里，因为我们这儿本来也没几家。是在去卡姆登的路上，有蓝门的那家，对吗？"

"对。"我回道,回忆着网站上的照片。不然的话,那家汽车旅馆还真是浪漫旅行的好去处。"求之不得啊,就是太麻烦你了。"

"一点不麻烦,"雨果说着就拿出了自己的钥匙,"其实,那是我几个高中的朋友开的,地方虽然不大,但是还不错。"

塞巴斯蒂安和我沉默地开着车,我全神贯注地盯着雨果的尾灯,尾灯像黑暗中燃烧的火把。我们到那家汽车旅馆只要8分钟车程,旅馆在一个路堤下面,路边一片漆黑。我的感官很迟钝,要不是雨果慢慢停车,并打开应急灯,我说不定就错过了。

"认识你们很高兴,"他透过开着的车窗喊道,"祝你们一路平安,安全见到克劳迪娅。"

雨果在逼仄的双车道上掉头,跟我们挥手告别,砾石与轮胎摩擦发出的嘎吱声幻化成橡胶划过柏油路的呼啸声。

塞巴斯蒂安继续忙着给她姐姐发短信,情绪很激动。我望着雨果的尾灯消失在月光下的薄雾里,薄雾飘在路面上,像极了棉花糖。

我感到自己的锁骨下面闷闷的,我也说不出为什么,我把手放在了自己胸膛上。

我跟雨果只认识了几个小时而已,但是不知为什么,看着他离去,我有些伤感。

第四十四章

凯文·科斯特纳隐忍地站在停机坪上，左胳膊放在臂悬吊带里，凝视着飞机上的一扇窗户，窗户上映出惠特妮·休斯顿的脸，这是今天我第十六次看这个桥段。她要求正在滑行的飞机停下，冲下台阶，上前紧紧抱住凯文·科斯特纳。背景中，她的标志性歌声开始越来越响亮（美国电影《保镖》经典桥段）。我也能感受到他们分别的痛苦。

悲喜交加。

从缅因州旅行回来已经是上周的事了，那个皮质旅行袋还一直躺在客厅的地板上，没有打开过。

回程的七个小时，除了在新罕布什尔州东南角的某个地方简短地聊了几句，塞巴斯蒂安和我几乎没说一句话。我沉浸在自己的思绪中，脑海中全是雨果和克劳迪娅的浪漫爱情。他突然开口说话，着实吓了我一跳。

他冷不丁冒出一句："我们绝不能跟奶奶透露半个字，没有意义。"

而我花了三个小时盘算该如何把这个消息告诉克劳迪娅，正在兴头上，他这句话确实惊到我了。

"要是她知道雨果一直爱着她，她会不会好受些？她有权利知道。"

塞巴斯蒂安一边盯着前方的地平线，一边紧紧握着方向盘。"她有权利知道她所谓的真爱，就住在开车就能到的地方，且他在这个地方住了六十年。我不否认，她现在的人生有诸多遗憾，她本可以过上另一种截然不同的人生，但是她好歹有一个爱她的家庭啊！没门儿。"

反驳他的话刚到嘴边又咽了下去。他说得有道理。知道自己奶奶的婚姻生活并不幸福是一件很伤人的事吧。要是克劳迪娅因为我，带着更多遗憾离世，我是绝对不会原谅自己的。

但是不告诉她吧，又好像不是那么回事。

"好吧，"我说，努力控制住自己的情绪，"她是你的奶奶，所以你说了算。"

在剩下的车程里，我一直瘫坐在座位上，盯着窗外。塞巴斯蒂安一直在听播客，来缓和我们之间刻意的沉默。

旅行回来后的一个周里，我都是在塞巴斯蒂安上班期间探望克劳迪娅。自从他告诉我他不看好我的人生选择以后，我们之间似乎就无话可说了。

虽然现在刚刚午后，我眯着眼看向暗处，还是打开外公椅子旁边的台灯。自从我跟塞尔维闹了矛盾，就没再打开过百叶窗，我仍然不想知道街对面的窗户里究竟会发生什么。我主要在清晨和深夜离开公寓，只为躲着她。并且我已经告诉利奥我得了流感，不想传染给他。

我甚至都不想去死亡咖啡馆。我只想一个人待着。

我紧紧抱住乔治，忍住看第十七遍这个桥段的冲动。昨天，我一口气看完了汤姆·克鲁斯对蕾妮·齐薇格的真情告白（《美国电影《甜心先生》经典桥段）。前天，我还一口气看完了休·格兰特在茱莉亚·罗伯茨的发布会上跟她表白（英美合拍电影《诺丁山》经典桥段）。但无论我看多少遍这些桥段，或是跟着他们念多少遍台词，现实都是残酷的。

有些人就是无法获得圆满的结局，就算我拼尽全力也无济于事。

因此，我越发觉得我的圆满结局也离我越来越远，虽然我并不确定，我的圆满结局究竟长什么样。

我强迫自己关上电视，反复观看这些桥段，并没有像往常一样缓解我的孤独感。我环顾公寓四周，看看能不能找到替代品。目之所及全是外公的遗物，虫珀、（他钟爱的）袋鼠头骨、锈迹斑斑的铜罗盘。我突然意识到，他要是看到我现在这副样子，得多失望啊！我没有追随他的脚步，带着好奇心环游世界，解码世界的运行规则。相反，我独来独往，且越来越抵触袒露内心。我总是暗中监视自己的邻居，更愿意跟将死之人待在一起，这样就不用跟任何人建立长期关系了。

塞巴斯蒂安说得没错，我确实虚伪。我花费了很多时间去面对死亡，但是我始终没有找到与自己的悲痛和解的方式。外公的音容笑貌时常浮现在我的眼前，他的遗物我也不舍得放手，哪怕他已经去世很久了。与其专注过好自己的生活，我更愿意专注他人生活里的经验和教训。

但是我知道，笔记本仪式可以把我从绝望的深渊中拉出。

我从书架上抓起那本《遗憾》笔记本，闭上双眼，随意翻到一页。

杰克·雷纳，年龄五十六岁，职业律师，睫毛很长，很幽默，却又不形于色，长了一个不能动手术的脑瘤。

我要是当初能学会我妻子的母语就好了。

他是在一次去加德满都的公务旅行中邂逅了妻子蒂娅,她是一名点心师。彼时蒂娅的英语仅限于流行歌词,还是她通过唱卡拉OK学的。但是后来她搬来纽约与杰克同住,拼命学习英语,不仅能与他和他的朋友无障碍交流,甚至还在纽约市中心开了一家法式蛋糕店。

"你知道吗?我懒得学尼泊尔语,因为我觉得学了也没用。"这是当时杰克对我说的话,那时肿瘤还没有压迫到他的语言中枢。不过他已经失明了,所以他跟我说话时并没有正对着我,而是斜对着我。"但是去年,我排队看牙医,实在是等烦了,手头只有一本励志名言可以拿来消磨时间。其中有一句出自纳尔逊·曼德拉,'如果你用一个人听得懂的语言跟他交流,他会记在脑子里;如果你用他自己的语言跟他交流,他会记在心里。'"

我把手放在他的胳膊上,"说得真好,我头一次听说这句话。"

"这句话让我意识到,我赞美她的话全是用英语说的。我甚至从未想过问她,那些赞美的话用她的母语该怎样说。所以,我从未与她真正交流过。"

我把笔记本在椅子扶手上放稳,伸手去拿笔记本电脑。或许我这辈子也不会用到尼泊尔语,但是为了纪念杰克,我愿意学习基础的尼泊尔语。我报名参加了一个为期两周的网课,下个月开课。

向前迈了一小步。我已经觉得好受些了。

我一边翻阅着这本笔记本,一边在心里盘算着,在去探望克劳迪娅之前,我还可以弥补多少人的遗憾。

艾莉森是一名修女,一直想把自己的头发染成蓝色。

尤娜是一名银行的首席执行长，遗憾自己从未在纽约中央公园的沃尔曼溜冰场上溜过冰。

哈里是一名热心肠的木匠，遗憾自己没有无视好哥们儿的嘲笑，学习针织。

我甚至想帮吉列尔莫收养一只仓鼠。

等我把这些人的遗憾全都弥补了，说不定弥补我自己遗憾的时候就到了。

第四十五章

我在冰面上摔了很多次,所以牛仔裤后面还湿漉漉的。我的屁股隐隐作痛,看来我刚刚用到了那些不常用到的肌肉。当天下午,我一瘸一拐地走出中央公园的沃尔曼溜冰场,感觉自己也不是一无是处。

我在溜冰场上走来走去,不敢放开扶手,想象着尤娜在我身旁溜冰,她高高的颧骨上泛着红晕。我闻到了从纽约第五大道的摊位上传来的烤板栗香。扭曲盘旋的枝干和有着利落线条的摩天大楼相映成趣,我惊叹不已。我一边嘲笑穿着蓬松外套滑冰的小孩子,一边羡慕他们重心低,眼睁睁看他们在冰面上超过我,无所畏惧。多亏尤娜,我不会遗憾自己从未在纽约中央公园的沃尔曼溜冰场上溜过冰。希望她的精神可以与我同在。

当务之急是去买些蓝色的染发剂和织针。

就在我从外套口袋里掏手机准备查附近的工艺品商店时,我感到手机震动,来电话了。

看到手机号码不是塞巴斯蒂安和塞尔维的,我松了一口气,这个号我没存过,或许是工作上的事也说不定。但是对接新客户还为时尚早,虽然克劳迪娅的确时日不多了。

我走下人行道,给一群身穿霓虹色衣服慢跑的人让路。

"喂,我是克罗芙。"

我听到电话那头传来一声狗叫。

"喂?"我又说了一遍,有点不耐烦。

"啊,你好,克罗芙。"是熟悉的嗓音,我的心怦怦直跳。又是一声狗叫。"格斯!安静点,伙计。"电话里传来摸索的声音。"不好意思,克罗芙,等我一秒钟。"

"嗯,好。"他为什么给我打电话?我脑子里快速闪过所有可能的原因:或许我把围巾落在捕鲸怪人酒吧里了吧。

"好了,我回来了。"雨果说道,"实在是不好意思,格斯刚才在抓松鼠。啊,对了,我是雨果。"

"你好,雨果。"像往常一样,我等待着电话焦虑症爆发,但是这次居然没有。

"不好意思,贸然给你打电话。"我能从他的嗓音里听出笑意。"你住的那家汽车旅馆就是我几个朋友开的,我是管他们要的你的电话号码。说实话,我也反复斟酌过,觉得贸然给你打电话挺奇怪的,但是我觉得你可能想知道。"

"想知道什么?"一股无法言说的能量在体内升腾而起。

"嗯,你俩走后没几天,我终于下定决心整理那箱我爷爷留在船上的东西。在过去的几个月里,我一直刻意避开这箱东西。"我完全明白这种感觉。"箱子里有一个旧鞋盒。"

"嗯……"

"里面装满了克劳迪娅寄来的信,还有几封是他写给克劳迪娅的,但是一直没有寄出。里面还有一张克劳迪娅的照片。"

溜完冰后,我的腿十分酸软。"你读过吗?"

"就读了一封。"雨果慌张地笑了起来,很可爱。"但是信的内容太私密了。不是性方面的私密,谢天谢地,是感情方面的私密。读完后我很难过,他们一直在错过彼此。"

他的嗓音低沉,又不失温柔,让人听着很舒服。"我也是。"

"我在想,给克劳迪娅看看这些信,让她知道他一直珍藏着这些信,或许能让她好受些……如果还来得及的话。这是我能为我爷爷做的最后一件事了吧。"格斯又叫了一声。"她还好吗?"

我想到了我跟塞巴斯蒂安的最后一次谈话。说不定这些信能说服他,让他同意我把一切告诉克劳迪娅。

"我觉得她日子不多了,最多一周。或许等不到你把这些信送来了。"我在想缅因州的一日达特快专递需要多少钱。就算得花好几百美元,我也愿意掏这个钱,只要能给克劳迪娅带来哪怕一丝慰藉。

雨果说道:"其实,格斯和我现在就在纽约,我因为工作上的事得来这里一趟。"背景里传来消防车的轰鸣声,在等待确认。"我们今晚启程回家,但是或许我们今天下午可以见个面,我把信捎给你?"

"嗯,那真是太好了。"我的心怦怦直跳,搜肠刮肚,想找一个适合见面的地方。自从塞尔维对我的公寓指指点点,我就断了邀请人来我公寓的念想。"我家附近有一家还不错的咖啡馆,狗也可以进。我可以把地址给你发过去。"

贸然跟陌生人见面是不是有些鲁莽?鉴于我们一起吃过晚饭,我们应该算得上是熟人了吧。我只见过他一次而已,但是我总觉得认识他好久了。

"太好了,克罗芙,真想早点见到你。"他高兴地说道。

我的腿痛得没那么厉害了。

雨果穿着一件羊毛衫,就是上次我看见挂在居住船舷栏上的那件。他靠在咖啡馆外的砖墙上,羊毛衫的绳编花纹紧紧贴在他宽阔的肩膀上。他朝我的方向笑了笑,我下意识转过头去确认,看他是不是在冲我后面的人笑。他的笑容太温暖了,我觉得我跟他的交情还没到这份儿上。

格斯一直在人行道上嗅来嗅去,看到我后,一路小跑过来,把前爪搭在我的大腿上。我用双手捧起它的脸。

"你好,克罗芙!"雨果把格斯的遛狗绳缠在手腕上,想把它拴住。"很高兴我们能这么快见面。"

"很高兴你能给我打这个电话。"我也很高兴我没来得及腾出时间把头发染成蓝色。

"当然。"还是刚才那个笑容。他指了指夹在胳膊下面的旧鞋盒子。"我们先进去,一边喝咖啡,一边读怎么样?"

"好啊。"他站在门口帮我开门,我迅速穿过这道门,心想我的心跳有没有达到每秒 80 次。

咖啡馆比上次我跟塞尔维来时还要拥挤。我们第一次来这里喝咖啡是几个月前的事,我却感觉像是过了整整几年。我想念她的陪伴以及她的直言不讳。

我环顾四周,看看有没有空桌子,内心十分焦虑。除了这家咖啡馆,我也不知道该去哪里。当然,我主要不想让雨果失望。我突然看见一张空桌子：角落里的那张单座桌。这是我最喜欢的桌子。

"你先到这边坐，我去找另一把椅子。"雨果说。

我看着他往房间对面两个女人坐的地方走去，端详着她们如何摆弄自己的头发，看她们咯咯直笑，如同雨果给她们讲了一个很好笑的笑话，而不是问她们借把多余的椅子。雨果在我对面坐下来时，我能感觉到她们在打量我，质疑我的存在。就连侍者也以为我是多余的，她把两杯咖啡摆在我俩之间，注意力却只在雨果身上。格斯窝在桌子底下，把头靠在我的腿上，我很感激它。

但是雨果的眼里似乎只有我。

我跟塞巴斯蒂安在一起的时候，他看起来总是心不在焉，东张西望，一会儿看别的桌子，一会儿看手机，好像在找有没有更有意思的事情。我喜欢雨果专心听我说话的样子。他总是能抓住一些不起眼的细节，细细询问，好像他真想知道答案一样。

我差点忘了我们是来这儿读信的。

我们从头至尾整理了这堆发黄的信封，把时间线拼凑起来。1956年夏，克劳迪娅从法国回家后，一直给雨果的爷爷写信，信的内容主要关于结婚和放弃摄影事业的挣扎。

"这么看起来，他一定曾说服她回到法国，跟他结婚。"雨果一边说，一边读着手里的那封信。"还有她写的信吗？"

他弯下身子朝鞋盒里看，他的一个膝盖碰到了我放在桌子底下的大腿。我全神贯注地查看剩下的信封，全然顾不上我腿部的感觉。

有一封信明显比其余信薄得多。

"只有一页纸。"我抽出那张精致的便笺，读着上面秀美的斜体字。

雨果：

　　我们此生无缘……愿我们来世再见，

　　我会一直把你放在心里。

克劳迪娅

　　我们坐在那里，一言不发，回味着克劳迪娅这些诀别的话。咖啡馆里嘈杂的人声是那样遥远，那样微不足道。

　　"就这些？没有别的解释了？"雨果皱着眉头盯着这张便笺。"太残忍了吧。我爷爷是个细腻敏感的人，这些话一定伤透了他的心。"

　　我想象着这对年轻恋人你侬我侬，我让自己置身其中，好似你侬我侬的是我。我知道他们以痛苦收场，但不妨碍我嫉妒他们之间的亲密。

　　剩下的信都是写给克劳迪娅的，都没有开封。"这些信上都没有邮票和邮资戳。"我一边说，一边拿起最上面的一封。打开信封的那一刻，我有种罪恶感。

　　雨果爷爷的信主要是用英文写的，夹杂着一点意识流法文。

　　"我的梦里梦外都是你。"我大声读着这封信。"哇！他的文笔真好，就是字迹有点难认。作为一个20世纪50年代的人，他真的很懂表达自己的感情。"

　　雨果笑得有些伤感。"是啊，他就是这样的人，每次见到我，他都会不厌其烦地告诉我，他爱我。"

　　"这是一种特别的能力。"我抿了一小口咖啡，希望能抚平我的嫉妒。

　　雨果点点头。"做他的孙子，我很幸运。"

　　我快速浏览着这封信。"这封信像是在答复她，请求她改变主意，但是他却没有寄出。"

"这是为什么？"雨果俯身来看这封信，我闻到了淡淡的雪松香和柏木香。

"或许写这些信只是为了宽慰自己吧。"我一边说，一边注意到雨果羊毛衫的肩部有一个小洞。"或者他想给她足够的空间，尊重她的选择。仔细想来，他这么做挺体面的。"

雨果低头看着桌子，难掩失望。"知道他带着一颗破碎的心活了大半辈子，我好难过啊！我真希望他努力争取过她，我这么想是不是有点怪？"

我忍不住笑了起来。他能切身体会到爷爷的感情，让我心生好感。

"我能看出你多么希望你的爷爷能够幸福。你真的很善良。"

雨果皱起眉头，说出了自己的判断。"他来美国这件事，不可能故意瞒着她，否则他大老远搬来美国有什么意义？那可是 20 世纪 50 年代啊！我了解我爷爷，他不是轻易放弃的人。"他翻着这堆信。"我们好像只剩这一封还没读了。"

他清了清嗓子，开始读起来。

我亲爱的克劳迪娅：

七月，那个潮湿的日子，你坐的那列火车驶出马赛的火车站，透过窗户，我们看到了彼此。你可能觉得，这就是我们之间的最后一面。

其实，我们之间的最后一面是一年后 11 月的纽约，那是一个狂风大作的日子。我来到市中心的那家书店，就是你告诉我你最喜欢的那家。你说每当你需要安慰和安全感时，你会去的那家。

我来到这家书店，就算你并不在这里，我也依然可以感受到你的存在。我抚摸着的书或许你也曾抚摸过，我欣赏着你钟爱的建筑。

但是你在这里，和他在一起。我站在楼上的夹层里，嫉妒地看着这一幕。他的手拦着你的后腰，你抬头冲着他笑，眼波脉脉，我自私地以为这个眼神只属于我。

我来纽约是为了你。如果你不想来法国，我可以为你搬来纽约。但是，那天在书店，我看到，没有我，你也过得很好。他对你关怀备至，你是幸福的。所以，我什么也没说。我只是看着他牵着你的手离去。

你是对的，我们此生无缘。

愿我们来世再见。

"哇，"雨果一边说，一边向后靠在橡木椅上。他高大的身躯把橡木椅衬托得更小了。"所以，原因找到了。他为她搬来美国，却从未告诉过她。"

"他们差一点就在一起了。"这种有缘无分让人更加意难平。

"他肯定没想瞒着我，否则他不会把鞋盒留在船上。"雨果拿起鞋盒，开始一封封地查看信件，看有没有漏掉没读的信。发现确实没有漏掉的信后，他把所有的信摞起来，放回鞋盒，盖上盖子。整个人都垂头丧气。

然后，他紧紧抓住我的双手，坚定地看着我的眼睛。

"克罗芙，你得告诉克劳迪娅，他一直爱着她。"

第四十六章

帮我给克劳迪娅开前门的一般是塞尔玛。但是第二天，等我再次来到这栋连体别墅，帮我开门的是莎拉，塞巴斯蒂安的大姐。这是我第一次见她，但是与她给我的第一印象一样，塞巴斯蒂安说得没错，她的确身材高大，有着尖尖的鼻子，以及总是一副不以为然的样子。

"克罗芙，对吗？"眉宇间的竖纹说明她喜欢皱眉。"奶奶一直在找你。我们上楼去吧。"

她轻快地转过身去，示意我跟上。

在三楼楼梯的平台处，两个跟莎拉长得很像的女人在说着悄悄话，她们脸色通红，头发乱糟糟的。詹尼弗是二姐，安妮是三姐，是三姐妹中最矮最壮的，两人都打量了我一番。姐弟四人的鼻子十分相似，都是鹰钩鼻。

"我们可以进去吗？"莎拉不耐烦地指着克劳迪娅的门。

安妮专横地挡在前面，好像自己是更有话语权的那一个。"爸爸和医生正在里面看诊。等他们结束了，你们再进去。"

"她的神志还清醒吗？"我轻轻地问道，试图化解这场权力纷争。

三姐妹齐齐看向我。

"是的，但是她很嗜睡。"詹尼弗说道，一脸严肃。

"很正常，她的身体越来越虚弱，尤其吃得也不多。"我说。

"除了甜甜圈，她什么也不肯吃，我劝她喝过蔬果奶昔，但是她看都不看。"莎拉说道，她一脸憔悴。

我憋住不笑，我很想亲眼看看克劳迪娅当时的反应。

门开了，一个长着同样鹰钩鼻的男人从里面走了出来，另一个秃顶的男人紧随其后。

"爸爸、罗杰，这是克罗芙，她一直帮塞尔玛和乔伊斯照顾奶奶。"莎拉生硬地说道。

"啊，那位临终看护吧。"罗杰低沉有力地说，"我最近碰到的临终看护越来越多了，你们都是好人。"

"谢谢。"我羞红了脸，不去看三姐妹投来的审视的目光。"她怎么样了？"

罗杰把身后的门关上。"恐怕不乐观，也就这一两天的事。"他环顾四周，看着塞巴斯蒂安的家人。"我已经跟大家说过，可以临终告别了。"

安妮不禁啜泣起来，从裙裤的口袋里掏出一张纸巾。她的父亲冷静地看着她，一言不发。没人去安慰她。

我们都挤在走廊里，走廊显得很狭窄，我能闻到罗杰运动夹克上的烟草味。我的后面就是墙，所以我也没法后退，根本没有多余的私人空间给我。

"塞巴斯蒂安快来了吗？"虽然我不愿意见到他，但是他应该来见见克劳迪娅。我不想让他错过跟奶奶的临终告别。

莎拉翻了个白眼,"他刚才就说快到了,半天了还没来。"

跟塞巴斯蒂安的姐姐们交流越多,我就越理解他。难怪他那么喜欢在克劳迪娅家住。

"嗯,我可以陪着克劳迪娅,你们有事的话尽管忙去吧。"我说,来看她的人太多了,她可能需要清净一下。"要是她情况有变,我会第一时间告诉你们。"

"谢谢。"莎拉带着众人去了大厅。"我们准备去楼下的厨房,陪妈妈做饭。"

克劳迪娅比两天前我见她时更瘦小了。我"咔嗒"一声把门关上,颤抖地睁开眼睛,挤出一个浅笑。

"啊,谢天谢地,我还以为又是我孙女们呢。她们太一惊一乍了,也控制不好自己的情绪,我实在是招架不住。"浅浅的呼吸声时不时打断她的话。"克罗芙,我想你想得都快死了。我故意用双关语的,我都快死了,连个文字游戏都不能玩,还有什么意思。"

我坐在距离床边最近的那把椅子上,握住她的一只手,"见到你我也很高兴。"

"看他们那样子,好像我很快就要死了。"克劳迪娅转过头看着我的眼睛,"亲爱的,跟我说实话,你是唯一一个肯跟我说实话的人。"

我平静地冲她笑了笑。"是的,死神就要来了。你觉得怎么样?"

承认死亡将近,看着他们的眼睛,告诉他们人生即将结束,从来都不是一件容易的事。但是我相信,我是在给他们机会,让他们可以优雅利落地度过人生的最后时刻。每每这样想,我的不适就能缓解一些。

"真的吗？我知道我的家人是好意，但是他们太大惊小怪了，我实在是受不了。"她标志性的眼神一闪而过。"我一直在装睡，这样他们还能让我清净会儿。"

"按照自己喜欢的方式活，一直到人生的终点。你真了不起。"她苍白的皮肤下，血管依稀可辨。"我方便在这儿待着吗？要是你想休息的话，我可以出去。"

克劳迪娅紧紧握住我的手。"请别离开我。"她慢慢变得机警起来，"你拿来的鞋盒子是干什么用的？不会是临别赠礼吧？"

我把鞋盒放到我的大腿上。"是的，可以这么理解。"

"啊？"克劳迪娅更加有精神了。"快告诉我。"

我决定暂时不把信的事告诉塞巴斯蒂安。上次去缅因州的旅行不欢而散只是原因之一。奶奶即将不久于人世这件事已经够让他难过的了，要是再把奶奶爱而不得的细节讲给他听，只会让他更加难过，这对他不公平。我想过锁上我身后的门，但是万一有人想进来，我也不知道该怎么解释。我把椅子放好，然后背对着椅子，万一有人进来，我好有时间把信藏起来。

"好，你告诉我雨果的事以后，我在一个朋友的帮助下，调查了一下这个人。"

克劳迪娅睁大了双眼，"你们……调查到什么了？"

我深深吸了一口气，准备说出我在脑海中演练过多次的那段话："我们发现你离开法国不久后，他就搬来美国了，并且一直住在缅因州。"

我故意停下来，让克劳迪娅消化这段话。

克劳迪娅一脸疑惑，"我不知道你在说什么。"

"他来纽约找过你。"我真想一股脑儿全说出来。"但是他看到你跟你的丈夫在一起,他觉得你很幸福,于是决定不再打扰你了。"我的这种讲述方式可能不够浪漫,但是我总结得很到位。

泪珠挂在她的下睫毛上,"他来找过我?"

"是的!"

"你的意思是……他还活着?"

这是我最不想讲的部分。我紧紧握住她的手。

"很不巧,我们听说他在几个月前去世了。"我轻声说道,希望可以用更委婉的方式告诉她这个消息。"克劳迪娅,对不起。"

她终于开口说话了,嗓音微弱,"我还以为他早就不在人世了呢。但是亲耳听到他不在了,真的好难过啊!"

她盯着天花板,好像在回顾自己的一生,然后删繁就简,得到一个自己一直担心却从未证实的结局。我默默地坐着,直到她把脸转向我。

"我们还有别的发现。"我一边说,一边把鞋盒的盖子拿了下来,"他的孙子。他把雨果写给你的这些信交给我。通过这些信我知道,你是他的人生挚爱,你在他心中的分量无人能及。"

这是我第一次看到克劳迪娅激动得有些失态,"他真是这么说的?"

我抚摸着她的肩膀,她的肩膀已经皮包骨头。"你想不想让我读给你听?"

她的眼泪开始顺着脸上的皱纹流淌下来,这些皱纹像极了河床。

"想。"

第四十七章

在接下来的两个小时里,我大声朗读着这些信,克劳迪娅有时会让我停下来,重读某些段落。

当我把雨果的最后一封信折起来的时候,她轻声说道:"我记得十一月我去书店的那一天……""那天早晨,我和我的丈夫大吵了一架,起因是他不允许我穿着裤装离开家门。我实在太生气了,所以逃到了书店里,这是唯一能让我做回自己的地方。"她闭上双眼,开始回想。"他在书店里找到了我,像往常一样跟我道歉,他道歉的样子很迷人。那一刻,我突然意识到,要是我想生孩子的话,我没有别的选择,我只能原谅他。"

"你有没有考虑过回法国,跟雨果在一起?"

克劳迪娅疲惫地笑了,难掩伤感。"在给他写了最后一封信后,我告诉自己,要是他能写信来说服我,改变主意,我就跟他去法国。"她笑容渐渐消失了。"但是他从未写过。"

"好吧,他写了,只是没有寄而已。但是他的孙子告诉我,他一直爱着你，直到生命的终点。你一直是他心爱的人。"

克劳迪娅松开了握住我的手，再次闭上双眼。"他是我的。"

她的胸口有规律地起伏着，心满意足地睡了过去。

卧室的门突然开了，吓了我一跳。我迅速把装满信的鞋盒塞进我的手提袋里，努力让自己看起来不那么心虚。

"你好。"塞巴斯蒂安沮丧地站在门口，手里攥着他的围巾。"我听说你见到我的姐姐们了。"

"嗯。"我微微冲他一笑。"和她们一起长大一定很热闹吧。"

"你真含蓄。"

就算他的眼睛被厚厚的镜片遮住，我也能感觉到他的疲惫，他看上去有好几天没刮胡子了。但是等他疲倦地冲我笑时，我突然意识到，上次旅行回来后，我对他积攒的满腔愤怒突然烟消云散了。这主要因为，我终于承认了，他对我人生选择的评价不无道理，只不过是说得难听了点而已。

此时此刻，我对他只有歉意。失去亲爱的人是一件十分痛苦的事，无论别人说什么，都没法帮你减轻分毫痛苦。我忍不住要去拥抱他。

但我忍住了。从椅子上站起来，示意他坐下。

"克劳迪娅刚刚迷迷糊糊地睡过去，但是她肯定喜欢你坐下来，陪她聊聊天。"

塞巴斯蒂安变得局促不安起来，但是他照做了。我关上门出去的时候，听到他开始给她讲一个他刚刚听的播客。

傍晚落日的余晖洒在克劳迪娅图书室里的焦糖色大提琴上。我坐在大提琴旁边，翻阅亨利·卡蒂埃·布列松（Henri Cartier-Bresson）的传记。

"有没有觉得很不可思议？我的奶奶很快就要死了，但是我的家人都避而不谈。"

塞巴斯蒂安靠在门旁的书架上。我刚才下楼去找水喝，发现他的家人一直在谈天说地，除了死亡。他们压根不想正视死亡。

"没觉得，"我一边说，一边把书放下。"很多人不愿意谈论死亡，就算周围有人正在死去。但是你帮助你的奶奶穿越死亡，你已经尽力了。我知道，她很感激你为她做的一切。"

"但愿吧。"塞巴斯蒂安紧挨着我坐下，拿起鲸鱼镇纸，我也不清楚它为什么会出现在咖啡桌上。"但是明明一直陪着她的人是你。"

"话虽如此，但是是你找的我，因为你想帮她。"

他心不在焉地把玩着鲸鱼镇纸。"我只是觉得我可以做更多，你能明白这种感觉吗？而不是干坐在这里，眼睁睁等着她死去。"

我低头瞄了一眼腿边的手提袋，心里挣扎着要不要告诉他这些信的事。告诉他，只会让事情变得更复杂。或许有一天，等他不再这么痛苦了，我再告诉他也不迟。

"你把你想说的都对她说了吗？"

"嗯，我跟她说过，她对我很重要，有她这样的奶奶，我很感恩。"他局促地盯着自己的手。"我们家的人从来不说'我爱你'。如果非要我说，我会觉得有点勉强。"

要是我顺着他的话说服他的话，我会觉得自己很虚伪。

"就算你没亲口说，她也一定知道你有多爱她。"

"或许吧。"他的呼吸似乎变得粗重起来了，我突然反应过来，他有话要说。"克罗芙，"他一边说，一边把镇纸放到桌子上，"我们去缅因州旅行不欢而散，我当时说的话也不好听，对不起啊！我当时挺浑蛋的。但是，我想对你说，你很好。你悉心帮助我奶奶这样的将死之人，你的所作所为真的很了不起！"

我真没想到他能这么说。

"啊，谢谢你。"我一边说，一边消化着这突如其来的赞美。"我当时的态度也不好，是我该说对不起。正是因为被你说中了，我的反应才会那么大。"承认这一点后，我如释重负。"我的确以工作为借口，疏远他人。假如我明天就死了，我肯定会有很多遗憾的。"

嘀嗒。嘀嗒。嘀嗒。

墙上老式挂钟的嘀嗒声突然变得刺耳起来。

塞巴斯蒂安的腿突然抖起来。"嗯，我还有事要跟你说。"

过去这几周，我知道了很多惊人的内幕。再多一个，也没什么好大惊小怪的。无论他要跟我说什么，我都能招架得住。

他转过身来面对着我，"我知道，你说过在奶奶去世前，你希望我们冷静一段时间……你知道的。"

"是的。"

"嗯，然后我跟杰西重归于好了。"他小心翼翼地看着我，"那次我们去酒吧，正好碰见她，你还记得吗？"

那三个浅黑肤色的女人。"是的，我记得。"听到这个消息后，我以为我会排斥、会嫉妒、会觉得被背叛、会伤心欲绝，就跟电影和电视剧里演的那样。

但是我只觉得解脱，真正的解脱。

我让自己暂时抽离，再次确认，我到底有没有骗自己。没有，我只觉得解脱。但是，我或许应该装一下，装作有些失望的样子。

"你能告诉我这些，我很感激。"我希望这话听起来没那么冷漠。

"没事。"塞巴斯蒂安的腿不抖了。"很抱歉,我们没能走到一起,我觉得是因为时机不对,是吧?"

不过,门外传来的敲门声倒是个好时机。直到我看到了塞尔玛的脸色。

"我觉得你们最好来一下。"她阴沉着脸对我们说道。

我一迈进克劳迪娅的房间,就闻到了那股特别而又难以用语言描述的味道。

克劳迪娅的呼吸有些吃力,但是她仍然是清醒的。

"我去楼下把人都叫上来。"塞尔玛说道,她没了先前的颐指气使。

塞巴斯蒂安站在门口僵住了。"噢,我马上回来。"他突然转身离开了。

我在克劳迪娅旁边坐下,把手放在她的额头上。

"谢谢你宽慰我,"克劳迪娅小声说道,"此生有太多遗憾,多亏你的帮助,我的灵魂得到了一些解脱,可以进入下一世了。"她停下来喘了口气。"我已经准备好进入下一世了。"

"我敢说他已经在那儿等你了。"我不觉得这是漂亮话。

克劳迪娅重新躺到枕头上。"亲爱的,以我为戒。"一个字比一个字无力,一个字比一个字模糊。"别被未知的恐惧打败,让美好从身边溜走。"她最后冲我眨了眨眼。"小心翼翼,义无反顾。"

塞巴斯蒂安回来了。拖着他的大提琴走进屋里,金属长钉钩住了地毯凸起的部分。他把另一把椅子拉到床边,把大提琴在两膝之间放好。

"奶奶,听听音乐怎么样。"他温柔地说道。

克劳迪娅睡眼惺忪地点点头。

塞巴斯蒂安把手放在琴颈上，手指不停地拨动着琴弦。他微微点了点头，沉浸其中。琴弓拉过最下面的那根弦，碰撞出一个悠长的音符，慢慢引出比莉·哈乐黛的《再见》。

其余的家人纷纷走进房间，我站起身来，退到塞尔玛身旁的角落里。

他们围在克劳迪娅的床边，任凭塞巴斯蒂安的琴声诉说着他们的心里话。

第四十八章

从上西区克劳迪娅的家到我的公寓，我走了接近两个小时，但是我甚至没有意识到时间的流逝。学童们三五成群，叽叽喳喳，沿着纽约中央公园的外围走着，我不介意他们放慢了我的脚步。他们都不到七岁的样子。要是他们能活到克劳迪娅的年纪，那么他们还有84年的寿命。我不知道还有多久，他们眼中的神采就会变得黯淡，他们的好奇心也会不再旺盛。当生活不再是馈赠，而是变了一种习惯，光阴弹指去无声。

每当一位客户过世，我都能感觉到世界又多了一个破洞。只不过这次，破洞要大些。直到一个人不复存在，你才会意识到这个人有多重要，这是个很有意思的现象。我已经开始怀念克劳迪娅的智慧和热情了。没错，她的确带着遗憾死去了，但是她曾热烈张扬地活过，无惧冒险，嬉笑人间。我走在回家的路上，开始意识到，这是我第一次如此向往一个女人的人生观。

"美女，拍张照片？"

一个身着廉价蝙蝠侠服的男人站在我面前，双手叉腰，胸部挺起。

我一直沉浸在自己的思绪里，不知不觉走进了到处都是霓虹灯的三角形街区，自重的纽约人绝对不会踏足此地。广告牌闪闪发光，街头音乐家争奇斗艳，操着各种口音和语言的人以令人不适的音量交流着。但是今天，我突然发现纽约时报广场出奇地让人安心。那些劲头、那些噪声、那些躁动，统统都是活着的象征，是邂逅的象征，是记忆镌刻入心灵深处的象征，是青葱梦想开始的象征。同时这更是无忧无虑的象征，无忧无虑的人意识不到自己的生命随时都会终止。

我静静地站在这里，站在生命之海的最深处，这一次，我把自己想象成摇曳的海草，而非穿梭的鱼。闭上双眼，嗅闻着烟熏椒盐卷饼、腐烂垃圾，以及汽车尾气混合而成的味道，是那样的熟悉，顿觉自在。就这样任嘈杂的声音震响耳膜。

我仍然在这儿，我仍然活着。

我是在麻木地活着吗？

我进门时，乔治正坐在自己的狗窝里。屋里一片漆黑，早晨出门时，我忘记留灯了。我打开台灯，它斜眼瞄着我，但是一动不动。等我的眼睛适应了灯光后，我发现它的下巴底下有个东西：那本《遗憾》笔记本。笔记本大开着，一定是从书架上掉下来的，很奇怪，因为书架上的书都被挤得很紧。我赶紧把它捡起来，祈祷着上面的遗憾别被乔治的口水弄湿，变得模糊。我小心翼翼地把笔记本从它的下巴底下拿出来，它只是哼了一声。

笔记本完好无损，我松了一口气。坐在沙发上，我看了看手里的笔记本，又看了看书架上写着《忠告》和《忏悔》的另外两个笔记本。

这些笔记本不只是人们的临终遗言,也是一种记录,记录我人生中最有意义的邂逅。表面上,是我在帮助他们,但实际上,他们对我的帮助更多。他们帮我弥补了亲密感的缺失,我的人生真的很缺乏亲密感。根据他们的遗憾、忠告和忏悔举行仪式,并不只是为了纪念他们。其实,我潜意识里清楚自己的临终遗言会写在哪本笔记本上,我使用三本笔记分别记录,只是为了逃避而已。

我早已经认命,遗憾就是我人生的归宿。

问题是,我该如何改变?在过去的36年里,我一直在努力思考一个问题,即我们很难成为别人眼中的自己。但是成为我们自己眼中的自己呢?我可能改变对自己的看法吗?

我深呼吸一口气,抓起玩填字游戏常用的那支铅笔。

我翻到《遗憾》笔记本的空白页,在上面写下我的名字。

克罗芙·布鲁克斯

我很遗憾没有抓住更多机会。

我很遗憾将自己的内心封闭起来。

我很遗憾麻木地活着。

无形的重担从我肩上卸下。我坐在那里,重读我写下的遗言,感到除了绝望,还有别的东西。我一直以为,绝望会将我吞噬。

希望。

将遗憾记录下来,并不代表我会一直遗憾下去。这是一份馈赠,一份《遗憾》笔记本上的其他人都无法得到的馈赠:一个力挽狂澜、重新做人的机会。毕竟,我的遗憾是用铅笔写就的。

我站起身，走到窗前，慢慢拉起百叶窗，让街灯洒在地板上。我的耳朵甚至能听到脉搏在跳动，我迫不及待地看向窗外。对面的窗户里灯火通明，但是客厅里空无一人。

玻璃的碰撞声从下面的街道上传来。我低头定睛一看，一个熟悉的身影正站在门阶旁边，把几个瓶子扔进了回收箱里，她的马尾辫不停地摇摆着。

然后右拐往前走。

我来不及多想，赶紧跑去厨房，抓起回收袋，强行从前门出去。

我刚走出家门，塞尔维恰好踏上门阶。我们相视而立，我在上面，她在下面，好像在等着对方先打招呼。我知道，先打招呼的那个人一定是我。

"你好，塞尔维。"

我还是第一次看她这么吃惊。"噢，你好，克罗芙。"以前，她的问候里都是有感叹号的，今天居然没了。"有日子了。"

"嗯，是啊。"是很想躲开她的目光，但是忍住了。"对不起，最近没怎么找你。"这不是我最想道歉的事，不过我可以徐徐图之。我提了提手中的袋子。"噫，这些猫粮罐头真臭。"

我看到塞尔维的眼睛里闪过一丝笑意。"我想你一定在忙工作。"她靠在栏杆上。"克劳迪娅怎么样了？"

"她今天下午过世了。"这话太突兀了，虽然是真的。起初，我觉得死亡不过是一瞬间的事，很奇妙。然而现在，我得过上几天才能调整好心绪，把她的遗言记录在《忠告》笔记本上。

"唉，芙，对不起啊。"我喜欢她这样叫我，我都快忘了这样叫我时的感觉了。

我耸耸肩,"这都是我工作的一部分。"

"话虽如此,但是并不容易。我知道你很在乎她。"塞尔维上了一个台阶,然后停住了。"你最后找到雨果了吗?"

我顿了下才意识到,她说的是克劳迪娅的雨果,她压根不知道另一个雨果的存在。我瞒她的事情太多了,我不想这样。

我向下走了一个台阶。

"算是吧。说来话长。"那句道歉的话我实在说不出口,但是既然塞巴斯蒂安能说出口,那么我也能。"但是首先,我得先跟你道歉,上次我对你太过分了。"

塞尔维抱着胳膊,咧嘴笑了。"是啊,有点莫名其妙。"

"你跟谁接吻,跟你接吻的人跟谁结婚,跟我都没关系。"

"你说得对,"她语气真诚,没有一丝刻薄,"你知道吗?我跟布里奇特提过你,她说她不认识你。"

"哦,她是对的,我的确不认识她。"我手上的汗沾到塑料袋上。"我可能在街角的杂货店里见过她几次。我肯定把她和别的人搞混了。"

"应该是。"塞尔维的眼睛里闪过一丝狡黠。"但是我跟她提过你住在我楼上,布里奇特意识到她和她丈夫彼得就住在你正对面。她还问我你是不是很喜欢看20世纪90年代的浪漫喜剧。"

我的喉咙里发出了一个奇怪的笑声。

看到我尴尬,塞尔维似乎很得意。"很明显,他们可以在自家的公寓里看到你的公寓。她跟我说,他们没看见过你,你的公寓太暗了,但是他们能看清楚你家的电视屏幕。"

"真的吗?"我也不知道自己是该觉得释然,还是冒犯。"我觉得我应该是见过他们几次。他们是一起看《权力的游戏》那对夫妇吧。"

塞尔维肯定不会相信我的鬼话,我已经做好了她盘问我的准备。但是她居然没有。

"我觉得有必要告诉你,"她话锋一转,"布里奇特和彼得是开放式婚姻,我是在社交软件上认识他们的。在过去的几个周里,我一直跟他们一起出去,一起亲热。我真的很喜欢跟他们在一起的感觉。我们三个打算下周一起去卡兹奇山。"

"哦。"天哪,是我太单纯了。"很抱歉,我……误会你了。我很开心他们可以给你快乐。"我真心这么觉得。

"我很感激你能道歉。"塞尔维又往上走了一个台阶,我们现在站在同一个台阶上。"现在我们可以重归于好了吗?"

"求之不得。"世界瞬间明亮了很多。

"太棒了!明晚过来一起吃晚饭吧,你把雨果的事从头给我讲讲!"她的感叹号又回来了,真悦耳。

塞尔维继续往上走了几级台阶,走到了前门,然后停了下来。

"哦,还有,克罗芙,想不想听个趣事?布里奇特说他俩经常开玩笑,说真该买个双筒望远镜,这样就更能看清楚你的公寓了。"

她钻进了自己的公寓,我看到她冲我眨了眨眼。

第四十九章

克劳迪娅总说自己的朋友都过世了，但是她的葬礼却人满为患。

我只会参加两类葬礼：客户家属邀请我参加的葬礼和几乎没什么人会参加的葬礼。克劳迪娅是亲自给我发出的邀请，拒绝葬礼主人公亲自发出的邀请是很难的。

"总得有个管事的。"她生前对我说。

饶是如此，我仍然选择低调行事。葬礼在阿姆斯特丹大道上的哥特式复兴教堂里举办。我在教堂前门台阶上来回踱步，看到塞巴斯蒂安正和两个头戴黑帽子的老妇人客套。他一直在不停地点头，很明显他根本插不进去话。我为他感到难过，尤其是今天这样的日子。但是看到他忙于应付喋喋不休的人，我觉得很有意思。他看到我了，我在最后一排的教堂长椅上坐下，冲他轻轻挥了下手。

我们在死亡记录本上列出了葬礼心愿清单，克劳迪娅的家人至少完成了其中的一部分心愿。祭坛两边摆着花瓶，花瓶里插满了绣球花。欢快的爵士乐取代了压抑的管风琴声。棺材旁的相框里也没有放置克劳迪娅的大幅遗照。

家人问她要不要拍遗照,她是这么吐槽的:"那些照片看着都挺诡异的,并且很少有上相的,我可不想吓着葬礼上的人。"

但是,她从自己最喜欢的照片里选出来一部分,允许家人打印出来,放在葬礼流程单上。我翻阅着这些照片,不知不觉笑了。有几张拍的是曼哈顿的街头美景,其余的都是黑白照片,都是在法国南部拍的。最后一张照片是克劳迪娅的个人照,也是里面唯一一张她的个人照。照片里的她二十多岁,坐在一块岩石上,眺望着地中海,黑发上绑着一条丝巾。虽然这是一张黑白照片,但是难掩皮肤的光泽,那是太阳晒过后的光泽。一条三条腿的杰克罗素犬蜷缩在她的膝盖下面。

克劳迪娅下一世的心之所向不言自明。

前来吊唁的宾客一字排开,像极了填字游戏中木架上的字母牌。大部分宾客是耄耋老者,也有一部分宾客跟我年龄相仿,极有可能是塞巴斯蒂安和他姐姐们的朋友。我想象了一下,这么多人自发前来抚慰你失亲的痛苦,到底是一种怎样的感觉。

葬礼仪式与克劳迪娅的遗愿相悖。克劳迪娅希望自己的葬礼简洁欢快,夹杂一丝宗教色彩即可。然后,实际的葬礼冗长、沉重,宗教意味浓郁。甚至还有点乏味。这就是葬礼的本来面目:无论你事前做了多少准备,一旦你死了,就由不得你了。

塞巴斯蒂安的爸爸正在念着枯燥的悼词,张口闭口提到的都是自己,克劳迪娅生前的优秀品质只字未提。宾客们翻阅着葬礼流程单,窸窸窣窣的纸张声在教堂里传开。我真希望在场的每一位宾客都能默默想着克劳迪娅生前的优秀品质,但是我没办法从他们的后脑勺看出他们此刻的情绪状态。

悼词没完没了，塞巴斯蒂安爱唠叨肯定是遗传。我扫视了前排教堂长椅上的人，发现他正坐在二姐詹尼弗和三姐安妮中间，她们一边流泪，肩膀一边微微抖动着。

为了不让自己打哈欠，我开始数教堂拱形天顶上的柱子。外公已经把我培养成不可知论者，所以我很少去教堂。这座教堂的建筑风格自由奔放，倒是契合克劳迪娅热烈外向的性格。我转身看向教堂后面，一转眼就忘了自己刚才数到几了。

门口处，阳光下，我看到了一个熟悉的身影。他高高的个子，却不干瘦；毕恭毕敬地低着头，一头卷发梳得很正式，一看就是用了很多护发产品达到的效果。

雨果。他的灵魂和肉体都来参加葬礼了。至少是通过他孙子的灵魂和肉体。

他好像察觉到了我在看他，他抬起头，径直看向我。他的手一直放在腰间，微微向我挥手，可是他笑得好真诚。

我也冲他笑了笑，然后我们不约而同地转头看向祭坛，我发现自己的整个身体都沸腾起来。

在退场的赞美歌中，我悄悄从教堂的侧门溜走，努力不让周围的人看出我正在茫茫人海中找寻那个一头卷发的人。我一眼看到雨果正站在最下面的台阶上。他比一般人高，所以在人群中很好认。外公的个子也很高，他喜欢穿素净色和淡绿色的衣服，我以前总觉得他这么穿是为了融入城市环境，不想那么扎眼。

雨果这次的挥手很热情。他朝我走来，在我下一个台阶处停了下来，这样我们之间的身高差就拉平了。

"你好，克罗芙。"他咧嘴笑道。我喜欢他的嗓音，一如既往的温柔，如同图书馆里的呢喃，如同话剧开场前灯光渐暗时的低语。

"你好，雨果。"我跟他根本不熟，但是却对他有一种莫名其妙的熟悉感，真是不可思议。

"我来这里，不知道会不会太唐突。"他一边说，一边环视着其他前来吊唁的人。"你发短信告诉我克劳迪娅去世了，我在想要是我代表我的爷爷祭奠她，是不是就能告慰他的在天之灵。我在你发我的讣告链接里，看到了葬礼是在这里举行，我觉得我可以浑水摸鱼，混进来。"他拍了拍自己的头顶。"好吧，我的身高不算突兀。"

"你能来，克劳迪娅一定会很开心的。"我几乎可以与他的眼睛平视。我发现他灰色的虹膜上有琥珀色的斑点。"给她读了那些信，让她知道你的爷爷的确来找过她，的确给她带去了一些慰藉。"

"她能在……嗯，你知道的……之前，读到这些信，我真的很开心。"雨果整理了下外套的领子。他这是精心打扮了一番，看上去真的很高贵。

"一切都刚刚好。"我匆匆看了一眼他的肩膀，暂时躲开跟他的眼神接触，想平复一下自己紧张的情绪。"我把信放家里了，你想拿回去吗？我本来想寄给你的。"

"是啊，如果你不介意的话，我想保存下来。阅读这些信，拉近了我跟爷爷之间的距离，我变得更了解他了，可以把他看成一个年轻的男人，而不仅仅是我的爷爷。"

"当然。"我看到塞巴斯蒂安拾级而上，杰西紧随其后，身着一条粉红色短款连衣裙，虽然我不太懂时尚，但是穿这身来参加葬礼显然不合适。"我可不可以先扫描一下？我还没把信的事告诉塞巴斯蒂安，但是指不定哪天他想看呢。"

"相当可以啊。"塞巴斯蒂安走到雨果身旁，雨果伸出手跟他握手。"你好，塞巴斯蒂安，请节哀。虽然知道谁都有这一天，但还是控制不住难过。"

"谢谢你，哥们儿，不胜感激。"塞巴斯蒂安斜眼看了我一眼，然后回头看了看雨果，一脸疑惑。

"希望你不介意我来，"雨果说道，"我看到了葬礼通知，想来祭奠一下。"

听到雨果的解释后，塞巴斯蒂安似乎稍稍松了一口气。"怎么会介意呢，很遗憾，你没见到奶奶。"

雨果拍了拍胸前的口袋。"我很期待阅读这份葬礼流程单，她的摄影作品很美。"他转向杰西，她一直在塞巴斯蒂安身后徘徊，表现得很不自然。"嘿，你好，我是雨果。"

看起来，塞巴斯蒂安像是刚想起来她在这里。"对了，不好意思，这是杰西。"他迅速瞄了我一眼。"你俩已经见过面了。"

杰西挽着塞巴斯蒂安的胳膊，表现出很强的占有欲。"哦！我想起来了，在酒吧里，你叫什么名字来着？"她的嗓音还跟从前一样嗲。

"克罗芙。"

"真可爱。"她说话的语气，让我怀疑她不是真的在赞美我。

"塞巴斯蒂安！"莎拉正快步朝我们这边走来，脚上蹬着一双细高跟，背上背着一个扭来扭去的幼童。"我们现在得回连体别墅，做好准备，好让人来守夜。哎哟，你好，克罗芙，你能来真是太好了。"莎拉犹疑地看着雨果。

321

"你好，莎拉。"我快速回答道，"这是雨果。"

莎拉来回看着雨果和我。"见到你很高兴。你俩想不想一起来守夜？"

雨果面露喜色，"好啊。"

莎拉的脸上闪过一丝赞许。"太好了！"她看向弟弟，突然板起了脸，"塞巴斯蒂安，要不要和我们一起去？"

他立刻挺直腰，像一只被叫到跟前的小狗。

"我们这就过去。"他一边说，一边看着我跟雨果，好像在努力搞懂，他姐姐为什么会对我们笑逐颜开。"待会儿见。"

出于礼节的需要，我打算守夜一个小时后就离开。所以当雨果告诉我他得走了，想不想让他捎我一程时，我真的很感激。

"你说过你住在西村，是吗？我住在布鲁克林的一个朋友家，要是你愿意的话，我可以顺路送你。"

"求之不得。"我会让他把我送到家门口。

我在客厅里找塞巴斯蒂安，客厅里人满为患，我突然发现，客厅里第一次有了人气。他又被绊住了，还是那两个头戴黑帽子的老妇人。他注意到了我，我做手势示意自己要离开，他无助地回头看了看，无可奈何地与我挥手告别。我们的告别止于简单的手势交流，我暗暗松了一口气。虽说如此，我仍然感到一丝难过。在过去的两个月里，我们一起经历了太多。要是他不在身边，我一定会觉得不自在。或许有一天，我们可以成为朋友。

走廊里挤满了衣着考究的纽约人，我左躲右闪，想方设法往前走，一只手突然抓住了我的前臂。莎拉的背上背着另一个扭来扭去的幼童。

她从丈夫旁边探过身子，凑到我的左耳边。

"你男朋友很帅气啊。"她冲雨果点点头，雨果正在前门耐心地等着我。"真为你高兴。"

"哎呀！谢谢。"我羞红了脸，但是没有急着纠正她。很快，尴尬的感觉荡然无存，取而代之的是暗暗的自豪。

莎拉和克劳迪娅祖孙俩虽然对蔬果奶昔的口味不一致，但是对男人的口味似乎很一致。

来福车在我家楼下停下来，我感觉我们刚离开上西区才没几分钟。雨果把身子探向前排座椅，跟司机交涉，司机名叫迪穆斯，是个很欢快的人。"您好，师傅，您能稍等几分钟吗？"他递给迪穆斯二十美元。"这是给您的等候费。"

我俩站在我家门阶最下面一级台阶上，午后的艳阳渐渐变成落日的余晖。

"见到你真的很高兴，"雨果说道，"我也不想扔下你掉头就走，但是我答应了我哥们儿，陪他喝几杯，我没有理由拒绝他，因为我这几天一直睡在他家沙发上，他现在还在帮我照看格斯。"

"没事。"我尽量表现出一副若无其事的样子。"真的很感激你送我回家，谢谢你。"

迪穆斯正满怀期待地看着我俩。

雨果把手插进口袋里，匆匆瞥了一眼树顶。"所以，我下周还会来纽约，"他扭头看向我，"或许我们可以再见个面喝杯咖啡……然后我拿回那些信？"

当然，那些信才是他想要的东西。我想多了，哪怕只有一秒钟，所以不免有些尴尬。"当然，当然，我明天就去扫描，你可以随时来取。"

323

"太好了！我到时候给你发短信。"雨果轻轻地碰了碰我的肩膀。"我很高兴我们这么快又见面了。"

失望和希望在我的内心交织。"我也很高兴。"

来福车已经开走很久了，可我仍然能感受到他的存在。

第五十章

雨果没有食言，如约给我发短信，约定周日在华盛顿广场公园里见面。就算他给我打电话我也不介意。当晚，我还约了利奥一起打麻将。这几周我一直忙着处理克劳迪娅的事，很久没跟他一起打麻将了。下午跟雨果约会，晚上跟利奥聚会，美好的一天不过如此。

我把钱包和钥匙扔进装着信的手提袋里，胃里升腾出一种似曾相识的感觉。每当我要登上飞机，去一个我从未去过的地方，我的胃就会有这种感觉：紧张和兴奋交织在一起的感觉。我真的很怀念这种感觉，我居然没有意识到。

那是一个温暖的周日，人们终于脱去了厚重的棉服，开始穿上大衣。整座公园都沐浴在和煦的阳光中，打破了冬日的沉闷。草坪上铺着各式各样的野餐毯，喷泉旁边坐满了情侣，人行道上挤满了艺人。

我看到雨果斜靠着拱门，手里拿着外卖咖啡杯，躲避着正在拍照的游客。我向他走去，感觉有一股强风推着我向前。但是树梢一动不动。

"嘿！"雨果冲我挥了挥手指，权当挥手了，因为他的两只手里都拿着咖啡杯。他把羊毛衫的袖子挽到手肘处，露出右前臂上的一个植物线描小文身。

"你好！"比我预想中要热情一点。

"今天的天气真好，我觉得你可能更喜欢来公园里走走，而不是干坐在狭窄的咖啡屋里。"

"好主意。"走路的时候，我会松弛得多。

他递给我一杯咖啡。"黑咖啡、不加糖，和你外公的口味一样，对吗？"

他体贴周到，让我很意外。我只不过在守灵的时候顺嘴提了一句而已。"这你都能记得，太不可思议了。"

雨果耸耸肩，"我对细枝末节的小事很上心。"他低下头，压低声音说道，"你别告诉别人啊。有的人很反感我这种心太细的人。"

"是人就有秘密，"我假装一本正经地说道，"你命真好，我是个守口如瓶的人。"

"哎呀，既然如此，我倒是很想听听你的秘密。"雨果拿着手里的咖啡，指向公园中心的喷泉。"我们去那边的狗狗乐园看看怎么样？肯定有看头。这是我的一个恶趣味。"

以前，每次去狗狗乐园，我都会分外思念外公。但是今天，我觉得思念没有那么苦了。"好啊。"

"我们要是把格斯和乔治带来就好了，这样它们就认识了。"他眼含笑意，虽然嘴角没有上扬。

"那就下次？"不知为什么，我觉得这个提议很暧昧。我有些慌乱，把手提袋连同里面的信交给雨果。"我最好先把这个给你，咱们就是为这个来的。"

他仔细看了看手提袋上的标。"啥？纽约公共图书馆的缩写吗？"

我羞红了脸。谢天谢地，我给他的不是乔氏超市的购物袋。"我有点书呆子气。"

"挺好的，"雨果说道，我们正一起往狗狗乐园走去，"现如今，人人手机不离手，我们都快成稀有物种了。最近看什么好书了？"

我喜欢成为他口中的"我们"。

"我刚读完一本，玛莎·盖尔霍恩写的，我很喜欢这本书。"他给我买的这杯咖啡是双倍浓缩吗？我的大脑怎么这么兴奋。

"是那个战地记者吗？报道西班牙内战那个？"

"是的，就是她。"他的确对细枝末节的小事很上心。"其实，我读她的书是因为克劳迪娅。克劳迪娅放弃自己的摄影事业真是太可惜了。"

"一言难尽，"雨果一边说，一边眯起眼睛看太阳，"你说他们现在在一起了吗？克劳迪娅和我爷爷。"

"希望如此。"我回应道，虽然我内心坚信他们在一起了。

他抿了一口咖啡。"你知道吗？我真的很喜欢她在最后一封信里写的那些话：'我们此生无缘……愿我们来世再见'。这些话其实很务实。我们在每一世里从事的职业或许都不一样，虽然我们的灵魂都没变。当然，我们无法在每一世里都能得偿所愿。"

"他们在这一世的职业是什么呢？"

"问得好，"雨果粲然一笑，"我想只有他们自己能回答这个问题。在下一世里，他们得到了重新来过的机会，到时候他们或许就会告诉我们答案。"

"或许吧。"我很喜欢这个主意。

"所以，你最想重新来过的事情是什么呢？我是说，此生此世。"

327

雨果问这个问题时有些漫不经心，好像问这么深刻的问题在陌生人之间很正常似的。

我立刻就想到了答案，并且很愿意把答案告诉他，真的很意外。

我缓缓地吸了一口气。

"我希望外公去世的时候，我能在他身边。"我们在沉默中走了好几步，但是雨果没有着急打破沉默。"那时我正在柬埔寨旅游。而他在美国哥伦比亚的办公室里突然中风去世了，那是个深夜，……他的身边一个人也没有。"

我们又在沉默中走了几步。

"克罗芙，节哀。没有陪在他身边，一定成了你心中无法抹去的痛。"

我整个人都绷紧了。"我真希望，我能亲口求他原谅我，原谅我在他最需要我的时候，我却在地球的另一端。我知道这话听起来很傻。"我大声说出这些话时，感觉有人卸下了我肩上的重担。那副我在不知不觉间挑了数年的重担。

雨果思忖着说道："这就是你从事临终陪护的其中一个原因吗？"

我有些窘迫，没想到他这么快就看穿我了。从某种程度上讲，我从事临终陪护的初心是自私的。我不仅仅想弥补将死之人的遗憾，也想弥补我自己的遗憾。

当然，我知道，就算我身在纽约，外公还是会在自己的办公室里孤独死去。但是，他死前的那些日子，我至少可以一直陪着他。然而现实是，我一整年都没有见他，我理所当然地以为，我回去的时候，他依然会在原地等我。我从未对细枝末节的小事上心，我以前总觉得这些小事微不足道，可是如今我却魂牵梦萦，这才是最让我难过的地方。他搅动咖啡的手法、他揉搓胡楂时发出的声音、他低沉的笑声……

一直在你身边的人，你很难想象他们会突然离去。但是，某一天，他们离去了。

"我想是吧。"我说道。我终于大声承认了，我心里有些东西改变了。雨果用温柔的语气抛出这个问题，没有一丝评判，我开始觉得没那么尴尬了。

"你知道吗？从你对他的描述来看，他压根就不会怪你，更谈不上原谅。"雨果停下脚步，看着我，"你原谅自己，或许才是问题所在？"

一句话，伴着深埋在心底数年的情绪喷涌而出，宛若从大坝喷涌而出的河水。我怕自己会在公园中央失态。

"抱歉，"我一边说，一边深吸一口气，"聊这个，我可能会绷不住。"

雨果把他的手轻轻放在我的肩头。直到我抬头看他，他才把手放下。

"不要勉强自己，"他柔声说道，"你的痛苦只属于自己，你完全可以拿出自己的时间、以你觉得舒服的方式来消化它。别人说什么都没用。但是，如果你想聊聊它，我很乐意倾听。"

"谢谢你。"他明明在笑，我却从他脸上读出了一丝痛苦。

他低头看着自己的咖啡杯。"我妈妈在我大学时去世了，卵巢癌。"他说道，"我记得那时候，周围人都在安慰我，可我就是感到很愤怒。他们喜欢说'她现在去了一个更好的地方''至少她陪你度过了这么多年'或'她不希望看到你伤心'这类的话。我真想骂他们。搞得就跟我不难受了，他们也就没必要跟着难受了似的。"他用手捋了捋头发。"我觉得，那时候我爱喝酒跟这个有关，我想麻痹自己，因为周围压根就没人懂我的感受。"

"我懂那种感觉，"我顿了一下，"只不过，我麻痹自己的方式是狂

329

刷浪漫喜剧。"换作以前，我肯定不会跟别人讲这个的。但雨果流露出的脆弱，让我放下了心防。

"嗯，桑德拉·布洛克的片子也挺适合你的。"雨果冲狗狗乐园的方向点点头。"我打赌，咱们现在肯定错过了不少好戏。要继续走吗？"

"好啊。"我已经觉得好多了，他是怎么做到的？

等我们到达狗狗乐园，看到两只金色的寻回犬正在嬉闹玩耍，搞得旁边的一只灰色短毛贵宾犬有些不知所措。那只贵宾犬纹丝不动地站着，任凭那两只金色的寻回犬围着它嬉闹，宛如它在祈祷，祈祷融入这景色中。

"我觉得，有必要教教这两只小金狗学会克制。"雨果说道。

我折了下咖啡杯上的纸壳。"我倒是觉得有必要教教那只贵宾犬走出舒适区。"

"我喜欢你的思维方式。"雨果说道，他的前臂随意搭在围栏上，整个人看上去很放松，与世界温柔相处的感觉。

我突然意识到，我的呼吸里有咖啡的味道。"你什么时候启程回缅因州？"

"我得在这儿多待上几天，"他说道，"我得了个肥差，给这里的一些公立学校建屋顶花园。这周我得去参加几个会议，商讨一下细节，到时再看我要不要干。"

"感觉很有意思啊，"我说道，"你在犹豫什么呢？"

雨果看到一只肥嘟嘟的柯基犬正叼着一根两倍于自己身长的棍子摇摇摆摆地前行，一副兴高采烈的样子。"我觉得，接了这份工作，我就得在这儿住至少六个月，因为项目需要监工。这么说吧，我得想清楚，我是不是愿意再次冒险进入这个世界。我真挺喜欢一个人隐居在居住船上，谁也不见。是不是有点奇葩。"

雨果每袒露自己的一个细节，我就像把一只萤火虫抓进罐子里。"我一点没觉得奇葩。"

他冲那只贵宾犬点点头。"是啊，我觉得是时候再次走出舒适圈了。最美好的事物其实一直都近在眼前，不是吗？"

"我也听说过这句话，"我说道，"但是我其实待在舒适圈里挺长时间了，我不是个爱冒险的人。"

"要不咱俩现在就开始？"他挑了挑眉毛，像是在发起挑战。"你呢？你手上这份工作已经做完了，你有什么打算？"

那只柯基犬摇摇摆摆冲我们走来，炫耀着它嘴里的棍子。我弯下腰，穿过围栏，抚摸它。

"除了跟我87岁的邻居利奥打打麻将，出去遛遛我的宠物们，我会尽可能待在家里读书，几天不出门。"

"真不错。"雨果也弯下腰来抚摸那只柯基犬。"你的工作的确需要拿出时间来减压，我完全理解，尤其你还得在最后关头跑去缅因州。"

我望向那只贵宾犬。胆小的它，最终还是没有拗过那两只友善的金色寻回犬，跟它们嬉闹起来，虽然它的动作有些笨拙。

我的思绪回到了几天前，我在《忠告》笔记本上写下克劳迪娅的临终遗言。

> 别被未知的恐惧打败，让美好从身边溜走。

人生最大的挑战，或许莫过于压根不敢接受挑战。我要像克劳迪娅一样无畏和自信,敢于迈出那一步。

"嗯,我外公最喜欢的书店就在这附近,我们周日经常去看书。"我抬头望着雨果。"你愿不愿意跟我一起去?"

他把手里的咖啡杯一下子投进了附近的垃圾桶里,然后咧嘴笑了起来。

"悉听尊便。"

书店里出奇地安静,周日很少这么安静的。里面空空如也,除了两个操着普通话聊天的中年妇女,她俩站在历史小说区。两人不停地打着手势,激动地耳语着什么,听着很有意思的样子。

我四处寻找贝茜,但是始终不见她的人影。我稍稍松了一口气。她看我不是一个人来的,说不定会大惊小怪,我有点忐忑。她总是那么……热情洋溢。我可不想让她吓跑雨果。

"克罗芙,亲爱的!"贝茜从一些书架后面突然冒出来,我的脉搏一下子快了起来。"趁着刚才顾客不多,我想去趟洗手间。"她注意到雨果站在我旁边,立刻停了下来。我甚至能听到他高跟鞋摩擦地板的声音,就像卡通片里的一样。"哎呀,你好。"

雨果像往常一样,露出了随和的笑容,可不像我,笑得那么尴尬。

"你一定是贝茜吧。"他一边说,一边伸出手跟她握手。"很高兴见到你,我叫雨果。很期待拜读你的书单。"

他低头冲我微笑,"每一本都很好。"

贝茜笑容满面,"哎呀,克罗芙从六岁开始就来这里买书了!"

"她跟我提过,"雨果答道,"这里真不错。"

贝茜笑开了花,我真怕她把脸笑僵了。

"雨果是一位城市景观设计师,"我一边说,一边希望言归正传,"我记得你这里有几本风景园林的书。"缅因州之行后,我很可能浏览过这类书。

"哎呀!对,的确有,"贝茜说道,"这里有一本布雷·马克斯的专著,很不错,我很喜欢。"

雨果面露喜色。"布雷·马克斯是我喜欢的景观设计师之一,我喜欢他在作品中流露出的愉悦和乐观。"我在心里默默记下了这个名字,打算一会儿在谷歌上查询。

"我觉得你说得有道理。"贝茜看起来很得意。对于人们的阅读喜好,她的直觉一直很准。"我带你去找。"

有那么一瞬间,我担心她会拉起雨果的手,让我再度尴尬。好在,他只是跟在她身后,往书店后头走去。

"克罗芙,我买不了很多书,"他扭头对我说,"否则的话,车里就坐不下格斯了。"

越来越多的人涌进书店,门上的铃铛不停地响着。刹那间,弹丸般大小的书店人头攒动。

在阅读各种书籍推荐导语的间隙,我不住地偷瞄雨果,他正在翻阅贝茜推荐的几本书,看上去很开心。就好像我必须得反复确认他就在那里,确认这一切都不是梦,不是我在脑海里虚构的。今天这一整天给我一种梦幻的感觉。

浏览了大约三十分钟后,我开始沉浸在《日安忧郁》的第一章里,作者是弗朗索瓦兹·萨冈,我突然闻到了熟悉的雪松香和柏木香。

我抬起头,看见雨果就站在我身旁,手里拿着一本书。他把书递给我。

"我觉得你应该会喜欢这本。"尽管我知道,他压低声线是为了不打扰到周围看书的人,但我还是觉得特别亲密。"这本书是讲格特鲁德·贝尔的,她是一位20世纪初的考古学家兼旅游作家。"

"哦,我还没读过,"我说道,"但是听起来很吸引人。"

"我妈妈也喜欢读这类爱冒险的女性历史人物。"他的眼中又闪过一丝痛楚。"虽然她已经去世很久了,我有时还会以为她活着,然后就会去买一本她爱看的书。"

"我懂这种感觉。"我也做过这种事,且不止一次。"你有没有听说过,萨摩亚群岛有一群人,他们相信亲人死后,灵魂会继续陪在你身边,所以你可以随时跟自己去世的亲人聊天。"

雨果脸上的笑容又回来了。"我喜欢这个观点,我有时的确会告诉她一些事情,"他说道,"我觉得,她见到你一定会很高兴的。"

我鼓起勇气,目光没有闪躲。"我真希望能见到她。"我的脸上泛起了红晕,闪躲也无济于事。

有人在我们身后清了清嗓子,一个推着婴儿车的秃顶男人出现在我们身后。婴儿车里坐着一个幼童,秃顶男人忙着推车前行,无奈过道太狭窄。

雨果慢慢靠近我,好留出空隙让他们过去,我感觉我们的小指轻轻地碰到了一起。

第五十一章

站在利奥的门前,我第五次敲门。

真是太古怪了。以前,我只要敲个一两次门,门就会打开,看到利奥咧嘴冲我笑,亮出他的金牙。

"利奥?"我又敲了一次门。"是我。你在里面还好吗?"

也许他没在家,抑或我俩把时间搞错了。但是他以前从来不会放我鸽子。我们以前约定过,爽约一次即视为弃权,给对手额外加一分。我们一共交手了67次,目前达成平局,我俩都不想认输。因此,除非有天大的事,否则他不可能眼睁睁把这一分让给我。

我从运动裤口袋里掏出钥匙,绞尽脑汁想到底哪一把钥匙是利奥家的。但是找着找着,我就慌了,手开始抖起来。

"利奥?你在吗?"我重新找了一遍钥匙,终于把正确的钥匙插进锁孔里,然后又多转了一圈,我们公寓楼的门都得这样开。

我走进空空荡荡的客厅。装麻将的盒子已经放在桌子上了,但是不见利奥的人影。炉子上的水壶吱吱作响,让我觉得不妙。我把钥匙扔到桌子上，朝声音的方向跑去。

只见利奥趴在厨台上，捂着自己的胸口，额头上沁出汗水。

"利奥，你没事吧？"

"我觉得……"他把手放在橱柜上，支撑着身体。"……我胸口上坐着一头大象。"

我赶快把炉子关了，搀着他的前臂，扶着他去卧室的沙发上坐下。"你可能是心脏病犯了。"我伸手去拿手机，手又抖起来。"我给你叫救护车，挺住啊，肯定会没事的。"

利奥气若游丝。"别打电话了。"他虚弱地挥了挥手。"就这样陪我坐着。"

"但是你需要看医生啊！"

"我不需要。"

我感受到了他微弱的呼吸，心里害怕极了。"至少让我给你拿点阿司匹林和水。如果的确是心脏病犯了，一会儿就能见效。"

利奥虚弱地把手伸到我手上。"就这样陪我坐着，好不好？"我从害怕变成了绝望：他一脸安详，这种表情我太熟悉了。我在将死之人的脸上见过太多次了。

我们四目相对，他的眼神证实了我的猜想，我都没来得及问出口。

"利奥，"我低声说道，"求你了，不要。"

"克罗芙，时候到了，"他近乎乞求地说，"我已经准备好了。"

我绝望到了顶点。这么多年来，我明明已经很有经验了。但是此时此刻，我只觉得恐慌。

"不要啊，我不能没有你。"

利奥疲倦地笑了笑，把手放在自己的胸骨上。"你应该比任何人都清楚，人的命，天注定。"

"我清楚，"我轻声说道，"但是我只有你了。"

"我们一起度过的日子很美好，不是吗？"他的眼睛迅速地眨了眨，但脸上仍挂着微笑。"我这辈子活得太累了，现在是时候解脱了。"他盯着温妮的画像。

他的呼吸粗重起来，像是有人在他肺里敲铝罐，我紧紧握着他修长的手指。

"你这辈子的确活得不容易。"我一边说，一边逼自己挤出笑脸。我肯定说服不了他了。你拉不回一个泰然赴死的人。

"克罗芙，我有话跟你说。"

我紧紧握住他的一只手，"我听着呢，利奥。"

这一次，公寓外喧嚣的城市突然安静了下来。肃静吞没了整幢公寓，我等待着利奥组织语言，重新开口讲话。

"你一直都在帮助别人绚烂地死去，这是你亏欠你外公的，我都看在眼里。"即使现在这种时候，我也能在他棕色的眼睛里看到光芒。"但是，在绚烂中死去的秘密是绚烂地活着。把你的心交出来，给自己伤心的机会，抓住机会，不要怕犯错。"利奥的呼吸开始吃力起来，他几乎说不出话来。"孩子，答应我，"他轻声说道，"只有这样，你才能好好活下去。"

我把头靠在他的肩上，"我答应你。"

努力挤出最后一个笑容后，他的手松开了。"克罗芙，我爱你。"

"利奥，我也爱你。"

我的眼泪由涓涓细流变成了滔滔洪水。这是我长大后第一次，哭得这么肆意。

第五十二章

"庆典"结束后，塞尔维和我一起走在回家的路上，午后的微风中弥漫着早春的气息。利奥的葬礼挤满了邻居。这么多年来，邻居们对他的爱意与日俱增。让他忙得不可开交的一直是医生的预约，而非外地的客人。医生告诉他，他得了心脏病。

但是利奥没有告诉任何人。相反，他悄无声息地安排好自己的后事，为自己的葬礼留出一大笔钱。当然，他要求把自己的葬礼命名为"生命的庆典"。他提前为"庆典"准备了充足的食物和饮料，并把剩下所有的钱和财产全都捐给了纽约黑人住宅区的一个社区中心。

好吧，其实不能算所有财产，因为他把他的饮料服务车和麻将留给了我。

"对利奥来说，这场'庆典'绝对是最完美的告别。"塞尔维一边说，一边挽起了我的胳膊。"能出现在他的生命中，我真的觉得很荣幸，哪怕只有短短几个月。无论他此时身在何处，我都相信，他一定在哈哈大笑，显摆着他那颗金牙。"

听她这么一说，我觉得好受多了。要是没有塞尔维，我真不知道过去那几天该怎么办。我们的公寓楼就像失去了心脏一样。

"希望如此。"

我们沉默着走到下一个街区，直到塞尔维在一家杂货店外面停下来。"我们买些冰激凌怎么样？等回到家，穿上睡衣，吃着冰激凌，狂刷20世纪90年代的浪漫喜剧。我想看卡梅隆·迪亚茨（Cameron Diaz）的电影。"

话到嘴边很多次，都被我咽了回去。

"其实，我有件事想问你，一个小忙。"我试探着说道。

"你想看约翰·库萨克（John Cusack）的电影？你知道我对他不感冒。"塞尔维咧嘴笑了。"但是为了你，看两个小时的哭丧脸库萨克也没什么。"

"不，不是约翰。"这个笑话，让我稍稍放松了一下。"我在想你说的，我公寓里的那堆东西，也就是我外公的遗物。"

塞尔维夸张地摸着自己的下巴。"继续。"

"我觉得，你说得很有道理。我总是抱着过去不放，以此来逃避思考自己的未来。"

塞尔维装出一副若无其事的样子，但不失亲切。"我懂了。"

"我觉得，或许现在是时候……处理掉这些东西了。"

"然后呢？"她这明显是故意套我话。

"我在想，你是不是能帮帮我？一部分遗物可以捐给博物馆或大学，这个你比我懂……另外……"我深深吸了一口气，"我觉得放手很难。"

"哎呀！芙，这是人之常情，"塞尔维说道，"你外公是你生命中最亲的人，怎么可能说放手就放手呢？"她把胳膊搭在我的肩膀上。"帮你渡过这个难关，是我的荣幸。要是朋友和邻居连这点忙都帮不上，那还算什么朋友，算什么邻居？"

知道她会陪着我一起处理外公的遗物，我感到如释重负。有那么一刻，我开始思考，拥有一个真正属于我自己的空间究竟意味着什么？

第五十三章

塞尔维是个铁面无私的法官。白天，我会将遗物分门别类整理好：捐赠、扔掉、留下、待定。晚上，她会准时出现，坐在我家沙发上，假装手里拿着法槌，把沙发当成她的法官席。

没过多久，我们之间就形成了一种模式。塞尔维会直接把所有"待定"的遗物重判为"捐赠"和"扔掉"，每当我试图给"留下"的遗物申辩时，她总是一脸怀疑地看着我。

"我几乎可以肯定，你现在手里拿的东西有生物危害，需要穿着防护服进行处理。"塞尔维说道，就算我告诉她，这个标本瓶是我外公的生前爱物，里面装着某种海洋生物，她依旧无动于衷。"把它放到'捐赠'那里，纽约大学生物系能处理得了。"

塞尔维通过自己的熟人，把一些更罕见的科学用具捐赠给了一家怪异的生物博物馆，这家博物馆位于布鲁克林的一处高档地段。贝茜联系了一个二手书商，上门收走了几百本工具书，准备卖给小众图书爱好者，希望他们可以跟我外公一样珍视这些书。

有些遗物是很容易放手的。有些遗物一直放在那里，但是我熟视无睹。这些我未曾注意的东西是外公主要的遗物。而其他的遗物就像我跟外公之间的另一条重要纽带，放手意味着无情地将这根纽带切断。现在剩下的遗物都是最有纪念意义的，就连塞尔维也不知道该怎么处理。外公的笔记本承载了他几十年的心血，如今全都被皮革装订过。我把它们整齐地码放在那个天蓝色小箱子里。当初，外公就是带着这个小箱子来学校接的我。总有一天，我会把它们全部读完，但我眼下还做不到。外公粗花呢冬装外套承载着我儿时的安全感。他意气风发地穿过人行道上的人群，我的手紧紧抓住他的外套，他总能把我带到安全的地方。外公的皮旅行袋早已老旧，他的爱与智慧镌刻进了每一条褶皱、每一处擦痕。

外公的遗物越来越少，空间也变得越来越大。没有了灰扑扑的杂物和书册的遮挡，大片白墙重见天日。从前堆积如山的银行储物箱已被搬空，斑驳的树影在硬木地板上舞动。

我正要把最后一箱书送去给贝茜，箱子最上面放着爱德华·威尔逊的《昆虫的社会》。我终于向塞尔维承认，我可能永远都不会读这本书。但我至少会翻几页看看。我拿起这本书，翻阅着褐色的书页，想象着外公用食指撑着每一页的页角，没等读完这一页，就做好了翻下一页的准备。我总觉得这是好奇心旺盛的表现，他总是迫不及待地想要知道更多。

第 432 页和 433 页中间夹着一个破旧的纸杯托，是纽约东村一家酒吧的。鉴于我以前从未读过这本书，这个纸杯托肯定有至少 13 个年头了。有人在纸杯托的背面写了字，很明显不是外公的字迹，外公的大写字母写得很整齐。上面的字迹很明显是凌乱的草体，跟贝茜每年送我的圣诞贺卡上的字迹一样。我每年只会收到这一张圣诞贺卡。

亲爱的帕特里克。你是世界上最好的探戈舞伴。

我盯着外公姓氏上的心形图案（我的圣诞贺卡可没这待遇），来回读了好几遍纸杯托上的话。我也不确定，自己是更能接受这些话的字面意思，还是背后的深意。

外公和贝茜？不可能。他跟我一样不合群，我的不合群就是遗传了他。

但话又说回来，利奥曾跟我提过，外公是问了贝茜的建议，才给我买的第一件胸衣。啊，天哪！这是不是就说明，外公曾看过贝茜穿胸衣的样子。我努力在大脑中搜寻其他蛛丝马迹，证明他们的关系不仅仅是书店老板和老客户那么简单。

还有：外公和探戈？我从未见过外公跳舞。

突然间，他在我记忆中的样子变了，我不再把他看成我的外公，而是把他看成一个男人。

第五十四章

我把箱子拉到四个街区以外的书店，我说服自己，面对贝茜时，尽量表现得自然一点。或许她和外公之间根本没什么。

"我保证，这是最后一批书了，"我一边说，一边把箱子扔到柜台上。我感觉自己下一秒就要拿出那个杯托了。"你帮我给它们全都找到了新主人，真是太谢谢你了！把它们扔进垃圾桶就太可惜了。"

"是啊，亲爱的。我能帮上你，我也很高兴。"贝茜的目光跟从前一样热情，我忍不住想，她会不会用特别的眼神看我外公呢？"你把公寓都清理出来了，感觉怎么样？"

"我觉得，还凑合。"我这段日子太忙了，腾不出手来处理情绪。"一个朋友帮我一起清理的。"

我停下来，回味着刚说出的这句话。几个月前，打死我也不会说出这种话的。

贝茜把头歪向一边肩膀，有些忸怩。"哎呀，是不是那天陪你一起来的那个小帅哥？"

"啊，不，不是雨果。"我羞涩地说道，但是暗自开心她提到了他。在之后的几周里，他给我发了很多次短信，告诉我他很喜欢我给他选的一本书（顺带发了好多张格斯的照片），告诉我他已经接受了那份工作。我们已经约好，等他回纽约我们就见面，带着乔治和格斯一起去狗狗公园。

"懂了。"贝茜说道，她的酒窝越来越深。"嗯，我觉得他是真正的君子。你外公应该也会这么认为。"

我用指尖来回摩挲着杯托的边缘，内心很挣扎，我也不知道这算不算侵犯我外公的隐私。我只能看情况行事。

"贝茜，其实，我在给他整理遗物的时候，发现了一样东西。"我偷偷摸摸地把那个杯托推到她面前，好像这不是杯托，而是违禁品。我不想让她在别的顾客面前出糗。

贝茜双手握在胸前。"天哪，"她一边说一边笑，"勾起了我的很多美好回忆。"

身为外孙女的我，知道这些回忆合适吗？我依旧不露声色。

"什么？"

"好吧，或许你已经猜到了。"她俯身下来，一脸狡黠，领口处露出一截深深的乳沟。

"猜到什么？"

"我和你外公是很特别的朋友。"贝茜扫视了一下房间。"你们年轻人可能管这叫'炮友'。"

她还打引号手势，实在是多此一举。

我强忍住用手捂住耳朵的冲动，希望下一个问题不会让我后悔问出。"我外公喜欢跳探戈吗？"

她迷离地看着杯托,"喜欢。我们每周四晚都会出去跳舞,跳了差不多十年。"

"我怎么不知道。"我幽幽地说道。每到周四,他就会跟我说,他得去参加教职员工会议,很晚才能回家。我也不确定,我是应该因为他过着双重生活而感到背叛,还是应该因为他没有我想象中那么孤独而感到高兴。

"跳舞的时候,他总是很开心,"她说道,眼睛沉溺在回忆里,"就好像,他终于可以卸下盔甲做回自己。"贝茜拍了拍我的胳膊。"我还记得,他去世前……我们最后一次去跳舞。几天前,他刚跟你通了电话。我记得你当时在泰国?"

我的心怦怦直跳。"柬埔寨。"

"柬埔寨,对!不管是哪里,我记得很清楚,他知道你外出旅行,去了解这大千世界,开心到不行。他为你和你做的事感到无比自豪。我知道,他一直很后悔,觉得自己没能成为一个好父亲,亏待了你的母亲。我觉得,他把你培养得这么好,在一定程度给了他跟自己和解的机会。"

我感觉天旋地转,各种情绪一起向我涌来,过去几十年的人生突然被颠覆。

我假装看了一下表,"贝茜,实在不好意思,我还有事,快要迟到了。"

"没事,亲爱的,不耽误你了。"她紧紧拉住我的胳膊,让我离她更近些。"但是,只要你需要,我一直都在。"

我一口气走到哈德孙河,又折返回来,想厘清我当时的感受,并且想象着外公跳舞和调情的样子。

我再次扪心自问，为什么我从来没有过问过他的生活。我对他的恐惧、他的挑战，以及他的目标一无所知。

我们很容易用刻板的眼光看待自己的父母长辈，理所当然地以为他们就得围着我们转。但是，他们在为人父母之前，也只是普通的人，拼尽全力生活，面对自己的失意，追逐自己的梦想。可是，我们却总是希望他们十全十美。

这么多年来，我一直以为，我是他生命中唯一重要的人，我真是太自私了！贝茜也失去了我的外公。但是，我真的很感激她能对我说那些话。虽然他去世的时候身边没人陪着，但是他并不孤独。

虽然我无从得知他具体的遗言，但是我知道他为我感到骄傲。

我的公寓已经装扮一新。回到家后，我觉得有点不适应。按照大多数人的标准，我的公寓一点也不空。书架上依旧整整齐齐地摆放着我自己的书，还有一些我在旅行时买的纪念品。家具的数量也跟我这个年龄的人很相称。多亏塞尔维劝我，我又添置了几件新家具，公寓现在多了一些现代气息。但是与一个星期前相比，我觉得很空。

还有一件遗物需要放手。

起初，塞尔维建议我把外公的扶手椅捐给慈善机构，我一口回绝了。这是这所公寓里唯一让我觉得离他最近的东西。但是，几个星期后，我动摇了。我目睹过好多次，遗属陪在死者的身边，久久不肯离去，哪怕对方的灵魂已经离开，只留下一具空壳。总有一天，他们得直面痛苦，接受这样一个事实：把死者的灵魂放在自己心底，是让他们灵魂复活的唯一方式。

于是，我坐在他心爱的绿色灯芯绒扶手椅上，摩挲着上面磨损严重的灯芯绒，最后一次感受他的拥抱。我站在大厅里，看着搬运工把扶手椅搬出公寓。我觉得自己得到了一个自我救赎的机会。

就好像，外公咽下最后一口气时，我也在场似的。

等我回到自己的公寓，我发现门外放着一个很大的快递包裹。真奇怪，我最近什么也没买。过去几周，我整天忙着扔掉旧东西，根本没有心情购买新东西。

我把这个包裹放到咖啡桌上，直愣愣盯着它看，想搞清楚里面究竟装的是什么。然后，我在运单上看到了寄件人的名字。

塞尔玛·拉米雷斯

塞尔玛怎么会给我寄东西？我用我家房门的钥匙划开包装胶带，发现里面还有一个盒子。我把里面的盒子拿出来，一张折叠整齐的便条掉到了地上，上面写着我的名字，字迹工整，一看就是克劳迪娅的手笔。

亲爱的克罗芙：

我喜欢你看待世界的方式。我希望这件礼物能够帮到你，让别人也能看到你眼中的世界。

（培养新爱好绝不会为时过晚，对吧？）

谨上

克劳迪娅·威尔斯

扒开层层包装纸，我看到了一台崭新的数码相机、几个镜头和一小瓶香水，香水盖子是祖母绿色的。

我坐回沙发上，思考着这一切。或许，外公、克劳迪娅和利奥已经在另一个世界里联手了。

现在，我只需要好好活着，让他们全都以我为傲。

第五十五章

我把新买的轻型旅行箱推到客厅里，罗拉和莱昂内尔好奇地看着我。乔治已经在塞尔维的公寓舒舒服服度了三个月的假，但是这两只斑猫会跟二房东一起继续住在这里。二房东是塞尔维的同事，智利人，跟我一样喜欢猫。

公寓不再给人空空荡荡的感觉。曾经，这栋公寓总是给我一种束缚感。如今，这种感觉已荡然无存。

我如梦初醒，悲痛于我，不过是尘土。身处尘暴，尘土袭来，你会彻底失去方向感，挣扎着睁眼，挣扎着呼吸。等到尘暴偃旗息鼓，你便会渐渐找到方向，看清前面的路。尘土开始渐渐落进缝隙里。尘土不会凭空消失。时光荏苒，说不定哪天，你到了某个地方，无意中又发现了这些尘土。

悲痛不过是爱在寻找栖息之地。

就算身边没有外公的遗物，我也一样能够感觉到他的存在。我一直都觉得他与我同在。但是书架上仍然有三本书，我绝对不会丢掉它们。

利奥的临终遗言是在一个多月前说的,但是我仍然无法说服自己将它们写下来。我闭上双眼,站在书架前面,鼓足劲,把中间的那本书抽出来,书的封面上写着"忠告"二字。

翻到空白页,拔下笔帽,这支钢笔还是外公送我的九岁生日礼物。此时此刻,它吸墨水的次数一定有一百次了。

然后,我注意到了利奥的名字、地址、死亡日期以及他的座右铭。

在绚烂中死去的秘密是绚烂地活着。

这句话让我回味了好一会儿,我要把它镌刻在心底,珍藏起来。我轻轻吹了一下墨迹,啪的一声把书合上。我把书放归原处,视线落到躺在这三本书旁边的双筒望远镜上。原来这副双筒望远镜在这里。街对面公寓里究竟发生了什么事,我已经没有窥视的欲望了,我自己的生活要有意思得多。

我刚抬起手敲门,塞尔维就给我开门了。

"我一直在门旁等着你,留心听你的脚步声,我担心你不辞而别,悄悄溜走。"她抱着胳膊。"我知道只要你想悄悄溜走,谁也拦不住你。"

我有些难为情,希望有一天她能让我忘掉它。"我向你保证,我绝对不会。"

"雨果什么时候来接你?"她用少女的腔调问道。

"大约五分钟后,所以我现在得下楼了。"我看到乔治打着鼾,安心地睡她的沙发上,沐浴在一片阳光里。我很想给乔治最后一个拥抱,但是我不想让它感到迷惑，它好不容易才适应了塞尔维。"再次感谢你照顾乔治。"

"你在开玩笑吗？照顾它像做梦一样。我相信，最多三个月，它就会喜欢上跟我一起做瑜伽。"塞尔维狡黠一笑，我知道我会怀念这个笑容。"顺便说一下，虽然我是个极简主义者，不喜欢装饰品，但是乔治和我希望你每去一个地方，就给我们寄一张明信片。"

我悲喜交加。"没问题。"

"太棒了。现在，我知道你十分不习惯跟人拥抱，所以我想先跟你提个醒，我接下来要给你一个拥抱。"

谢天谢地，好在是她先提出来的，主动抱她太尴尬了。我在期待中放下旅行箱。"抱吧。"她将我紧紧拥住，把下巴放在我的肩上。"我会想你的！"

被人想念真是一种荣幸。"我也会想你的。"

塞尔维深深吸了一口气，松开了双手。"嗯，你身上的味道真好闻，我还以为你不喷香水呢。"

我羞红了脸。"我以前的确不喜欢，但是我想是时候尝试新事物了。"

她冲我眨了眨眼。"我喜欢闻。"

雨果准时到达我的住所，他的路虎车破旧不堪，与整齐的西村街道格格不入。

"你的行李不多啊。"他咧着嘴笑道，说着就把我的旅行箱放到后座上，然后打开副驾驶门。格斯挤在我的脚边。

"谢谢你开车送我去机场。"我挠了挠格斯的下巴，他用敬慕的眼神看着我，这是犬类特有的眼神，我要把这个眼神深深刻在脑海里。

"当然！"雨果驾驶着路虎车，绕过一辆运货车。"你走之前，我还可以再陪你五十分钟，真的很开心。当然，这得看路堵不堵。"

路虎车拐出我住的街道，一股悲伤涌上我的心头。任凭悲伤在内心泛滥，然后渐渐退去。

我望向雨果。他的卷发要比往常服帖。开始做新工作前，他说不定去理了个发。"所以，城市生活还习惯吗？"

"还行，布鲁克林没有湖面上的居住船那么太平，但是目前来说还好，"他说道，"还有，不用通勤七个小时的感觉真好。"

"真的假的啊？"

第六大道上的独立影院在我窗前闪过，我的思乡之情再次涌上心头。我会想念这座城市的，虽然我只是这座城市芸芸众生中渺小的一员。

"所以，你的第一站是尼泊尔吗？"

"是的。"我忍不住要手舞足蹈。"这是我第一次去。"

"那下一站呢？"

"天知道！"至少这一次，不制订计划的感觉真好。"我想，肯定是一个我很想去的地方吧。"

雨果紧张地拍了下自己的大腿。"但是三个月后，你肯定会在科西嘉岛跟我碰面的，对吗？"

"我从不食言。"我要把最好的留到最后。我背包的口袋里放着一小瓶克劳迪娅的骨灰，是塞巴斯蒂安给我的。她的骨灰将伴我环球旅行，然后我就把她的骨灰撒入地中海，让她与心爱的人团聚。

"那就好，"雨果一边说，一边拍着自己的大腿，"真是太好了。"不知怎么回事，他看上去有些不自在，跟往常不一样。

路虎车在纽约肯尼迪机场的路边停下，我的血管里涌动着期待。手里的护照宛若一把万能钥匙，准备随时为我开启纷繁的新体验。我肩上的摄影机已经做好准备。我再次体会到了这种感觉，我为什么非要让自己等这么久？

雨果卸下我的旅行箱，拉起拉杆。

"啊，"他慌张地叫道，"我差点给忘了。"他把手伸进后座，找到了一个纸袋子。"我为你的旅行准备了点东西。"

纸袋上到处都是横七竖八的胶带和不对称的折痕，给我一种熟悉的感觉，扣动了我的心弦。袋子里装着一本皮边笔记本，书脊上写着"历险"两个字，同样扣动了我的心弦。

我的眼里噙满泪花。我只跟雨果提过一次这些笔记本。这就是克劳迪娅说的那种被别人真正看见的感觉吧。

"谢谢你，"我一边说，一边用手摩挲着笔记本光滑的表面，"真是太好了。"

"客气了。"他把手伸进口袋里，低头看着自己的脚。"克罗芙，我真的会很想念跟你在一起的时光。"

被两个人想念，真是不可思议。

打开笔记本，我看到扉页的底部有一行手写的寄语。

让我们的人生少些遗憾。——雨果

不耐烦的鸣笛声、响亮的告别声、飞机降落的骚动声此起彼伏，我听到了一些熟悉的嗓音，一起催促着我走上前去：利奥、塞尔维、贝茜、外公，以及克劳迪娅。

小心翼翼，义无反顾。

此时，我感到一只蜂鸟正在我的肋骨下拼命地震动翅膀。

我深吸一口气，踮起脚尖，把手放到他的脸颊上，自信地看着他的眼睛。

我的第二次初吻就是我想象中的样子。

尾　声

　　我站在科西嘉岛博尼法乔的陡岸上，太阳炙烤着桉树，散发出的芳香混着微咸的海风。我长在喧嚣的都市，从未体会过这种淡淡的宁静。树叶随着微风轻轻拂动，好似在爱抚着彼此。太阳西沉，一只鸟冲着太阳的方向啼鸣，是告别，是迎接新的一天。地中海的柔波闪烁着昏黄的日光，温柔地冲刷着岩石。

　　两团骨灰被撒下陡岸，在空气中共舞，然后优雅地落进大海里。

　　克劳迪娅终于与自己心爱的人团聚了。

　　雨果就站在我的旁边，紧紧握住我的手，太阳的余晖打在他泪痕斑斑的脸上。

　　我把手抽了回来，看着最后一丝骨灰消失在海水里。

　　远处，一艘小帆船缓缓驶向海里。我想象克劳迪娅正心满意足地坐在船头，终于叶落归根。尽管我的想象满是温情，但是这温情中掺杂着一丝苦涩。

　　如果克劳迪娅和雨果破镜重圆，那么我身边的这个雨果将不复存在。我也就不会花三个月时间环球旅行，不会在笔记本中将历险一点点记录下来，也不会迫不及待地想跟他分享。我也不会站在这座法国的岛屿上，准备回到纽约家中开始我的摄影学习。

他们的命运以某种方式决定了我的命运。

不到一年之前，我压根不认识这些人，他们彻底改变了我的生活轨迹。地球上的人注定相互羁绊，以某种方式影响着彼此的生活轨迹，我们常常很难意识到这一点，也很难看透这一点。

但是或许这就是问题的关键。我们真的有必要看透这个世界以及它的运行规则吗？

只要你足够努力，你总能在万物中找到意义；只要你愿意相信，那么万事皆有因。但是如果我们都能完全理解彼此，如果万事皆有意义，我们就不会去学习，也不会去成长。我的生活或许会很愉快，但是绝对会寡淡。

所以，我们或许只需要以欣赏的姿态看待生活的方方面面，我们爱的人或许永远都是一个谜。因为没有了神秘感，魅力荡然无存。

与其不厌其烦地自问"我们为什么在这儿？"，不如正视这样一个简单的事实：

我们本来就在这儿。

【致谢】